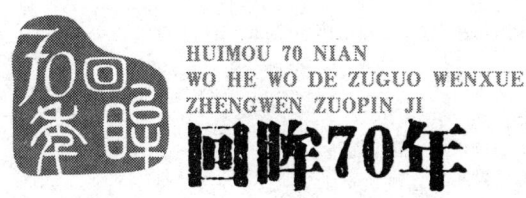

HUIMOU 70 NIAN
WO HE WO DE ZUGUO WENXUE
ZHENGWEN ZUOPIN JI

回眸70年

我和我的祖国文学征文作品集

程 健/主编

云南出版集团　云南人民出版社

图书在版编目（CIP）数据

回眸70年：我和我的祖国文学征文作品集／程健主编．—昆明：云南人民出版社，2020.10
ISBN 978-7-222-19591-2

Ⅰ．①回… Ⅱ．①程… Ⅲ．①散文集－中国－当代②小说集－中国－当代③诗集－中国－当代 Ⅳ．①I217.1

中国版本图书馆CIP数据核字(2020)第163346号

责任编辑：刘　焰
装帧设计：李乐乐　熊小熊
责任校对：姚实名
责任印制：窦雪松

回眸70年——我和我的祖国文学征文作品集
程　健／主编

出　版	云南出版集团　云南人民出版社
发　行	云南人民出版社
社　址	昆明市环城西路609号
邮　编	650034
网　址	www.ynpph.com.cn
E-mail	ynrms@sina.com
开　本	889mm×1194mm　1/32
印　张	9
字　数	200千
版　次	2020年10月第1版第1次印刷
印　刷	云南新华印刷二厂有限责任公司
书　号	ISBN 978-7-222-19591-2
定　价	49.00元

如需购买图书、反馈意见，请与我社联系
总编室：0871-64109136　发行部：0871-64108507　审校部：0871-64164626　印制部：0871-64191534

版权所有　侵权必究　印装差错　负责调换

云南人民出版社微信公众号

目 录

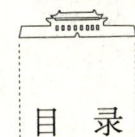

散文

我的汉语老师 / 丹　增 /003

仰望东大门 / 黄　尧 /008

高原与高铁：历史遗产与现实 / 范　稳 /014

珠江源，孕育着一个美好的梦想 / 张永权 /023

曲靖交通的奇观 / 张庆国 /038

父亲的三双鞋 / 纳张元 /049

离村庄记 / 付昌惠 /053

天生之桥 / 李朝德 /068

实话实说 / 郝正治 /073

时代橱窗里的她 / 和晓梅 /078

——建国70年丽江女性作家影像

从撒玛坝梯田到迤萨古镇 / 程　健 /091

长征路的长征 / 黄立康 /101

母亲的土地情 / 饶云华 /106

宝剑锋　梅花香 / 曹卫华 /112

大家的节日 / 艾　吉 /129

呈贡龙街 / 陈兴宇 /137

故乡的爱 / 朱　镛 /145

小说

封　山 / 段海珍 /161

易地记 / 沈　洋 /183

验粮官 / 刘兴邦 /239

卖火把的小男孩 / 李煜萱 /245

诗歌

小凉山很小 / 鲁若迪基 /255

苦聪的孩子们 / 哥 布 /256
　　　　——节选自叙事长诗《醒来的西隆山》

中国：一个龙的传语（组诗）/ 汤 萍 /261

边地那么美 / 师 师 /270

三颗沙粒（外两首）/ 耶杰·茨仁措姆 /276

散文

我的汉语老师

丹　增

我的家乡在西藏。1953年的藏历新年初一，天还没有亮，从我家大门外传来"折嘎"的说唱声。刚穿上新衣的我，从二楼顺着扶梯滑下，跑到大门后，从门缝往外看。只见一个身材魁梧、白发蓬松的中年男子，左肩披着一件白色羊皮面具，左手端着木碗。"折嘎"意为白发老人。相传古时候，在西藏遇到战争胜利、农牧丰收和聚众庆典，都得由一位德高望重的白发老人说一番祝福赞美的话。这种习俗沿袭下来，成为一种专门的说唱艺术即"折嘎"。每当藏历新年初一，"折嘎"都到大户人家门前，用洪亮的声音说唱一番动听的赞美话，带来吉祥的兆头。那年"折嘎"的唱词有许多新意，多是即兴创作、自由表达：共和国诞生，解放西藏，汉藏团结……西藏刚获得和平解放，希望的曙光闪现在"折嘎"的唱词里。

1960年，家乡发生翻天覆地的变革，我个人碰上千载难逢的机遇。那一年我13岁，脱掉绛色的僧服，走出古老的寺门；穿上整洁的校服，走进现代的校门。

通往那曲地区政府所在地的四百公里路，是牲畜踏出的小路和行人双脚踩出的土路。我白天骑马赶路，夜晚睡在路旁。二十多天的长途跋涉，一路的烦躁寂寞，艰辛劳累深深埋在心底，太多思念、牵挂，百味杂陈咽进肚里。再从那曲镇沿着通车不久的青藏公路，向第二站——甘肃夏东火车站进发，全程近两千公里，全是灰尘翻滚的土路。要翻越唐古拉山、昆仑山、日月山等12座大山，要跨越楚玛河、通天河、拉多河等25条江河。经过荒无人烟的无人区，寸草不生的戈壁滩，历时25天，终于听到火车的汽笛声。从县城出发，骑马、坐车、乘火车历时3个半月才到达目的地——陕西咸阳的西藏公学。

千亩校园，青砖筑成的围墙，高大的校门上方，白底红字用藏汉两种文字书写着校名"西藏公学"。我们在敲锣打鼓的欢声笑语中走进校门，沿着一条宽敞的水泥路寻找宿舍。繁密的树林丛中掩映着一排排整齐的平房，青砖墙，灰瓦顶，门前是黄泥铺的走道。每一间宿舍十来个平方米，摆着4张上下双层床，住着8个学生。五层高的教学楼，显得威武高大，墙壁是砖边石心，屋顶是灰色大瓦，楼脊上有透明窟窿的瓦做装饰，还涂上彩绘，迎着太阳看去，充满着希望。房脊的两端各塑有一个鸽子，既是和平的象征，也说明我们这些学生就像小鸽子一样，从遥远的西藏飞到咸阳美丽的校园。上课第一天，在明亮的教室里，懂汉语的藏族班主任介绍汉语老师和数学老师。我数学很好，但是一句汉语都不会说，一个汉字都不认识。我全神贯注地看着那位汉语老师。

他叫陈钦甫。第一印象，仪表堂堂，体格匀称，面孔俊秀，散发着青春的活力。他穿的黄色衣裤明显旧了，但非常干净整洁，每一个纽扣都扣得认认真真，连制服外套的风纪扣也一丝不苟地扣着。更惊讶的是第一次开口,他用流利的藏语说:"你们一路辛苦了,这学校你们喜欢吗?"这下不仅拉近了师生距离,贴近了民族情感,更让我产生对老师的敬畏之心:人家是藏汉双语兼通的老师。正式开课后,陈老师教的第一句汉话是"老师,你好"及"你吃饭了没有";教的前三个汉字是"你、我、他"。后来我才深刻体会到:一位好老师能影响一个人的一生,所以一句"老师,你好"值得终生铭记。

咸阳这座安静的新城中,猛然来了一大群藏族学生。3000多名学生,不论出身,学校一视同仁,都是学生。有人说,我们这个学校"三不像":既不像小学、中学,学生大的40多岁,最小的只有十来岁,我当年13岁是最小的那拨学生之一;也不像干校、党校,尽管学生中有县长、乡长,但学的还是文化知识;更不像大学,尽管教师中有教授、讲师,但课程是汉语拼音,使用小学教材。

教育能改变人的命运。时至今日,这个学校从西藏公学、西藏民院至西藏民族大学,走过60年的历程,为西藏的革命和建设培养了8万余名专业技术人才和党政干部,被称为"西藏干部的摇篮"。

我入校之后立下的第一个人生目标是:学好汉语,走遍全国。这个目标也是去年才实现的。我学习汉语特别用心。汉语老师用藏语讲解汉语拼音和字词,声调高扬、语音铿锵,区分着两种语言的发音方式。教汉语,没有课本只有提纲,老师一边查看学生做的记录,一边整理自己的教学笔记,然后整理成文,油印发给学生。我们在五年多的时间里读完了初中以下的汉语课程,学生不仅可以流利地用汉语对

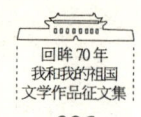

话,而且能认识三千多个汉字,能读报看书。老师特别关注我的作文,让我担任作文写作的课代表,老师把学生的作文簿批改完后,总在课堂上亲手发给每一个同学,先发的是写得不好的,最后发的是最好的。还占用一些时间宣读和讲评好的、差的作文。

教室前面墙上是黑板,只有老师拿粉笔书写。后面墙上是报栏,长方形的木框内贴满优秀作文和好人好事表扬信,我的作文常常贴在最前面。我为了写好作文,课余时间大量阅读文学作品,还想读《红楼梦》《西游记》等四大名著。图书馆的老师说:"你才学了五年汉语,有点……"这些书当时被视为"闲书"。于是我跑到咸阳街头一个旧书出租屋花钱去租,有空就读,还常常在宿舍熄灯后躲在被窝里,打着手电筒来读。有一天学校出了一个作文题目《美丽的校园》,可以描写不同季节的风景,抒发对老师的情感,还可以写同学之间的友情。我心血来潮,写了一首赞美学校的长诗。我交完作业心里忐忑不安,总觉得自己写的作文既离题,又离谱,不知老师怎么想。没想到发作文的时候,还是"压轴",这就吃了定心丸。但这次老师没有念给我的批语,我翻开作文簿一看,红笔写的"诗写得很好,但注意不能好高骛远"映入眼帘。对前一句话有点沾沾自喜,后一句不就是批评我还不会走就想跑吗?

有一年学校组织全校汉语普通话比赛,在3000多名学生中我得了第三名,原因是朗诵中卷舌发音不标准,老师对此有些失望。不久又进行全校汉语作文大赛,我获得第二名。老师拉着我的手走进学校门市部,掏出一斤粮票,买了一斤糕点,把一半分给我吃。在20世纪60年代初,那算是最大的奖励。老师的一举一动燃起了我的写作激情，就像鼓满船帆的风，激励着我不断远航。

十多年前，我专程前去咸阳看望我的老师们，将我出版的散文集和专著送给他们，还告诉他们，中篇小说《江贡》获奖，部分散文集被翻译成英文、俄文、阿拉伯文、匈牙利文。老师们的恩惠我常藏在心底，师恩是报答不尽的，只能作为内心的纪念。我最高兴的是老师们虽然年事已高，但风度如故，威严如故。

去年，我去咸阳看望我的汉语老师陈钦甫，他已经80多岁了。陈老师见证西藏和平解放，用心培养藏族学生。他对我的无私付出改变了我的命运，就像新中国无数的教育工作者，改变了无数人的命运那样。

仰望东大门

黄 尧

造化神奇，云南坐拥云贵高原之大半，由黔入滇需要登上一个飞升的台阶。感受这种壮伟雄阔的人，古人多于今人。唐天宝年间，咸阳发兵征讨南诏，十万兵马爬上这个台阶，已经虚弱不堪，苍洱交兵，一触即溃。到了元世祖平云南，就避开东进这条道路，南渡金沙，一举降伏大理。忽必烈并非藐视东路，恰恰是仰视云南东隅第一人。元至元十三年（公元1276年），元中央王朝将曲州、靖州等合并设"曲靖路总管府"，曲靖一名正式通行使用。两年后，元大军铁蹄带着曲靖温湿的红泥，东路出滇，轻而易举灭了南宋。

元朝是第一个将行政区划命名为"路"的王朝，虽然这个想法最早起于宋朝王安石的改革设想，但好主意给了一个羸弱的皇帝，白白浪费了。在忽必烈眼里，给一级政府取个称号是给你一个战略思想，一个千秋万代的功名，一个造福子孙的伟大工程，一个永不停止的"项目"，一个孕育希望的未来法宝！他不需要机械，将十匹战马排列起来，百匹一个方阵，往复奔驰，一条"通京大道"就踏出来了。驰骋欧亚大陆，征服半个世界的元代帝王充分了解"路"的重要，道路两厢就是田畴平野，可以汇聚人口、发展生产、源源不断地提供军资,并颐养百姓。他的战略筹划,天衣无缝!

700年后(1958—1964年),北京中南海,有一个人夜不能寐,他起身写了一封信,给中国人民解放军铁道兵的统兵将军。大意是:我睡不着觉,贵昆铁路再不修好,我就骑着毛驴上昆明了!他就是毛泽东!

激将之法!但当时的中国连吃饭都成问题,实在是太困难了!

也是十万大军,铁道兵三个师云集贵阳—曲靖—昆明一线抢建一条620公里的铁路——这是朝鲜战争后,铁道兵承建的最大筑路工程——中国处于帝国主义铁桶似的包围中,南方邻国水深火热,美国再次打到家门口。事实上,这个大西南的筑路工程包括了"成昆线"(又叫内昆线,成都至昆明),部署在四川的"大三线"和"小三线"的中国军工企业需要将数量巨大的产能输送到南方邻国——铁路却不通!

"毛主席睡不着觉了!"

十万大军作一个人拼了命!一个小战士在独立操作时疲劳至极不慎跌入正在搅拌注浆的桥墩机坑,转瞬被沉重的沙浆吞没,等发现已为时太晚!师长扯着头发要炸了成型的桥墩,团长号啕大哭,用钢钎去戳凝固的大桥——没有可能还原一个活人——他的牺牲,像一根羽毛轻轻飘落,却以比钢铁更硬的骨骼,与水泥砂石一起固化为擎天巨柱!在密度高于人体数百倍的混凝土中也许他最初的姿势是高擎着手的,他最后仰望了一眼罐笼围成的一方天空,只一瞬,他被挤压得很薄,像一枚书签,间隔着沉重的那一天;像一个指路标,标定着前进的方向,他与大桥一体矗立着——成为无法镌刻的墓碑……

至今，从桥上奔驰而过的列车，都要减速、拉闸，鸣笛3个长声，以告慰这个永远站立在哨位上不下岗的小战士。据说，每当汽笛响过，空山回音里有无名鸟叫声："哥哥——哥哥——"机车轮毂回应："噶噶噶——"

在曲靖乐丰海拔2000米的高山上，曲靖市交通运输局继承了一份特殊的精神遗产——他们选择了在这里建立"扶贫点"，因为这里有一个特殊的建筑群——铁道兵烈士陵园，安葬着为筑路牺牲的272名烈士。这个数字即使在今天也是巨大的，一整个营的士兵啊！

那是什么年代？在悬崖峭壁上作业，没有哪怕最粗劣的机械，全靠双手一凿一凿啃噬巨石，一锤一锤打出炮眼，虎口撕裂了，已经感觉不到疼痛，血液是湿滑的，你必须紧紧攥住自己的性命，但你攥不住了，稍稍一松就坠入深渊——沸腾的血液想一次喷发……隧道冒顶、塌方，却一次可以吞没掌子面上的全部战士，一个班、一个排……

在寻沾高速公路红瓦房互通立交、老黄口3号大桥、德西大桥、三清高速公路西冲大桥、麒师高速公路茨营大桥及东山隧道，我们看到的是整齐划一、崭新亮丽的工作场面和数不清的现代机械。曲靖市交通运输局——这张东大门的"第一名片"是金晃晃的，曲靖在云南全省第一个实现了县县通高速的目标，这个成绩非同小可！按理，他们可以从容一点、悠然一点，乃至松快一点了，不！他们像赶着迎娶新娘一样既欢快又紧张！

这源于一种自信！

曲靖有中国乃至世界上最美的高速公路，它的桥梁和隧道，创造过多个世界第一、亚洲第一和中国第一，在世界排行榜中十座最高最长（还有多项技术性的单项排行）的桥梁中中国就占七座，曲靖与贵州合建的"北盘江第一高桥"（又叫尼珠河大桥）就以565米的高度荣居世界第一。站在彩虹般的大桥中央，仰望直耸云天的塔顶，你不得不由衷佩服中国公路桥梁工人无可比拟的伟大创造力！

　　史籍记载，公元前221年，秦统一中国后，修了"五尺道"，自四川宜宾至曲靖松林，开通了秦大都咸阳与西南的交通要道。所谓"五尺"，以今天的长度单位换算，是140厘米，是单匹骡马加上驮载物品的宽度，如果骡马队伍相向而行，便无法错让。于是有早、午分时段通行的"管理规章"，随即就有"鸣锣昭告"的行规。但它因宣示古代中国的统一，仍然堪称"伟大"！古代的秩序仍然是今天的背景，尼珠河大桥是今天历史的高度，周围乌蒙磅礴，无山不雄伟，人，被哄抬到这样的高度，可以看日月何以运行中天，看星辰何以垂幕四野，看海河何以雕塑大地，看世界何以因高速而趋小，车行天上何以成彩带洪流……当年诸葛亮率部"五月渡泸"，不得已也单兵行进，峡谷里的阳光不过"白马过隙"，大半行军势必需秉持火炬穿透阴影，前路有人饮水中毒，他不得不命人在岩壁上大大刻上"毒水"二字……

　　南唐修睦，袁滋持节来访，夕照苦短，他不得不在书页般大小的岩石上匆匆刻上数行字，以记录历史关节，而豆沙关崖壁千仞，是可容唐代书法家快意大书的啊！大约他的情形也与诸葛武侯遇到的差不多吧……

　　还有明代旅行家徐霞客杖藜而行，行访珠水源头……由此证实中国第四大河源头来自曲靖沾益马雄山……

也有明代状元杨升庵锒铛入滇，却将云南带向诗歌的远方……

近的有红军长征，乌蒙奏凯。

龙云"路遇"先兵，巧妙献上地图……

解放云南，大军突进，在红土地上一浪浪推向边陲……

每一个历史细节都足够伟大！历史在前行，从"大门"穿堂而过，但传统的精神遗留下来了。

东大门发生的历史故事纠结缠绕，哪一条路不引着针穿透中国的历史？所以，站在东大门的路上，脚印下的脚印哪里不能感受历史的脉动？曲靖的公路交通工人足以自豪，他们已经将这些彩线编织成了高速公路，在交接的地方，编织成美丽的"中国结"！

无人机在高空俯拍的公路、桥梁隧道缠绕又疏放的高架桥枢纽，如同电影大片！

宏大开阔，壮丽无比！

但换一个仰视的镜头，东大门之极远，就呈现了微微淡紫的空蒙，如梦如幻！那是东方之中国，中国之东方！

此时静静安眠在乐丰海拔2000米以上高山上的272个中国士兵，以其身处的高度，已经看见了！听到了！即使新开的工作场面是陌生的，也错综交叉，但他们倘要探访，是有鲜明指引的，尼珠河大桥在设计上已经倾尽初心，作为大桥装饰性、标志性的色彩，那是一条十分鲜亮的暖色红线，从桥的西端贯穿至东端，前方是绿色的群山，再与黔省的高速公路连通，你要回家，上路吧！我扶你！快！真的快！

曲靖市交通运输局在自己的扶贫点上自筹资金250万

元，修建了一座大桥，取名"民德桥"，原因是他们进村后，发现有两个小村庄被一条河流断开了，两村人口不多，河流也不大，但涨水季节，洪峰旋来，暴怒异常，常常发生人畜被冲走、孩子们不能过河上学的险情。据说，"决心"是刹那间下定的，"修一座桥！我们来修一座桥！"——初心已定！公路工人嘛！这是称手的活计啊！

山里呼应了，沙沙地响。

烈士陵园有个塑像群，还有一个小广场，因为铁道兵来自祖国四面八方，就取名"四方广场"。扶贫点上的这个小景点是东大门上最小的景点，却是现代交通与历史和传统的衔接，疼痛最敏感的结点，乡上的老百姓没事就到小广场转悠转悠，也到民德桥上看看风景，看秋山染金，看谷子闪黄，也看桥下粼粼的河水，向西复向东……

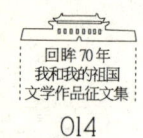

高原与高铁：历史遗产与现实

范 稳

仿佛在一夜之间，昆明就通高铁了。坐高铁出门远行，成了云南人的一种时尚选择。从人背马驮、长路漫漫，到朝发夕至，轻松旅行，远方变得不再遥远，边地也近在眼前。

20世纪80年代中期，我乘坐一列摇摇晃晃的火车从重庆到昆明，从此开始自己大学毕业后的人生。那真是一趟漫长而艰辛的旅程，既充满希望又懵懂迷惘。火车穿洞过桥，缓慢地爬上云贵高原，我知道自己从一个海拔三、四百米的盆地上升到了一个平均海拔近两千米的高原，我实在难以想象火车这个庞然大物如何完成了一千多米的爬升。虽然火车、铁路对我来说并不陌生。我是标准的"铁路子弟"呢，我的父亲曾在铁路上干了一辈子。

慢慢地就变成了一个生活在云南的人。那年月要出差、探亲，就得坐火车，到成都重庆这样一些离昆明最近的省会城市，一天一夜；到北京上海，三天三夜，而且还经常搞不到卧铺票。生活在高原的人，目光高远，却举步维艰。那时我们经常开玩笑说，从我们云南到北京，一路下坡，溜着空挡就到了，多省油啊。现实的情况却是：出门如同一场战斗。

在云南生活久了，逐渐了解到它的一些历史。即便是云南的铁路交通史,也是在我们国家近代以来的苦难与泪水中一步一步地向前延伸、发展。众所周知,古老中国在19世纪中后期的封闭大门大都是被坚船利炮轰开的,而中国南疆的一道大门却是被法国人"用火车头撞开的"。说此话的是一个叫奥古斯特·弗朗索瓦的法国人,他有一个很文雅的中国名字——方苏雅,是那个时代到东方来冒险的代表人物。他在古老中国的旅行永远充满新鲜、刺激、挑战和大开眼界的民风民情。诸多的史料可以证明,像方苏雅这样的西方探险家在神秘古国的旅行,身份永远是尊贵的,条件一直是优渥的,是来自上等国家的旅行者到落后闭塞地区的一次"巡猎"。他收获颇丰,在西方世界赚得大名,甚至包括一百多年后,他当年在云南拍摄的一批老照片被重新发掘出来,成为我们了解当时中国和云南的珍贵影像资料。一夜之间,方苏雅又成了个颇有名望的历史人物,这也许是他当年万万没有想到的。他来云南,可不是为了拍几张照片消遣的。

　　一百多年前,方苏雅是个让云南人深感敬畏甚至恐惧的人物。1889年底,方苏雅出任法国驻云南府名誉总领事兼法国驻云南铁路委员会代表。中国的铁路由外国人来决定修与否,在那个年代是涉及民族自尊心的敏感问题,但也是老迈腐朽的大清王朝在面对西方列强瓜剖豆分、变法图强的各种招式中的无奈之举。清史载:"自中日战后,外人窥伺中国益亟,侵略之策,以揽办铁路为先。"俄国、英国、德国、葡萄牙、日本、法国,这些新老列强均"以铁路为侵略中国之大略也"。

　　1883年,法国将越南吞并为殖民地,中国西南地区直接面对好斗的高卢雄鸡。驻西贡总督杜梅在写给法国海军部和殖民部的信中就露骨地说："我们出现在这块与中国交界，也是中国西南各个富饶省份的天然产品出口的地方，根据我个人的意见，这是一个关系到我们今后在远东地区争霸的生死问题。"同年中法第一次战争爆发，结局并不出人意料，法国人赢得了在中越边境的通商权。

1885年第二次中法战争打响时，大清帝国的军队难得一胜，老将冯子材在镇南关大胜法军。但那时的中国既输不起，也赢不起。胜利的一方竟然要求"乞和"，战败者却要求"赔偿"，数额高达25亿法郎，如果中国不允，则"必须给予别项，即中国或允由东京（越南河内）至滇省添造铁路，并允滇省通商所造铁路之费……如不照办，则兵至北京"。近代史家就此评说道：第二次中法战争，法国"不胜而胜矣"。

滇越铁路就此成为中法两国政府角力的一颗棋子。对于清政府而言，它是妥协、无奈的屈辱之物，而对法国人来说，它是插入中国西南地区的一根吸血管，在同时期的《巴黎殖民报》中有一篇署名雪生的文章中写道："云南物产之丰富，尤为支那全部所不及，必宜实行取而有之，以为法人子孙万世之基业，断不可使他人势力侵占一份。"还有一篇题为《滇越铁路》的文章说："云南这个巨大而沉睡的地区，需要铁路来使它振奋。"一个曾经多次深入到西南各地考察探险的法国殖民官戈蒂叶勒蒙说得更为直截了当，"让我们有一个进入中国的大门。火车将从云南驶入四川，在另外一个方向，在西藏的南面，我们的铁路将穿过各个高原。"在19世纪末，法国人已经为中国的铁路做了我们现在20世纪到21世纪的规划。

方苏雅就是带着法国人这种趾高气扬的心态来到云南的。他身材挺拔,目光犀利,蓄着浓密的八字胡,且随时保持它们高高地向两边翘起,让任何一个见到他的中国人都能感受到这个洋人的傲慢和威严。在此之前,他在法国当过骑兵军官,做过法属印度支那殖民政府的外交官,任过法国驻广西柳州的领事,还骑马、乘船或乘坐轿子,在广西、贵州、云南的大地上旅行。他认为他就是最了解中国的法国人,也许除了那些比他更早来到中国的法国传教士,作为殖民官吏,没有人比方苏雅在中国有更多的传奇和故事。他在回到法国后出版的《晚清纪事——一个法国外交官的手记》中说:"中国——这个被人误解甚多的国家——告诉世人:我们之所以对她不甚理解,是我们视而不见、充耳不闻,不愿听其忠告而造成的。只要我们每前进一步,都会对这个独特怪异、平庸落后的国家有所发现……要得出这样的结论,非得在中国的土地上认识了解中国才行。而不能像某些人一样,呆在欧罗巴,凭空想象。"因此,方苏雅自负地说:"我认为我能完成自己的使命,最多无非是自己的指头被马蜂蜇那么一下罢了。"

其实没有人敢动这个洋大人一根毫毛。在他到处旅行时,经常被人围观,甚至有人因此而被挤下道路、掉进河里。当然他也会遇到敌视,遭遇过不知从何处飞来的石头的"欢迎",但方苏雅认为那不足为惧,他写道:"谁也不会这样去想:'我们这儿有两三千人,还对付不了一个洋人?来吧,咱们先踩死他!'"方苏雅面对一盘散沙的中国人,就像法兰西帝国在中国大海门口的军舰,"面对中国的人群,态度要果断干脆,决不容忍任何欺辱,任何顶撞。用皮鞭狠抽第一个没有教养的粗鲁人。"

因此,方苏雅当年在中国的旅行是安全的、舒适的,正如法国人在云南修的这条铁路。1903年,中法两国终于签订《滇越铁路章程》,主要内容为:中国允许法国从云南河口到昆明修筑铁路,法方全额投资(工程概算7000万法郎),清政府无偿提供土地,法国铁路公司独立建设和经营,八十年后,若铁路公司收入能抵偿投资和股本利息,中方才可收回路权。以上条款如中国不答应,法国则"兵戎相见,派舰重办"。

一条国际铁路就这样在军舰和大炮的威逼下,于1903年秋季匆忙开工。二十多万劳工从河北、天津、广东、广西、四川、山东、福建等地被招募而来,这些外省人来到南疆的热带丛林和高山峡谷中开山筑路,甚至连身上的长棉袍都来不及更换,就被驱赶到了工地。瘟疫很快在铁路沿线流行开来,清政府派驻铁路工程局的一位官员在其所著《幻影谈》中写道:"初至春寒,北人皆棉裤长袍,而此地瘴热已同三伏……无几日病亡相继,甚至每棚能行者十无一二,外(洋)人见而恶之,不问已死未死,火焚其棚,随覆以土。"

类似的描述无论是朝廷的官员还是反抗朝廷的革命党人都有撰文记载,湖南候补道沈祖燕奉令到滇越铁路沿线查访,他在写给朝廷的奏折中说:"滇越路工所毙人数,其死于瘴、于病、于饿毙、于虐待者,实不止以六七万计。"

而滇越铁路中国段长465公里,假若以7万劳工死亡来计算,平均每公里铁路下便有150个劳工的生命代价。一根枕木一条命,在这条血汗铁路线上,绝不是一句文学描写可以表达的。

作为法国驻云南铁路委员会的代表,方苏雅根本无须考虑修筑这条铁路的代价,在铁路勘测期间,他数次徒步考察了沿线的地形地貌,有武装卫队、有仆人行走于鞍前马后,有骡马和轿子。与其说那是在为铁路线做勘探,不如说是一次让他可以事后在法兰西炫耀的冒险旅行。不过,云南高原切割纵深的地貌也让他深为惊叹:"铁路修在什么鬼地方啊!"在崎岖陡峭的山路上,他可能更心疼他的坐骑,他写道:"对这些牲口来讲,这是些什么路啊!可以说它们每天都要在泥坡上攀爬埃菲尔铁塔四五次。"

牲口如此,人何以堪;修铁路,又更何以堪。

1910年,大清王朝已摇摇欲坠,滇越铁路却在法国人的欢庆中竣工通车。当插着法国三色旗的火车开到昆明的那一天,共和国开国元帅朱德的恩师、云南陆军讲武堂的监督(校长)李根源先生带领学生来到昆明火车站,并非是列队迎候,而是给学员们上了一堂帝国主义侵略中国的现场课。许多血气方刚的学员泪流满面,怒火中烧。一些市民在铁路沿线用石头去砸火车,法国人在当时并没有看到火车给这个国家带来的振奋,他们看到的是冷漠、不解、迷惑甚至仇视。任何新生事物来到一个地方,从一列火车到一种信仰,如果它不是和平地到来,不是平等地交流,不是抱着相互尊重的愿望,而是靠强权和武力强力输入,哪怕它是多么负重地扛着现代文明的大旗,多么振振有词地代表着真理与进步,民族情感总是让那些没有看到过山外世界的土族难以咽下这枚"进步"的苦果。

接受新事物总是一个痛苦的过程,甚至一些人还要为此付出生命的代价。但对勤劳聪慧的中国人来说,一旦他们认知了解到了某个事物，他们的学习借鉴能力便超过世界上的任何一个民族。在二十世纪初，因为有了这条铁路，在滇南一线，海关、邮局、电影、洋行、商号、股份制公司以及日进斗金的工矿企业，已经在这片闭塞的土地上悄然兴起。铁路改变着这个地方的生活方式，更带来了人们思想观念的转变。1915年，云南人开始修筑自己的铁路，那是中国的第一条民营铁路，从锡都个旧通往滇越铁路的特等大站碧色寨，但它不和法国人的米轨铁路接轨，因为这条铁路的轨距只有60厘米。这是一种意味深长的提防。

就铁路交通而言，云南在那个时代并不落后，"云南十八怪"之一的"火车不通国内通国外"，这就是边地云南在20世纪初的交通现实，山高谷深、道路险峻，在中国大陆的第二台阶向上迈一步和向下迈一步，都不是件容易的事。但是，一条通向越南海防的米轨铁路，却让这个偏远闭塞的省份在那个时代代表着某种含义复杂的开放。我的故乡四川，大约也在滇越铁路动工修建时，计划修建一条成渝铁路，但直到1950年以后，这条商议了约半个世纪的铁路才终于开工建设。

对一个文化人而言，他可能更关注的是一条铁路所负载的文化与历史。1938年2月，国家山河破碎，已难以放得下一张书桌让莘莘学子安静读书。由清华大学、北京大学、南开大学三所高校组建的长沙临时大学，面临再次的撤离搬迁。国民政府教育部把眼光放在了最偏远闭塞的昆明，一千多名未来的国家精英将分三路入滇。清华大学校长梅贻琦率大部分教师、家眷和一部分女学生，从长沙乘火车到香港，然后坐海轮穿越琼州海峡，进入北部湾，在越南的海防登陆，在滇越铁路的起点站换乘小火车，从那里直达昆明。

兜这样大的一个圈子意义非凡，那时云南高原还没有一条通往省外的公路，但却有一条通往国外的铁路。当时三所中国最高学府的所有家当——包括 5 万册图书、实验器材和仪器、标本、文件档案、教学用的飞机发动机以及教授和师生们的行李等等，共计 400 多吨的货物，都仰仗这条铁路才平安运送到了大后方。这几乎是后来成立的国立西南联合大学的全部家底，这是一个国家在危亡时仅存的最后一点精神财富和教育薪火。现在难以想象，如果没有这条铁路承载这些漂洋过海再翻山越岭转移到昆明的教学物资，闻名于世的西南联大的教授们，日后将如何执掌他们手中的教鞭？

再雄阔辽远的高原，总要有一条路，把它和世界连接起来，从羊肠小路到通天大道。现在，一条高铁在不声不响中就铺到了家门口，就像我们城市的某个地方，猛然就长出一片楼房的森林。我们所要应对的变化，几近于一场美丽的梦幻。在上海，我坐过地球上跑得最快的列车——磁悬浮列车，每小时 430 公里的时速，让人有就要起飞的感受。速度拉近距离，速度压缩了时间。虽然现在慢生活已然是一种时尚，但谁又愿意在旅程中花去枯燥乏味的漫长时光呢？一个希望徜徉在滇池湖畔享受湖光山色的旅游者，一定不会拒绝一趟朝发夕至的高速列车。

再来提一提那个远去的背影方苏雅。1906 年，他因为任期已满，回到了法国。他把自己的住宅建成一座中式风格的庭院，取名"小中国"，经常穿中式服装，喝中国茶。他对在中国的经历依然念念不忘，他可能也感受到了中国即将要出现的变化，他在一篇文章中写到："要是这些人对我们

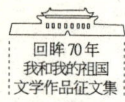

无私的想法不是那么反感,不是那么明显地拒绝,而是对我们天才的设想予以充分利用,那么,我们就会失去优势。他们则完全可以把他们的国家改变成一个干干净净、光辉灿烂、鲜花盛开的中国。"

方苏雅的忧虑和展望,当然是站在一个西方殖民者文化优越感的立场上来看我们这片高原。我想他或许称得上半个预言家。他所代表的那种"优势",在今天的中国早已不在,而"鲜花盛开的中国",则已经是一个不容置疑的现实。

珠江源,孕育着一个美好的梦想

张永权

大江大河,大多是人类文明发祥进步的摇篮。我们伟大祖国的三条大江,都孕育了中华民族的伟大文化。黄河流域的黄河文明,长江流域的长江文明,助推着中华民族的文明进程,见证了一个伟大民族前行的漫漫长路,不断崛起、复兴的伟大历程。而同样被誉为中华民族的母亲河,我们祖国的第三条大江——珠江,随着珠江源文化的提出到整个珠江文化的全面呈现,珠江文明必将和黄河文明、长江文明一起,促进中华儿女更加奋发图强,大有作为,见证中华民族复兴伟大中国梦的完美实现。珠源梦,一个伟大的梦想,那真是应了伟人的一句神奇诗行:"江山如此多娇,引无数英雄竞折腰……数风流人物,还看今朝。"

一

在新中国70华诞到来之年的阳春三月,对江山如此多娇的祖国母亲引以为荣,云南报告文学学会发出探源祖国母亲河的情怀之旅,以"我的祖国我的爱"为主题,组织部分作家诗人到珠江源采风。

作为中华大地山川鼻祖的昆仑山,其南支可可西里山东延的巴颜喀拉山,就是黄河的发源地。昆仑山系的唐古拉山主峰喀拉丹东雪山,则是长江的源头。那雪山下的一眼银泉或一滴雪乳,神奇般的化成了滚滚长江东逝水和黄河之水天上来的两条大江。然而我们祖国的两条最大的母亲河的源头,终年银装素裹,冰天雪岭,没有道路可达,除专业的科考人员加上特别的科技设备帮助可到达外,谁能真正探其正源?而我们第三大母亲河珠江的源头就不同了,她的发源地——曲靖市沾益(现为沾益区)的马雄山,由于近年高铁的开通,一溜风的工夫,从昆明上车,不到30分钟就可抵达,仿佛在我们的眼前,抬足可到。

探寻珠江源,从一条母亲河源头的神奇、美丽和丰富的江源文化,同样能感受到江山多娇和祖国的庄严、神圣和伟大。

马雄山,面积只有12.5平方公里,最高峰的海拔不过2444米,实在不能和长江、黄河发源地的昆仑山相比,但马雄山属乌蒙山脉,如探源北望,她应是青藏高原向南延伸横断山脉的余支,和昆仑也有着千山万水的勾连。啊,追根溯源,中华民族的三条母亲河的源头,都和昆仑山有关。巍巍昆仑,群山之祖,万水之源,也是中华民族的发祥地,人文始祖。云南多个少数民族,都有史诗记载,他们的始祖就是从青藏高原出发,跋涉数万里,历经万水千山,南迁来的。富于想象的民族,更有充满浪漫色彩的神话故事,述说着昆仑的壮丽、神秘和梦想。我想,此时西王母娘娘正站在群峰之巅，笑看三条大江奔腾而去，大河之间，一个伟大的民族屹立于世界的东方。而新中国的开国领袖毛泽东在他率红军长征取得决定性胜利后，1935年9月在陕北吴起镇写下的著名词《念奴娇·昆仑》："横空出世，莽昆仑，阅尽人间春色……"今天读起来，格外亲切，这"人间春色"，在我们今天登上珠江源的发源地望珠江大地时，感受更加直接，也更加真切。

马雄山，远远望去，马首高昂，奋蹄欲奔，乃真正雄起的一匹高头骏马，可谓名副其实。在高原春日灿烂的阳光下，它背负着的蓝天白云，云彩变幻着各种奇妙的形态，突然一条银色飞龙腾空而起，形成飞龙翔天、骏马腾空的绝妙组合，一幅天然的龙马飞奔图，使马雄山更加壮美更加神奇，让人惊讶振奋。体现我们民族开拓奋进的龙马精神，就在大珠江的源头让人感受得如此生动和真实。如今的马雄山，森林覆盖率已达97%以上，是真正的翠峰碧岭，在这个南方植物王国中，生长着70多科1900多种名贵树木、花卉。而密布十里的云南元江原始栲林和数百年生于斯长于斯的大树杜鹃，成为马雄山这个绿色家族的主要成员。秋天，一棵棵元江栲树，果实累累，像板栗炸开，落在林中，遍地清香。此时，春和景明，高挺的大树杜鹃，尽情开放，一树树火红的花朵，直指蓝天，那气势映红了天，映红了地，像朝霞染透了整座大山。而大树杜鹃的其他品种，白花晶莹，黄花似乳鹅，点缀其间，又添妩媚风韵。陪同我们攀登马雄山、土生土长于此地、首提珠源文化的作家郝正治先生说：今年天气温和，开春较早，大树杜鹃苞硕花艳，更加鲜美，真是人多情，花亦有情，"装点此关山，今朝更好看。"

攀上马雄山主峰，向山下望去，更有"会当凌绝顶，一览众山小"的感觉。目光越过脚下的层峦叠嶂，一片川流沃野尽收眼底，老郝面对如此多娇的山河，那抑制不住的激情，从双目流出，让我们感受到珠源文化的丰厚与奇特。

马雄山真是一座神秘之山，一座大奇大美之山，是一座让后人说不尽的文化之山。这山下东麓有一个神秘之洞，当地人叫麻地沟（也叫麻地冲）出水洞，马雄山以它春夏秋冬不断的乳汁，从洞中滴下流出，清碧如玉，形成一条沟状的小溪，唱着迷人的山野小曲，淙淙流去。流向东南方向的，叫南盘江，而流向东北方向的，名北盘江。南、北盘江同源一山，而另一支则完全离开珠江水系，成为金沙江的一级干流，全长461公里。在沾益境内57公里的牛栏江，即长江水系。马雄山的乳汁，"一水滴三江"，一元初始，一又为大，哺育了中国两条母亲河——珠江和长江，你说这是多么神奇的地理文化现象。

让人称奇的是，马雄山还有"一脉隔双盘"的奇观，即马雄山脉隔开了同源的南盘江和北盘江。他们同源各自川流南北，看似不同方向，最后却殊途同归。

南盘江在马雄山下的一个个溶洞中穿流向前，像一条银线，串联起盘江坝子、曲靖坝子、陆良坝子、宜良坝子，用她的乳汁，哺育着良田沃野，春种秋熟，绿浪金波，就像四颗神奇的宝珠，南盘江又有了"一线穿四珠"的美誉。上善若水，厚德载物。神奇的南盘江离开曲靖坝子后，以水之伟力，在云南境内形成一江通五湖、收融八条溪河的奇观。阳宗海、抚仙湖、星云湖、杞麓湖、异龙湖，在南盘江上下闪着浪漫的眼睛,谱写着云南江湖生态的美丽与民族文化的传奇。那从异龙湖传来的花腰彝族高亢嘹亮的海菜腔,被南盘江传送到很远很远。其间的海口河、巴江、曲江、泸江、甸溪河、清水江、黄泥河、马别河吸纳四野山川之精灵,带着各族人民的情意,流入南盘江,一路高歌,势不可挡。谁知她进入古称阿迷(现名开远)后,也许是还牵挂着她的同胞姐妹北盘江,或是怀抱开拓更远大前程的梦想,便转身向北,继而东进,进入贵州的兴义,在望谟蔗香,一眼望见同母的北盘江,怎不激动万分?须知北盘江也是一路多情一路歌,一路坎坷一路穿山越谷,一路悠久人文历史,一路神奇美丽风光。她以水的神力造就的黄果树大瀑布、贞丰北盘江大峡谷、马岭峡谷等,都是闻名天下的地理奇观。她在云南境内也留有神奇的足迹,宣威境内的可渡河,那可是一个重要的渡口,据说诸葛孔明南征经此地,遇大雨河水暴涨,军情如火,孔明派人探水情,探子回报,虽水流湍急,仍可渡河。孔明大喜,连连赞叹:可渡,可渡!这里便有了可渡的地名,河与渡口,便也叫可渡了。当然这只是传说,早在2000多年前这里就是秦开五尺道的必经之地。汉唐元明清,历代官府均在这里设官驿,筑炮台。旅舍马店、酒馆戏楼,鳞次栉比。五尺道从这里出去,自然也经过珠源马雄山下的官道。珠源区域,早就有连接中国内地与西南边陲甚至东南西亚各国的官道了。流放云南36年的杨升庵,他回成都省亲中,来回11次歇息可渡,和宣威文人缪文龙成为好友,对酒赋诗,还题写了"山高水长　水流常在"8个大字,镌刻在可渡河北崖上。这里的水,既是泛指,也是诗人在五尺道上,面对马雄山流来的珠源之水,得到灵感挥毫而成。仅一条五尺道而言,珠源文化甚至珠江文明,在中华文明的历史上,也是和黄河文明、长江文明同步的。

· 一路奔忙的南、北盘江,她们终于明白,那"一脉隔双盘",不过是上苍要她们各自去历练人生,各自去开拓一片风景,待事业有成后,那时的相会,才更有意义,更有价值。

在这里,她们终于结束了"一脉隔双盘"的离愁别绪,急切奔跑走近,禁不住一起伸开双臂,热烈拥抱。她俩相融成宽阔浩荡的红水河,回应着中国海南的召唤,欢跳着穿山越谷,抛开十万大山的阻拦,与东江、西江、北江等更多兄弟姐妹一起,成为浩浩荡荡的中国南部第一大江,也是中华民族的第三大母亲河——珠江,由虎门等八大河门流进南海⋯⋯

二

我们带着一身马雄山的清新气息与山花草香,走进麻地沟珠江正源洞口。阳光下,洞口上方的珠江源三个红色大字格外醒目。珠江源,我们一次次探访你,走近你,亲近你,总是觉得看不够,亲不够。作为你哺育的子孙,此时此刻,那洞前的一顷碧波,荡漾在我的胸怀,引发出的骄傲、光荣和梦想,汇聚成最想说的一句话,就是:我的祖国,我的爱,全都融进这绿水青山之中,青山不老,水流不断,源远流长!

仰望珠江源三个大字,思绪在历史的星空飞翔,珠江之源到底在何处？我们的先辈和今人，都为此付出了巨大的辛劳和心血。400年前，地理散文家徐霞客，用双脚丈量这条长达2119公里的母亲河，从粤经桂溯江而上，曾两次亲临马雄山下的沾益坝子考察珠江之源，两次住宿在当地龚起潜家。问其源头，龚氏均说不在这里，使他未能到达近在咫尺的正源之地。但是他在沾益亲眼看见了交水海子向南流去的壮丽景象，他断定这就是珠江的源头之水。他到达昆明松华坝三家村后，就穷盘源委，查找各种水文资料和回想目睹马雄山下炎方海子向北流成为北盘江，向南奔流成为南盘江的壮观情景，终于完成了"盘江考"，确认南、北盘江"俱发源于云南东境"，首次提出了"南盘自交水发源"，"南盘自沾益州炎方驿南下"。炎方即马雄山麓的炎方乡。徐霞客是确认珠江正源在炎方的第一人，具有开创之功。但由于他未能亲自抵达正源洞口，珠江到底发源于炎方何地，又语焉不详。经历代有识之士的考察，民国政府的水利专家在1942年进一步认定珠江发源于云南沾益县（现为沾益区）马雄山东麓炎方乡。新中国成立后，对水利工程格外重视，经水利专家勘察，于1953年再次确认并记入权威的工具书《辞海》。

为了更准确地认定江源，1979年，刚成立的珠江水利委员会开启了重勘珠江源的探源工程。而当时从部队复员的郝正治先生，因为是沾益县委书记的司机，他几乎全程参加了历时6年的重勘珠江源的考察。那时的马雄山，还是一片原始森林，没有道路，常有豹子等猛兽出没，这是一次艰险的重勘。他背着一支冲锋枪和砍刀，在山林中探路，带领大家终于完成了对江源的重勘。根据正源唯远和流水不断的原则，把正源定在马雄山下东麓的麻地沟出水洞。

麻地沟，一个很土、充满泥土气息的名字，从此作为珠江的正源，载入史册。这是圆了400年前两次进入珠江源考察的徐霞客的梦想。作为出生在珠江源头的郝正治先生，他因能参加重勘珠源，而感到特别高兴和光荣，这也是促使他走上了研究珠源文化漫漫长路的源泉。

1985年8月17日，珠江流域的云南省、贵州省、广西壮族自治区、广东省和珠江水利委员会的行政长官，为珠江正源重勘圆满落幕集聚源头，时任国家水利电力部的副部长、珠江水利委员会主任刘兆伦挥毫写下"珠江源"三个大字，用大理石镌刻在洞口上方。云南省省长普朝柱题词："源远流长"，蕴涵着正源人民对珠江文明的祝福与期待；贵州省省长王朝文题写的是"同源共济"，把成语"同舟共济"的"舟"字改为"源"字，给人遐想。广西壮族自治区主席韦纯束的题词是"西水源源"，两个"源"字，寄托着壮乡儿女对江源的无限深情。广东省省长叶选平的题词是"饮水思源"。这位新中国开国元帅叶剑英的儿子，后来的全国政协副主席，想来他写下这个题词时，眼前一定出现了从南湖驶出的那艘红船，胸中奔腾着革命的滚滚洪流。"饮水思源"，既抒发出对珠源山川和珠源人民的感激之情，也寄托着这位革命后代的理想。不忘初心，才能弄潮江海，大展宏图，实现中华民族的伟大复兴。

这些题词，还加入后来的云南省委书记、也是诗人的令狐安题写的"翠峰一水滴三江，珠流万里入南洋。最是阳春二三月，青山满目杜鹃香"等诗词，如今勒石为碑，立于江源大地，为珠源儿女和后人世代瞻仰，平添珠源文化的厚重与深邃。

镶刻在江源洞口的《珠江源碑记》也是一篇思想深邃、文采飞扬的赋体力作。上下五千年,华夏民族的伟大文明历史与祖国母亲多娇江山相融成瑰丽诗章。碑记书写了中国西南地区珠江之宏大气势,描绘珠江沃野之锦绣,细刻珠江源头气候之优良、山川之壮丽、地理之神奇、物产之丰饶。纪实华夏中兴,政通人和,复勘珠源,拓三江之水利,展四化宏图的梦想。可谓字字珠玑,句句如画,诵读碑记,无不作金石之声,引心灵共鸣。

正治先生望读碑记良久,流出一脸庄重又惋惜的神情。他告诉我们,碑记作者王治远出身于珠江流域的阳江县(现为阳江市),是清华大学新闻系的高才生。时任珠江水利委员会办公室副主任,对珠江有着赤子般的感情。不幸英年早逝,痛哉、惜哉!但他留下的这篇碑记,成为勘定珠江之源的见证,成为珠江源文化的美篇,传之子孙后代。

郝先生的话,引发我心海共鸣。珠江正源奇洞,奔涌出一条中华民族的母亲河,我禁不住脱口而出,留下四行小诗:

马雄山下一奇洞,
滴水成江贯南中;
站在江源望大海,
画山绣水中国梦。

珠江源,不仅是云南著名的风景区,国家级森林公园,还是国家AAAA级风景名胜区。我看见,人们怀着既庄严神圣,又自由欣喜的心情,走进珠江源,留下一张张与母亲河亲近的照片。突然一个稚嫩的声音传进我的耳里：妈妈，珠江源真美丽。你还能带我去看看长江源吗？一位年轻的母亲惊奇的眼神一闪而过，沉思片刻，终于说出了"会的。不过，怕是你带着你的儿孙去吧！"只见一条火红的红领巾，被江源的风吹起，格外的鲜亮。

三

神奇的珠江源，还哺育出了有情结、有责任、有担当、有文化的珠源奇人郝正治。他是珠源农民的儿子，确切地说，他是珠江源的儿子。他也是一个怀抱着美好梦想的人。他的文化散文《珠源梦》，抒发了他对一个伟大梦想的憧憬与追求，他的梦想是和珠源梦相融的，也是珠源文化培育了他的梦想。他和新中国同年，江源的乳汁哺育他和新中国共同成长。他从小在珠江源的马雄山放牛牧羊，口渴了，喝一口珠源水，饿了就摘一颗马雄山的野果充饥。初中毕业回乡务农，然后参军入伍成了一名北京部队的汽车兵。常说人民解放军部队是一座大学校，只有初中文化的郝正治，在这所大学校成长，炼意志，学技能，为他后来成为珠源文化的专家，打下了基础。汽车兵这个职业，也把他和珠江源紧紧连在了一起。退伍后，他成了沾益县县委书记的驾驶员，使他有机会参与了珠江源的重勘定源的所有活动。珠江从此成为他魂牵梦萦的一条江，把自己的生命和这条大江连在一起了。他觉得这源头有深不可测的文化，他这个江源之子，有义务来弘扬珠源文化，于是他在勘源定源后，于1998年首提珠源文化的概念。随着对珠源文化研究的深入，他认为这条大江还有待后人去研究、破解的文化之谜。他下定决心，要踏着徐霞客的脚印，全程考察珠江。于是他约着当时在曲靖颇有名气的作家蒋吉成，于2009年春节的大年初五，在乡邻们过节的鞭炮声中，踏上了考察珠江全程的长路。他们"纵横云贵，穿梭两广，查九江交汇，观八口入海，考人文历史，采民族风情"，历时20余天，耗资数万元，一路风雨艰辛，一路感叹收获。珠江全长不过2000多公里，他们却行程1万多公里，带回了数百分钟的录像视频，千多幅山川风光人文风情的照片，千多万字的各种资料，这些都成为郝正治人生中的文化亮点。

总结这次对珠江的全程考察，郝正治仍觉得对珠江的认识还有遗珠之憾，特别是有关珠源文化的某些节点未能涉足。因此，他又先后两次补课考察，对珠江源头的南、北盘江区域，进行了仔细的探访，得到了许多让他惊喜的意外收获。

亲历亲为的考察，虽然艰辛，却结出了一个又一个文化之果。有他和蒋吉成合著的《珠江源览胜》《珠源风光》，更有他个人创作的长卷文化散文《珠源梦》。特别是近著《上善若水之珠江情怀》，更是站在中华文明发展的高度上，来研究和书写珠源文化与珠江文明对中华民族文明进程贡献的重要著作，也是一部集地理学、历史学、民族学、人类学为一体的大书，还是一部有思想、有境界、有文采，具有审美价值的文化大散文。此外，他还考察研究了云南和中国的移民文史源流，自费走遍中国与云南移民相关的省区和要地,著有《汉族移民入滇史话》《汉族移民入滇史话续集》、长篇小说《充军云南》《杨状元充军》(上、下册)等著作。他撰写的《徐霞探源碑记》以充满激情的精美文字,记述了弘祖先生"平生不仕玄其机,大好河山一身系,融入自然乐无穷,志山志水永世基"的美好品格和勘源珠江的艰辛与确认珠江源头在云南东境沾益炎方的贡献,抒发了珠源人民对先生的崇敬心情。碑记立于徐霞客草堂前,是对先生的永久纪念。他还多次做客中央电视台、云南电视台直播或做专题节目。他被誉为司机作家、珠源文化奇人、珠源文化第一人,是中国作协会员。我认为他也是自费开启文化长征的第一人,便信口赞曰:"珠源文化第一人,诗书文史集大成。文化长征谱新篇,足迹华夏历古今。"

在此基础上,他在珠江正源旁,建起了"南国园展览馆",实际上是一个集珠源文化与云南移民文化的博物馆。馆藏文史、地理、民族、人类、文学等各种珍贵实物与文献、影像资料。那些充满浓郁文化内蕴、诗意盎然、文采飞扬的解说词,全为郝先生自己撰写。

我站在馆中,被浓厚的文化氛围浸润着,不断增添着自己的文化自信,一种民族自豪感与爱国情怀,禁不住油然而生。

四

站在江源,纵目珠江全境,还有一种文化让我震撼。在新中国成立70周年这个大庆的日子到来之际，当我凝视江源这一片红土地，仰望马雄山上那一树树盛开着火红花朵的大树杜鹃，心中便情不自禁地想到我们的先辈，曾用鲜血在珠江流域书写出的可歌可泣的红色历史。珠源文化中的红色文化，是我们民族宝贵的精神财富。珠江入海口的虎门，无论是谁一提到它，眼前都会闪烁着林则徐虎门销烟的熊熊火光，还有黄花岗烈士陵园的那一个个顶天立地的英雄形象，广西百色起义飘扬的战旗……那是何等激励人的史诗篇章！无论是江源的红土地、马雄山上的大树杜鹃，还是江土地上的英雄树，那火红的花朵、树下的赤土，不都有彭湃、韦拔群、周文雍、陈铁军等革命先烈的鲜血在闪烁吗？闪闪的红光中，我们为刑场上那特别而悲壮的婚礼祝福，更为他们大无畏的英雄气概感动并获取力量。珠江奔腾的浪涛声中，我们听到了广州起义的军号声，听到了中国工农红军长征中，中央红军在1935年和贺龙率领的红二方面军于1936年两次经过珠江源大地的脚步声，听到了沾益马雄山西南坡卡郎人桂声涛的"我们在太行山上"的抗日战歌以及"九五起义"的枪炮声……

在江源涛声的回响中，我们的母亲河仿佛在提醒今人，不要忘了那一天，1935年4月下旬，那个杜鹃花盛开的日子，马雄山上的大树杜鹃的年轮，记下了珠江源历史上一个个代代传诵的故事。

4月的阳光照耀着花红草绿的马雄山，山麓一支举着被硝烟熏染过的战旗、穿着草鞋从江源旁边经过的红军队伍，他们正浩浩荡荡穿过沾曲坝子。这时，从队伍中走出一个清瘦高挑的红军领导，登上一个山包，他望着脚下这一片青绿

的大坝子和一眼眼流泉，几十天来两入云南，穿行在乌蒙山的疲劳一扫而光，顿觉心旷神怡，兴致所至，向着将士们背诵了一首前人的五言绝句：

江南千条水，
云贵万重山。
五百年后看，
云南胜江南。

他问身边的将士，你们知道这首诗是谁人所作吗？大家都回答不知道。他说：这是明朝的大军事家刘伯温，当年云游云贵时，有感这里的美好山川写下的诗句。他说：今天红军流血牺牲，就是为了今后建设好我们的国家，只要我们大家努力向前，云南胜江南，不要50年就可实现。

为了这个美好的梦想，他和红军将士又迈开了前进的双脚。

背诵这首诗的人，就是不久前在遵义会议上重回领导岗位的毛泽东。这个历史细节，绝非杜撰。曲靖籍作家、也是从部队转业的军旅作家，原曲靖地委宣传部部长、现中国毛泽东诗词研究会副会长、云南毛泽东诗词研究会会长吴海坤，根据毛泽东警卫员陈昌奉及身边工作人员的回忆文章，把这个细节写入了他的重要著作《两入三迤——毛泽东长征转战云南纪实》（经中央文献出版社严格审核，作为纪念长征胜利80周年献礼图书，由该社于2016年出版）。

为了实现这个梦想，当年，江源地区人民支援红军，给红军带路，提供情报，踊跃参加红军，也留下了不少佳话，江源人民为中央红军提供了龙云派军车给薛岳送军用地图和白药等物质的重要情报，红军得知后在曲靖关下村一举截获云南军用地图和一批重要物质。珠街乡几位给中央红军带过路的老人，一直还记得那个高个子红军领导给他们点烟的细节，说他讲话很和气，就是话有些听不懂。让珠源人民引以为荣的是，毛泽东、朱德、周恩来、张闻天、王稼祥等中央红军领导，还在曲靖西山三元宫住宿，在这里于4月26日晚召开了著名的中央政治局和中央军委联席会议。会议由周恩来主持，毛泽东讲话重点是要尽快抢渡金沙江和渡江部署。会议根据他的建议，正式作出抢渡金沙江的决议，并于4月29日以中央军委的指示文件发出。因为这个重要决定，红军以迅雷不及掩耳之势，渡过了金沙江，摆脱了几十万国民党军队的围追堵截。中央红军在曲靖三元宫召开的这个会议，在我党的历史上具有非同寻常的战略意义。

　　祖国不会忘记，人民不会忘记，珠源地区和广大的珠江流域，不仅是一块历史悠久、文化丰富、生态美好的土地，也是一块拥有一个美好的梦想，为了人民的当家做主和新中国的建立，做出过巨大牺牲和贡献的土地！

　　饮水思源，不忘初心，源远流长，是珠源人的美好梦想。这个"珠源梦"如今已融进我们伟大的中国梦中。珠源梦，也是中华民族复兴的宏伟蓝图的组成部分。珠源梦，一个个珠源人做了千万年的美梦，今天正在一步步实现。

　　祖国美好，珠源的明天也美好……

曲靖交通的奇观

张庆国

一、古道踏访

秦朝统一六国时,中国北方的平原地区,已可以修出五十步宽的"驰道",供战马奔驰,浩浩荡荡通行,攻城略地,扩充版图。当时的云贵川山区却无法修路,森林苍茫,高山不言,寂静无声。老虎在山上睡觉,雄鹰在岩洞口张望,零散的村庄被白云遮蔽,无人所知。这里群山连绵,沟壑纵横,外人难以进入。但是,有一项智慧的发明,使得中国古人挖山修路的能力大大增强,那就是烈火烧石,再浇水冷却,让岩石在冷热交替的巨大温差中爆裂破碎。岩石崩塌搬移,挖去泥土,就可建造出山中的道路。

据说,这项技术,是秦国的蜀官李冰发明。

于是,云贵川山区被打开。

李冰于几千年前派出人马,在崇山峻岭中,火烧水浇手刨,破除苍茫群山中的无数坚硬岩石,修出了由川入滇的五尺道。相比中国北方平原五十步宽的"驰道",五尺道只有五六步宽,太过狭窄,但已经是伟大的人类交通工程了。从此,大批人马可以从深山中穿过,秦国势力就这样延伸到了遥远密闭的云南。外部的中原文明，数千年间，经四川宜宾进入了云南深山，沿云南的昭通进入曲靖，跟本地人口与文化融合，产生了影响云南历史进步的朱提文化，以及称雄于云南东部的爨文化，推动了云南经济社会的繁荣发展。

这就是交通的意义。

文明的发展和腾飞，需要插上交通的翅膀。

但古代文明的开发与扩张，太过于粗暴。早年，蜀人进入云南，做得最多的事就是抢掠人口。史书上描述的"僰僮"为川滇山区的土著，这些土著人口被沿五尺道进入的外来军队捕掠而去。抢夺人口干什么？我认为大部分就是用来开山挖路。尽管烧石破山的发明已经出现，但挖山修路仍是要命的苦力，劳累而死，应该很常见。所以大兵压境，沿路捕人，沿路开发，抢掠食物，用尽人力、泪水和尸骨，铺筑成了山中古道的石阶。历史就这样残酷地延续，文明就这样在刀剑血腥中传播。

当然，曲靖市的古代交通，不止有秦代由昭通而来的五尺道，还有元代的云贵古道。富源县的胜境观是后期曲靖古道的开发见证，我去过胜境关多次，2019年秋天采访曲靖交通发展，再去观摩了胜境关，感受更多。因为这个古代的关隘，正是云南和中国内地交通史的一个见证。

中秋刚过，胜境关村的晒场上，铺满了金黄色的苞谷，从晒场边的道路前行，可寻到向山中绵延而去的古道道口。下午西斜的阳光里，古道口的石阶上站着一个光影斑驳的牌坊。时光的摇撼中，这个牌坊多次被毁坏，又多次修葺。

古代云南，有三条路与外部相通，一称石门道，即最古老的五尺道，秦代就已经打通，从四川进昭通，过曲靖入

滇；二是灵光道，从成都出发，经四川雅安来到云南的姚安县和南华县，从楚雄方向进入云南，大约为三国时开发；三就是富源县的胜境关。三条古道中，两条都从曲靖通过，实在了不起。

曲靖市富源县的胜境关古道，是元代之后中原内地进入云南的重要通道，被称作"入滇第一关"。元朝士兵横扫世界，一举征服云南，就是从曲靖的富源县胜境关入滇。元至元十三年（1276年），元朝在现在的曲靖之地，设立云南"曲靖路"总管府，"曲靖"一名作为行政区域名称，正式使用并流传。后来，明朝军队攻击元军，也从胜境关进入云南。1949年卢汉起义，国民党云南驻军围攻昆明，著名的昆明保卫战爆发，刘邓大军从贵州赶来援助，同样是从胜境关入曲靖，再星夜兼程地赶往昆明。

二、现代交通成就

交通发展较早，创造了古代曲靖的文明进步，爨碑文化、铜文化、煤产业、火腿等，名扬四方。在丰富历史积累的背景上，经过新中国成立后70年的建设，曲靖市作为全国主体功能区规划、泛珠三角区域合作、长江经济带的重点开发区之一，已经成为云南中部城市经济圈的核心区域，综合实力位居云南省第二位。

其中，曲靖70年来所取得的最大成就之一，就是公路交通建设。

曲靖的地理位置十分特殊，连接滇东，位处滇中，所拥有的最大资源，是地理上向四面八方的重要地区呈现放射性联系。曲靖东与贵州毗邻，有跨省资源；西与昆明市接壤，市政府所在地的麒麟区距离云南省会城市昆明仅130公里，能与全省的政治经济中心保持密切联系；南与文山州、红河州相连，可取得丰富多元的民族文化资源；北与昭通市交界，可出省连接四川，进而联络中国外省。

所以，交通发展，对曲靖市的社会进步，意义更加重大。

曲靖市充分认识到交通的特殊意义，几年来大手笔发展本地交通，成就十分惊人。我们去到寻沾高速公路的施工现场（即昆明寻甸县连接曲靖沾益区的高速公路建设工地），这段公路是云南中部城市经济圈高速公路环线的重要组成部分，分属两个市区，前段属于昆明市，后段属于曲靖市，公路全长近60公里，曲靖境内长约25公里。

按我一个外行的理解，25公里是一个小数字，修建一段如此短促的高速公路，应该不会太难。没想到，这段确实不长的高速公路的修建，涉及的现代公路修筑技术非常复杂，施工难度极大，现场土木工程专家的解释，让我涨了不少知识。

中国北方平原地区一望无际，25公里的现代公路修筑，利用现今的先进技术设备，工程简单得多，大型机械设备进场，挖地取土，浇灌铺路，不断前进就行。云南修路就不同了，即使有了世界上最新的设计思想，有了高超的勘测技术，配备了大量挖掘机、打桩机、铲土机、浇灌车等非常现代的高效率现代化设备，公路建设仍然困难重重。

因为，云南地处高原，群山连绵，河谷纵横，所有大小城市都设于坝区，即群山环绕中的一个盆地，大盆地为市，小盆地为县，更小的平地建成了乡镇或村寨。有的云南县乡甚至建在山坡或河岸的狭长平地。云南的众多城区较为平坦，出了城郊，就要上坡下坡，且坡度越来越大，起起伏伏，连绵不绝，漫无尽头。所以，云南新修公路，从一个坝区通向另一个坝区，要穿越群山和沟壑，架设很多跨河而过的桥梁，或架设很多连通两个山坡的高架桥。短短一段25公里的寻沾高速公路曲靖段，就要挖掘约700米隧道2个、架设1700米以上大桥23座、460米以上中桥3座、370米天桥4座、建涵道通道68道、建互通立交桥3座，再铺设完成25公里高等级公路连接路面等等。

寻沾高速路是滇中一小时经济圈的最后突破点，即最后一段连接线，这段高速路全线打通，将连通整个曲靖市的外环线，曲靖市向外放射型联系的地理优势，就能在现代高速公路的畅达中，得到高效率的充分体现。从这个曲靖外环线的任何一个高速公路互通口出去，都能快速到达省会城市昆明，或前往云南东西南北的地州市。云南省的公路交通，将以曲靖为枢纽交汇点，沟通连接所有滇中城市群。与此同时，寻沾高速，还是滇东北出滇入川、入藏的重要通道，能打通省会昆明和云南瑞丽与几千公里外中国北方银川市的高速公路，南北串通中国数省和几百个沿途城市。

曲靖市的公路交通规划非常宏大，另有多处高速公路建设在同时进行。我还去参观了一个公路隧道的施工工地，这个隧道全长5400米，在云南算较大规模的，现场的项目经理是山西人，同样是土木工程专业毕业的年轻大学生，他告诉我，这个隧道的挖掘方式是矿山法，用风钻和水钻开掘，地质好的情况下，每天能掘进5米多，地质情况差，每天的掘进量只有1米，所以5400米长的隧道，要两年半才能完工。

进度不快的原因，是云南喀斯特地貌与他的故乡山西相比，隧道建设难度很高。山西黄土高原缺水，泥沙干燥，隧道掘进较快，云南的隧道挖掘中，经常会遇到山中隐藏的溶洞，溶洞中有大量积水和稀泥，给施工带来困难。即使没有溶洞，也会遇到坚硬的岩石层。

隧道完工，高速公路的通行，立即体现出奇迹，汽车以60码的限速穿过山肚子里平坦笔直的5400米隧道，仅需5.4分钟，相比从前一个多小时的盘山绕行，或久远历史中的十天半月的徒步翻山越岭，交通通行的效率提高了十几倍甚至几百倍。

十余年前，我曾独自驾车去曲靖的会泽县做历史调查。当时未修通高速，全是盘山老路，我清晨8点从昆明出发，一路行驶，到达会泽城，已是黑灯瞎火的夜晚。后来高速公路修通，早晨从昆明出发，去到会泽县城，只用了两个多小时，离吃午饭的时间还早，当天晚饭后返回，时间也绰绰有余。

三、跨越大峡谷的世界顶级公路桥

在现代交通技术出现之前，陆地道路的修筑成本很高，伐木除草，挖石刨土，填沟砌石，运送废料，工程艰巨繁杂。平地如此，山地更难。道路修好后，运输能力却有限，马匹运送农副产品，行走的路程超过60公里，成本已跟驮运的物资吃平，再往前走，就要亏本，所以，人类更愿意利用河道的水运来完成交通运输。

尽管古代的河道疏浚也很耗费资源，但一匹马在陆路上行走，只能驮百来公斤物资，马车牛车运送，人力挑背，或者人力小车推送，效率都极低，无法与水路航运的浩大能力相比。正因为如此，从隋朝起，中国古人就历经几百年上千年地持续开凿京杭大运河，以促进中国大地南北交通的畅达。

但是，云南众多大峡谷中的河道却不适宜通航，因为地势险要，河道狭窄并起伏不平，河中的巨大落石阻塞太多，跨越深谷河流的云南公路交通建设，只能架桥，或者长途绕行。

在高原峡谷里架设交通桥梁，曾是国际上的高难度技术。一百多年前，法国人修建滇越铁路，在云南南部的亚热带丛林深山峡谷区，建了一座人字铁路桥，其难度超越了当时的国际技术能力，传为历史佳话。可是，相比云南曲靖市于2016年建成的北盘江高速公路大桥，早年的滇越铁路人字桥，只算是一幅小风景。

我乘车去到北盘江大桥上，疾风扑面，阳光强烈，峡谷两岸，高山耸立，云雾缭绕。向交通局专家请教，才知道这座桥的桥面至桥下江面的距离，是565.4米，已被世界吉尼斯官方认证，获得"世界最高桥"之称。

北盘江大桥建于云贵边界处的深山地区，横跨纵深600米的高原深谷，谷底的北盘江细如长蛇，蜿蜒而逝，时隐时现。两岸峭壁高耸，疾风呼啸，是曲靖宣威境内最恢宏、最壮丽、最神奇的大峡谷。历史上，这里因地势险要，长期成为与世隔绝的世外桃源。峡谷的云雾中雄鹰盘旋，悬崖上不时出现散乱的神秘洞窟。生长在陡峭绝壁上的千年老树，枝干上下扭曲，形状奇特，飞泻而下的岩洞瀑布，送来遥远的呼号。

北盘江东西两岸分属云南和贵州两省，东岸与贵州水城县的都格相连，西岸与曲靖宣威市的普立乡相交。雨季河水滔滔，泥沙俱下，似群猪滚动，云南人称峡谷深处的河为泥猪河，后改为尼珠河，贵州人则把此河称为北盘江。

1970年6月，北盘江上发生了一件大事，横跨大峡谷的铁索桥竣工了，北盘江两岸的滇黔两省从此可以通过铁索桥互通往来，可望而不可即的艰难交通史结束了。命名为腊龙的铁索桥，建在曲靖宣威市的普立乡与贵州水城县都格的交界处，桥下方是宣威市最低海拔的920米处。不似今天的北盘江大桥，可以雄伟地站在世界大桥之顶。

四十三年后的2013年，云贵两省合力，开始修建创世纪的北盘江高速公路大桥。

这是在世界最险要的地质条件下建高速公路大桥，北盘江峡谷区地质灾害频发，风大、雾重、雨多、凝冻严重等恶劣的自然气候环境，给大型桥梁的建设，带来了严峻考验。但是，建设者们只用了3年时间，就把这座世界第一高桥，成功架设在了雄伟的北盘江大峡谷之上。建造大桥的工程师和各科专家调动全部才智，开创了除桥身高度外的人类智力新高度，研发出"机制砂自密实混凝土"，这种混凝土具有智能，能自动流动，均匀地缜密并充实模具里的空间。他们还利用计算机云技术，研发出全新的综合信息平台，能通过桥上的传感器，把桥梁的各种数据和对应决策，发送到管理者的手机和平板电脑上。建造这座桥期间，专家们持续多项的发明创造，先后申请了各类专利13项、施工工法3项、技术指南2套和软件著作权6项。

2018年，北盘江第一桥获得了35届国际桥梁大会的"诺贝尔奖"——古斯塔夫斯金奖。

但是，北盘江大桥，并不是曲靖取得的第一项世界性桥梁交通建设成就。

在建造北盘江大桥的同时，曲靖市的另一座峡谷区世界级公路大桥，也在建造之中，那就是著名的普立特大桥。普立特大桥比北盘江大桥早建成半年，曾是世界第一高桥，北盘江大桥建成后，普立特大桥才屈居其后。普立特大桥在世界的各种桥梁中，桥面最高，高出了普立大峡谷500米，它的建成，在世界桥梁建筑史上，令人震撼。

普立特大桥的建造，创造了山区钢箱梁悬索大桥的中国之最，它的大桥钢箱梁，是在工厂内分单元预制完成，再运至桥岸的车间组装，然后，采用"缆索吊旋转架设法"，进行钢箱梁桥身的架设焊接。总重7680吨的钢箱节段，悬吊在峡谷上方500米疾风呼号的高空，稳稳地悬停，中国桥梁的最高吊装技术，在云南曲靖的深山大峡谷中，得到了成功运用。

四、时间对望

我的一个朋友，出生在曲靖市下属陆良县的一个村子，那个村子位于现代公路边，规模极大，人口相当稠密，有上万人，村内街道纵横，店铺连绵，不止像一个镇，换到从前，已接近县的人口格局，令我深感惊诧。

云南山高坡陡，沟壑切割，地广人稀且交通不便，很多乡村地区，曾经人口居住分散。一座山头居住一户人家，类似于一只老虎守着一处山坡，极其常见，非常惬意，非常英勇，也非常孤独。

我踩踏着石板古道，走进曲靖市陆良县的那个大村子寻访。那个村子里居住的上万人口，都是浩浩荡荡的古代移民后裔，他们的先祖汇聚于此，原因在于那里正是古代云南东部五尺道的路口。我那个朋友的祖辈究竟是抓捕人的士兵？还是被捕的"僰僮"？或是过路的商贩与挑夫？已无法查证。但滇川黔包括更远的中原地区往来人口，以及进入云南的军队，常从那个重要的五尺道口经过，已确定无疑。于是，高山深处，人喊马嘶，络绎不绝，有人留下不走，在山脚的平坦处建房，开小旅店迎客。有人做饭卖酒或开荒种地，居留者越来越多，渐渐成为村子，繁衍出上万人口。

我的朋友说，儿时他们上学，从村后的古道行走，翻山越岭一个多小时，才能到达学校。现在，高速公路从村子外面经过，坐汽车进县城，或去曲靖市，也就几块钱。现代交通改变了历史，也改变了人们的生活方式。古村的年轻人都坐汽车或火车远走高飞，老人倚靠着石板路边的老店，在冬天的阳光中回忆往事。

如今，川滇相交的四川筠连县武德乡，还有一段300余米长的秦代五尺道完整保留，路宽两米，十分珍贵。我没有见过那段珍贵的五尺道遗存，却在云南保山的高黎贡山，考察过古人开凿的茶马古道，路宽三四米，比五尺道通畅，马帮走过，可以迎面交会，互不干扰。古道周围大树参天，光线阴暗，地上的泥土已把大部分石阶填平，泥地里长出大片苔藓。仔细辨认，才能发现路面苔藓上隐约远逝的时光。

远逝的时光，也映现在北盘江的老式铁索桥上，现在，长约50米的腊龙铁索桥，饱经近半个世纪的风霜，洪水连年冲击，依然岿然不动。两岸的桥墩上，清晰可见的对联，给人带来了强烈的历史冲击，一边对联是：上联"春风杨柳万千条"，下联"六亿神州尽舜尧"，横批"共产党万岁"。另一边的对联是：上联"天生一个仙人洞"，下联"无限风光在险峰"，横批"毛主席万岁"。桥头的墙上，当年庄严书写的"最高指示"文字仍可清楚地辨认。

铁索桥有些生锈，因桥面的木头破损而危险，桥仍是当地村民外出的必经之道。于是，老式的铁索桥与新建的世界第一高桥——北盘江大桥，缓慢蹒跚的步行与高速驶过的汽车通行，上下遥望，高低呼应，相互对照，形成了同一个空间中意味深长的历史对视奇观，令人浮想联翩。

父亲的三双鞋

纳张元

父亲很少穿鞋,几乎就打了一辈子的赤脚。

我老家的山民们几乎都不穿鞋,一方面是大家都很穷,穿不起鞋。但主要原因还是山高路险,有鞋也穿不成。那山陡得猴子过山淌眼泪,岩羊下山滚皮坡,一条山草绳一样细细的小路,弯弯曲曲地挂在陡峭的山腰上,行人像壁虎一样贴着悬崖小心翼翼地移动,稍不留心脚下轻轻一滑,人就像鸟一样在峡谷中飞起来,一直飞下万丈深渊。有一年来了两个下乡干部,他们把鞋子挂在脖子上,右手拿一枝树叶遮挡在外面;说看下面又陡又深——头晕!左手扶在岩壁上,脚摇手抖地碎步挪动,好不容易进了山寨,开始宣讲脱贫致富法宝,讲了半天,山民们两眼呆滞,面无表情。下乡干部有些生气:我们好心教你们致富绝招,你们这是啥态度?山民们这才木讷地说:你们说的那些这样买进来那样卖出去的法子根本行不通,我们买一头小猪背进来,喂大以后就再也背不出去了。两个下乡干部一下子愣了,其中有一个推了推眼镜,用毛笔在一块绝壁上写下"革命到此止步"六个大字,还在后面打了三个惊叹号,然后就打道回府,以后再也没有人来这里下乡。在这样危险的山路上行走,打赤脚是最稳妥的。父亲从小就赤脚在这样的山路上行走,他那箕张得有些变形的赤脚,青蛙一样抠贴在陡峭的山路上,一步一个脚印,沉稳而有力,风里来,雨里去,不知不觉就走成了一个二十多岁的大小伙子,该说媳妇了。在媒人的引领下,我父亲背着烟酒糖茶到我母亲家来提亲了。按照当地风俗,女方如果不同意婚事,会请媒人将烟酒糖茶原封不动地退还给男方家。而我父亲收到的是一双草鞋,我母亲亲手编的草鞋。按习俗我母亲应该给父亲做一双布鞋,但那个年头什么都要凭票供应,包括针线都要凭票购买,更不要说棉布了。虽然只是草鞋,母亲却很用心,编得很精致,两只鞋襻上还编了两条龙缠绕在上面,龙头在鞋鼻子处,龙尾一直蜿蜒到鞋后跟,尽管多年后,我父亲非常肯定地对我说,那两条龙一点都不像龙,倒很像两条蛇,但还是能看出我母亲手艺不错,针线活肯定也错不了。我母亲说龙编成了蛇样不赖她,主要是她只见过蛇,没有见过真正的龙长什么样子。我父亲拿到草鞋时,欣喜若狂,他急不可耐地将鞋穿上,但那鞋一点都不好穿,第一天就磨了一脚的血泡,第二天脚底、脚背、脚后跟,到处都在流血,第三天,我父亲的双脚肿成了馒头,双腿肿得像柱子,连地都下不了。看着红肿的双脚,再看看那双糊了血的草鞋,父亲很生气,顺手就将它们扔进了火塘,随着一阵浓烟和熊熊大火,那双草鞋顷刻之间化为灰烬。

我母亲过门很久以后才知道,她精心编织的定情之物早已被父亲付之一炬,十分生气,跟我父亲大吵一架。父亲怪母亲太笨,编的草鞋一点都不合脚,害他跛了十几天,白白耽误了很多工分。母亲则骂他那双熊掌根本就不是人脚,不配穿人的鞋子。骂归骂，母亲还是东拼西凑，找针线，积攒碎布，打褙布，纳鞋底，缝鞋帮，不知熬了多少个日日夜夜，终于给父亲做了一双真正的布鞋，而且是比照着父亲那双箕张得变形的"熊掌"做的。父亲穿上后，在火塘边走来走去，十分惬意，最后下结论式的说：嘿，这才是真正的鞋子。说完后，脱下鞋，用袖子擦去鞋底上的泥土，拍了又拍，吹了又吹，然后小心地压在枕头下面，再也舍不得穿。到过年时，母亲提醒我父亲说，过年了，把新鞋拿出来穿上吧，到亲戚家串门子也有面子。父亲小心地翻开枕头，一下子傻眼了：那双布鞋早就被老鼠啃成了一堆碎布。父亲心疼得直吸凉气，对着那堆碎布，咬牙切齿地骂了许多脏话。

我大学毕业后留在城里工作，在城里找了女朋友，结婚之前，我特意买了一双皮鞋带回去，让父亲穿着皮鞋来参加我的婚礼，还一再叮嘱说，千万不能光着脚来，让城里人笑话。婚礼那天，父亲来了，皮鞋倒也穿来了，只是弄得他一脸的苦瓜相，走路一颠一拐的。那段漫长而又崎岖的山路，把他的脚磨出了好几个不小的血泡。以后别给老子买皮鞋了，既折磨人又浪费！父亲拉着脸说。回到家后父亲很少再穿这双皮鞋，吸取布鞋被咬的教训，父亲不敢再将皮鞋藏到枕头下，而是把它锁进木柜里，还隔三岔五地打开柜子检查，后来，眼看着皮鞋一天天长毛了，父亲一下子慌了：这兔崽子给我买的什么鞋，这不是又要霉烂了吗？我听说后，告诉父亲，是他的木柜子不通风，皮鞋要经常拿出来晒太阳，还要擦鞋油的。以后，每隔十天半月，父亲就要拿出他的皮鞋来，擦油晒太阳。一边擦一边骂骂咧咧，说我是败家子，没有瘿袋找一个尿泡来挂给他，几年来，已经费掉他好几条鞋油了，真是青菜盘出肉价钱，拴牛的绳子比牛还贵。不过，骂归骂，父亲并没有真生气，从表情看还挺受用的，母亲这样对我说。

去年，古老的山寨不仅通了水，通了电，还通了公路。父亲的皮鞋终于不用再锁在木柜子里了，最近父亲打来电话，说他的皮鞋已经快穿不成了，让我给他再买一双。他一再叮嘱我要买真皮的，不要人造革的，寨子里一些人图便宜，买人造革的皮鞋穿，脚臭得很，喝酒时连伴都挨不上。父亲的话不仅有了醉意，还明显有了显摆的成分。

不过，我从父亲的话里听出来，山寨里穿皮鞋的已经不仅只是他一个人了。只是不知道当年下乡干部题写的"革命到此止步"几个大字还在否？

离村庄记

付昌惠

一

老鹰岩失去了它的村民,山坡上的一草一木肯定晓得它的悲欢离合,无论迁移有多么的情不由衷,起始点和目的地终归是脚步的踏程,家的落成。

自村民第一批搬迁出去后,最后留下的三家人,张必聪、张必花、莫名宽家天天看着山梁上,看有没有人影子。事实是,连只山羊也不曾看见,不要说看见人影子了。他们只好蹲在老鹰岩边,盯着天上的云变树,树变牛,牛变羊,恨不得变出只老鹰来把他们叼走算了。

这个被嫌弃的村庄,变得失魂落魄,一天比一天沉默,它空洞的身躯,开始变得荒芜,杂草丛生,麻蛇成团,鸡不鸣狗不叫,只有门口不知疲倦的硝厂河诉说着它们是淌过老鹰岩的脉流。

可是,无论这条河流怎么提示、呼唤,他们再也抵挡不住来自山外的势力,这股势力促使身强力壮的他们再也坐不住了,开始白天盼天黑,天黑盼天亮,猪不喂,牛不养,一天两顿饭，煎熬在他们心头长出了枝丫乱搅。他们在复杂的心理矛盾中报怨，如果生活不被安排，不是一方水土难养一方人，谁又会轻易要离开祖宗的埋骨之地。

二

以前老鹰岩的人住的是岩洞。不过久远了，他们只记得左面是莫家岩洞，右面是杨家岩洞。莫家岩洞曾经住着36口人，掌家的是个女老奶，传说饥饿时连小孩肉都敢吃。这故事的演绎，让我联想到小时候大人恐吓小孩，说不听话，不听话就送给老变婆，吃掉！

莫家岩洞现已成为老鹰岩小组的会议集结点，原因是在张家梁子开会，莫家说莫家远了，不来。在莫家梁子开会，张家说张家远了，也不来。最后就选在张家梁子和莫家梁子中间的莫家岩洞！也就是那棵刺花树附近。

只要是热心关注者都有所熟知，会泽县是全省深度贫困县之一，而"引导10万人搬迁进城，再造一座新城"则是近年来的上层部署。事实也如此，在会泽县城西面，大约有10多平方公里的建筑工地正紧锣密鼓地进行中，这块新的领地就是易地扶贫搬迁安置点，安置对象主要是建档立卡贫困户、滑坡地段的村民和村庄。此项工作正以神的速度进行，自2018年3月启动建设后，一天一个样，于2019年1月29日起已分批分期搬迁入住。

老鹰岩属会泽县火红乡格枝村委会的一个小组，全村

23户，98人。这地方，一个山头一个姓，一个姓就是一个梁子。莫家梁子就住着莫姓人家，张家梁子就住着张姓人家，每个梁子间以一条沟为界。如今老鹰岩的人早已不住岩洞了，但是它还是掌控不了自己的命运，它被纳入会泽县脱贫攻坚整体易地搬迁贫困村。

这些梁子的纯净，不像那些来路复杂的城市居民，信息流、商流、物流四通八达，眼界宽，视觉广，点子多，想也想得到，做也做得到。像老鹰岩这个交通死角，没有商品的契约，经济萧条，单薄无力，地缘的纯居如同近亲结婚带来的危害，让人担忧。

不过人们常说，树挪死，人挪活，他们要挪到城市，与城市联姻，摩擦出新的生命，到时候，曾经的刁钻古怪，险恶，坚韧，善良，悲欢离合，前世和今生，不在时间中湮灭，就在时间中沉淀。

他们不知道时代在变迁，生活在延展，需求已不同，搬迁已是个定局。有的人想不通，对着天空、对着流云责问，祖祖辈辈都是这样过来的，为什么现在就要嫌弃了，这也贫穷，那也困难，难道搬到城市就好了？可是，天空也不语，流云也不答，只好跟着时间走了。

三

张必花老人和他的老伴做好第二天搬迁的准备。

他的老伴什么都不忙，就忙她的食物，她实实在在塞满了袋子。苞谷面、黄豆面、甜白酒,这些在城市的超市随时可以买到的食品,却成了拴缚她最牢固的一根绳,她认为是出钱也买不到的,就像将要失去的老鹰岩,听说搬迁后房屋会被拆除,就再也回不来了。她嫌袋子太小,不管袋子会不会撑破,拼命往里面凑。她用心,要把家里所有食物全部塞进去。

张必花老人不像他的老伴只顾忙食物,他要忙的是他的蜜蜂。他说,他的窝倒是有人给他做好了,他也要把蜜蜂的窝做好了才走。他提着一袋牛屎,牛屎的气味熏得我肠胃里翻江倒海,他却把它当稀有之物,说牛屎是出钱买回来的,他要用它为蜜蜂修补一次蜂箱。说这一走,也许就是一辈子。

他戴着罩子,点燃火草,在蜂箱里一熏,蜂儿就乖了,不乱飞,停在他手上自由爬行。这位快八十岁的老人,弯下腰,跪在地上,用小刷子刷着蜂箱的旮旮角角!一列列整齐的蜂列上,蜜蜂低鸣,有序攒动,它们安然打理着家务,却不知道它的主人正在用这种方式与它们告别。他讲,蜂巢里白色部分是蜂蜜,留着给它们自己吃,黄色部分是幼蜂在里面。有幼蜂的时候不能取蜂蜜,会伤害幼蜂。蜂蜜要等秋季幼蜂出窝后才能取。他把蜂箱里的灰尘刷干净,合上蜂门,牛屎混着柴灰拌均匀,两个指头挑起牛屎敷着缝隙,就连针线般的缝隙都不放过。敷完之后,把一块木板搭在蜂箱门口,他担心下雨的时候蜜蜂掉在水里。他搭好木板,又找来一些很轻的干草、叶子撒在地面,说大雨来的时候可以当作蜂儿的船,救它。

我只知道蜜蜂会酿蜜,却不知道它怕水,掉进水里就出不来，是个笨虫，是个脆弱的生命。其实，它同样需要呵护、救助。这些隐藏在角落里的情感，让心变得柔软，他不管处于何种境地，在内心深处，不管走向何方，在他不被安排的细微中仍然不忘来处！

这根植在他们心中的村庄，哪能说走就走？说丢就丢？不要说人有情感，就连牛羊也是有情感的。

提到牛，我好像听到那头牛深厚的叫声。那是老鹰岩的第一批搬迁户处理的牛。那天绳子套在牛脖子上，两个庄稼汉一个朝前拉，一个朝后吆，牛头犟来犟去，鼻孔喷着粗气，就是不出来。那女人心一软，端来一簸箕苞谷粒喂它，它一颗不吃。她又去割几颗大白菜，把黄叶子全部撕掉，剩下菜心，她劝牛："我们要搬进城了，带又带不走你，留在家又没人照管你，左挑右挑给你挑了个好人家。我都问过了，他家只是养着你犁地，又不拿你去宰。你看我也舍不得你走，要是我不走，留下来单家独户过日子，也是过不成的，今天事情是这样的了，就给你重新找个好人家。也是我们最后喂你一顿，你吃饱了就安安心心跟着你的人家走。"她摸摸牛脖子，喂它白菜，牛看着她，开始吃白菜了！吃完，牵出圈门，在山坡上回了几次头，就越走越远了！

张必花老两口收拾完食物，把蜜蜂的窝做好之后，把挂在墙上的一副花样年华的照片，调个面，脸朝墙面挂着，那是她失足摔下悬崖早逝的儿媳妇，她要让她永远留在老鹰岩，留在这个老房子，魂归故乡。

说到这些非正常失去的生命，无论过了多少年，这种失去亲人的忧伤还暗暗藏在他们的语气中。看到这种忧伤，第一批搬出去的杜枝枝说过的话似乎就在我耳边。

杜枝枝说，她原来有两个儿子，小儿子十二岁就在门口陡坡上玩耍时抛撒掉了。现在唯有大儿子在她身边。大儿子家已经有了三个儿子，在上小学，儿媳妇是她亲妹妹家的姑娘。

她摸着她孙子的脑袋说："我这代人岁数也大了，在惯的山坡不嫌陡，搬到城市摸不着头脑，大字不识，担心到了城市，出门就找不到家。如果可以不搬，穷点就穷点，我就不搬了。可是这是政策啊，转过来仔细想想，我这辈人倒是在这也过得了，我们也要为小的想想，为后辈子孙想想。他们搬进城去，又不担心石头掉下来打着。在这些地方生活，天天都担心石头滚下来打着，晚上要等三个孙子好脚好手回来才放心啊！我进城，种不了地，做不了活，早早晚晚就做个饭，两个娃儿打个工还是勉强能淘了。管他的，莫说上面还给我老两个40平方房子住，就是一分钱不给，我又能咋个办。管他的，这日子过得了。"

我不敢轻易对她发表看法，至于要怎么过好日子，什么是幸福生活，那是一个很大的话题，我不能一厢情愿地断言。也许，幸福的程度真的就是一个变动的指数。我看着光秃秃的房前屋后问她，这个冬天的菜吃什么。她指着土墙钉子上挂着的一串串干豆皮："噶！就吃这些骨尸。"她的语言拓展了我的想法，等进城了，人也城市化，生活也城市化，语言自然跟着城市化，标准化。这种融进了泥土，与大地紧紧相拥的语言会不会也渐渐消失？

四

三家人头晚必须把所有家具用品装上货车,准备第二天早上出发。

张必聪这位老鹰岩最后的小组长接到装货电话,一行人放下碗筷,停下即将开始的晚饭,赶到装货地。

有的人,有的事,需要留存。我作为生活的体验者随同县文联、县摄影协会,会泽县新城建设指挥部的几位热心人士全程见证。一行人,用拍摄的方式为他们三家人留存了永恒的记忆。要是在以前,摄影师镜头对准他们,他们准会躲开,生怕有损他们的面子,总是不耐烦地问拍了做什么,让摄影师解释不了那么多。遇到能言善辩的还要发出一声警告:不要乱拍!他们动不动就提肖像权。有的人更会抓关键,只要相机一对准他,他就要求帮他办个低保呀、残疾证呀什么的。一听到这些话,哪还敢拍照,不躲开,就成了光着脑袋钻刺棵的人,哪怕有造飞机的本事也无能为力。可今天,帮他们拍照,怎么拍他们就怎么配合。特别是为莫名宽家拍全家福时,他们一家八口人特别珍惜这次拍照的机会,也不问为什么,像捡了个大便宜,说了无数次感激的话。好像他们今天才明白他们将要永远离开曾经的家乡,才晓得照片能够帮助他们记住家乡的一草一木,一砖一瓦。

三家人的家具装在一辆货车上,已经简单多了,不像四个月前第一批搬迁时那么庞大和复杂了。

四个月前,也就是2019年1月29日,老鹰岩第一批搬迁进城。那次搬迁,各大媒体的车子、装货的车子、载客的客车，大车小车拥挤在村委会门口，都有安排，车子编上小组的名字，村民们忙着装货：床板、桌椅板凳、锅、油桶、肉、柜子等杂七杂八的，在各家的东西上标注好姓名装上货车。

五

夜间11点，三家人所有家具装完了。

不管夜有多深，他们都得继续在老鹰岩吃最后一顿饭。第二天就要把窝挪进城了，这顿晚饭自然就意味深长，或喜或忧或聚或离，他们是不会草草打发自己的，得有自己的仪式。小村里的老白干永远是情意最深的表达，喝多喝少不勉强，祝福是必须有的。

五月的夜空，早已寒意消失。张必聪的亲友团聚在一起，为他们的搬迁辞别，祝福。不同的时间，相同的地方，我想起张必聪家最后一年宰年猪的情景，那也是最后一次全村人的聚会。

那天，酒是他家最好的酒，人是村子里的人。村民们再也用不着他这个小组长扯开嗓门对着山梁喊话了，因为已经没有会议要开，再没有事情要交代，再也不提小组内的事务了，他再也不说任何一个村民的不是了。他只想让大家在搬进县城之前聚在一起，斯斯文文坐下来吃顿饭，喝台酒，忘记以前所有的得罪，所有的不是。

整条猪身上的宝都做出来了，桌子支满堂屋，院坝。无声无息是潜在的召唤，村民不请自来，一起动手，大家做大家吃。夜晚，张必聪在自家院坝燃起了大火。小院坝亮了。围在柴火边的脸在火光中柔润起来。晚饭后的话题总是轻松，闲话无边无际，说他们的土地，他们的牛羊，他们的女人，他们的孩子，他们的父辈，他们的担心。只不过他们的乐趣更能提神，兴趣高时他们就唱起山歌。张必聪表面上唱着轻松的歌，讲着村民感兴趣的故事，可是离愁别绪已经自然靠过来了，就在他不自觉的叹息中。

山歌是他苦闷的宣泄，生活的表达。当然，唱起山歌来没有人唱得过张必聪。他看到啥就唱啥，一唱就唱十二首，每首都不重复。他在大伙面前借着酒意坦诚，那年他正值壮年，一心想讨个媳妇，说连虫虫蚂蚁都轻易做到的事，为啥自己那么窝囊？他再也不坐地等花开了，一趟就从家门口下到硝厂河边，顺着硝厂河下游跑到贵州唱山歌，他要唱个媳妇回来。唱山歌的人多得数不清，男男女女，白天黑夜通天唱，一唱就唱三天三夜。他讲到这时，媳妇坐在他身旁笑着使劲捶了他一个大拳头。他转过脸，对他媳妇说，以前真没有闲工夫冲这个壳子，今天就想逗大家笑一个。

他偏了偏肩膀接着讲，那次他唱得个女人带回来，女人一到他家就喊爹喊妈。他妈一听，难办了！一声爹妈喊出来就得打发礼物，思来想去只有把压在箱子里的一丈二阴丹蓝布拿出来，说撕六尺送给那女人。那女人一把抢过说不要撕了，刚好够做一身一套。这时他突然看到那女人嘴唇边长满了黑胡子，他的心凉了。最后舍了布匹，费了周折总算把那女人退回去。他讲到这时又被他媳妇狠狠地掐了一把说，人家得了一丈二阴丹蓝，她一根纱都没得。他回她，你得个人

了还想要啥。这下终于把围在火边的人逗笑了。

最后讲的是坐在他身边的媳妇。他把那女的送回家后,在昆明建筑工地遇到了他媳妇,先是两个人在工地上吵架,天天吵,一见就吵,想着法子吵,绕着弯弯吵,吵着吵着就对上号了。对上号当然要带回来见父母。他媳妇跟着来到老鹰岩,走在山路上就哭起来,她没想到他平时对她说的老岩老坎真的就是这样子。她骂这路不是人走的,这地方不是人住的。他下定决心要好好待她,赌咒发誓一辈子对她好。她终于不哭了,说留下来了和他过日子。以后就再也没有出去打工了。这时围在火边的人问他是不是出去打工怕媳妇跑了,他大笑而不答。只见他媳妇又使劲掐他的臂膀。

冬天的夜浓墨大气,怀抱山庄,让彼此更近,有说不完的话,讲不完的故事。他们说的对,离开土地,离开村庄,等进城住了高楼,各家独门独户,得为新的生计奔波,寻找生存出路,谁还会有这闲工夫凑在一起摆这龙门阵。

夜越来越深,柴火添了又添,村邻们谁都不离开,围着大火讲忧愁,讲快乐,讲过去,设想未来!

说到未来,所有人都沉默了,只听到柴火炸开的声音,这声音让人惶惑!有人打破沉默,他们围在火边说了各种设想,有的人三句话离不开本行,说要去承包土地来种。年轻人说他们要去广州打工,要去昆明打工。老人无可奈何摇头叹息,他们只能在家做饭看孩子。一位沉默少语的年轻女人突然抬起头问:"听说看风水最赚钱。"说她怕是要去学看风水,帮人算个命。说完连她自己都跟着大家笑起来!我问她读过书没有?她摇头,连扁担大的字都不识一个。我算是安慰她说,那些忽悠人的算命先生多少也得知道一些天文地理,江湖鱼虾的事，要不然他面对心有惶惑不安的人也怕是铺不出来的。她张着嘴巴，像喘气的鱼儿瞪着我，似乎骗人的是我！有的小年轻啥话都不说，像是藏着天大的秘密，只字不漏。不说话恰恰是种担心，谁知道他们会干什么鬼事去！

六

夜越来越深，离开老鹰岩的时间越来越短。张必聪这位老鹰岩最后的小组长，酒喝再多都不会忘记第二天要离开，黯然销魂的别离就在他的酒杯里。他有说不完的话，恨不得要把在老鹰岩的脚迹窝都数清楚。不知不觉话题跑到了悬挂在老鹰岩的那条之字形路上。提起路，那种百味俱杂的心情就在他激动的言语和表情中。他把酒使劲滋了一口，思路清晰，从头说到尾。

一说修路，那段到那段，用多少钱，修多少天，有哪些细节，发生了什么事，说过什么话，他清清楚楚不打阻隔。

他说，他们从2005年开始修人马驿道，心想只要修了够毛驴走就行了，五年大约修了五公里，后来"一事一议"政策就来了。一事一议政策一来，他们在2010年开始修乡村道路。

为了表示修路的决心，上面答应只要他们每个人凑出18元，就补助每个小组1.6万元修路。他们商量四个能受益的小组，火毕罗梁子、李家梁子、余家梁子、老鹰岩的莫家梁子、张家梁子，一起修路。可是喊凑18元时，莫家梁子有人

开始不同意,说把钱拿去修路,还不如买几个大骡子。

他看着酒杯问:"你想想,就因为少数几个人不签字,事情就卡着办不了。欺祖的,拉子有时也得顺着他们,在他们面前承认自己是孙子,嘴巴说酸了,才同意凑出18元钱。可是要每家每天安排一个劳动力来配合老板修路时,莫家梁子又不来了,说除非路要从莫家梁子的大岩上过。拉子说,上面测过了,必须走中间凹槽里修起。他们好话歹话都不听,我只好以刺花树为界,莫家梁子不修就算了。最后他们看着路修着下梁子来了,才来说要参加修路。我当时在气头上说要他们一辈子骑骡子好了。他们就故意说怄气话气我。拉子想来想去,算了,多份力量是一份力量的事,树尖树枝树根根,砍断枝丫还连着根。还是把路从刺花树修到莫家梁子去。"

他把酒杯用力顿在桌子上,头使劲往地上点,又猛地弹起来算着账:

"四个小组合起来修路。一四得四万,四六二万四,六万四加上每个人投资的18元凑足七万四千多元。结果从花石头修到李家梁子钱就不够用了,不够用又到上面要钱,要来的钱修到刺花树又没有了。为了省钱,最后反过来商量老板帮我们两个梁子修通路,老板修路的伙食费由我们每家人承担,轮着每家吃三天。"

他说:"欺祖的,两个梁子的人为吃的倒是好商量,但是在决定先修莫家梁子还是张家梁子时,两个梁子又吵起来了,先修莫家梁子,张家梁子的不同意,先修张家梁子,莫家梁子不同意。最后商量,一个梁子修一个星期,轮到修哪个梁子,哪个梁子的人就要提前打好炮眼。莫家梁子的人平时你见不得我,我见不得你,到了修他们那段路的时候一个也不吵架了，话是不讲，埋头干活。张家这边的人懒惰了，拉子指着那些年轻人骂，你这些张氏门中的爹，你给拉子好好看看莫家梁子的人是咋个做事的。这时张家梁子的人也学着莫家梁子，老早把炮眼打好，老早就去对面等着抬修路的设备。之后两边的人都干劲十足。整整三个月，两个梁子的路都同时修通了。"他说完，眼眶都红了！

当他讲完后长长叹了一口气："他妈的，我连张摩托都有不起，天天喊修路，修路。费死天大的力，可是这个路，一点不争气，一到夏天雨水一来冲个稀趴烂，这点不堵那点堵，经常在垮塌，年年修年年补，财力物力人力都出了还是这个鬼样子。只不过，以后把人搬出去，再也不用操心老鹰岩的事了。还有，等搬进城，各淘各的生活，有的人一年到头连面都见不到，以前的那些不顺心事也就不提了，不提了。"

张必聪激动的时候就会说个"欺祖的"，称自己是"拉子"，后来我才明白他称自己"拉子"其实就是称"老子"的意思，它并没有实在意义，他只是想通过这种口气发泄一下心中的愤懑。他说完了几个欺祖的，称完几个拉子，气消了，情绪平复下来。我看到他表情里的解脱，也看到他满脸的疲惫。

此时，我仿佛听到山坡上锄头铁锤一起一落的声音，听到这个生存在上下夹缝里的人与村民的那些争吵声，我对着这个有着双重身份的人，这个介于百姓与现实中最小的官，无话可说。但是他的讲述让我想起小说《创业史》中的一句话："有一部分先进群众，讲道理，可以接受，可是大部分庄稼人，要看事实哩！"瞬间我的心中跳出了两个词，"觉

悟"和"感恩"。在觉悟和感恩这两个词中实实在在隐含着无比艰辛的行动力。

七

老鹰岩最后搬迁出来的三家人上完梁子,爬完坡时,几个月不下一滴雨的老天突然下起了雨。他们看着梁子下的村庄同声感叹:"终于爬上来了!"心随时想,云如花,雨如油,一切早有安排,走是必须得走,只是不能带走的就只有把它永远留在记忆中。

此时,老鹰岩第一批搬迁的庞大并没有在我的眼前模糊。

那天,天还不亮,各个山头搬迁的人,打着手电筒,像萤火虫一样在夜空中漫山遍梁子低飞。他们要在八点以前赶到村委会,等着上大客车。

他们在模糊不清的山梁上喘息着。这梁子上的老老小小,他们的脚像是被土地死死拖住了,重得提不起来。呼出来的这口气,只为挣脱这大山的挽留。

趁着夜色走,看不到自家的房子,看不清那些土地,看不清全村那个标志性的柿子树。他们要试图着遗忘。他们再也不凑在一起摆龙门阵,冲壳子,也不吹胡子瞪眼睛,比鸡骂狗了。

年轻人痛下决心,绝不反悔,要赶快离开老鹰岩。老人实在走不动,他们坐在地上,想对年轻人说他们再也不想走了,只是这话一出口会打落想要起飞的翅膀。

到了村委会,从村委会主任到乡长做了交代,说了祝福的语,这如同农村嫁姑娘,出门时父母亲交代,到了婆家要如何如何过好日子。这一天也是,最好的祝福语都说了。

所有人坐上七辆大客车后,太阳已经照在这支山梁上了。大客车编着号,带着大红花,贴着扶贫搬迁的标语,缓缓出发了。七辆大客车到达搬迁新生活区时,周围已经人山人海、彩带飘舞、敲锣打鼓了。

八

一路上,他们还在想那些将要变成废铜烂铁的锄头,担心土墙上已经晒得裂开的耕索时,三家人已经来到了县城。无论路程多颠簸,还是结束了他们的农耕生活,从乡村走到了城市。

最后的三家人于 2019 年 5 月 27 日搬迁到会泽县城。他们看着这个陌生的新生活区,那些从来没到过城市的老人看着比老鹰岩还陡峭的高楼,恐惧的眼神打出问号,从嘴皮下嘘出一句:"这个笔直的家到底从哪点上?"当有人把钥匙交到他们手中,引导着走进他们的新家时,他们看着贴在门上的对联,挂在门头上的那朵大红花,皱巴巴的脸如同轻风吹开了一道小波纹。

天生之桥

李朝德

天生桥是最为常见的地名,在中国,任何一个省甚至县都可能会有一个叫天生桥的地方。天生桥,顾名思义,就是自然形成的桥,形成原因不外乎山体裂隙、喀斯特或丹霞地貌常见的天然中空或流水冲蚀砂岩而形成的石拱或石洞。形态各异、大大小小的天生桥遍布大江南北。所以,说到天生桥,一般人都会问:哪里的天生桥?因为只有加上特定的地点作为前置定语,天生桥才不至于面貌模糊不清。

我要说的是曲靖沾益的天生桥。沾益天生桥实际上无桥也无拱,说不清楚桥具体在哪里,显得有名无实。但地名这样叫由来已久,一定有其源头,原来或许真有桥,可能由于开凿或者拓宽路面,桥被毁弃。

从一个长远角度看,自然的丰富神奇与生命存在丝毫不亚于人类本身,即便是一座石头桥,也有其鲜活存在的证据并有生命时限。形成如此漫长,消失不过须臾,时过境迁,桥已无迹可寻,却空留地名永存于世。

沾益天生桥既没巍峨耸立的雄伟,也无古朴沧桑的秀美,之所以远近闻名,最主要的是它在交通要道上。

在曲胜高速(曲靖到胜境关)和天宣一级路(天生桥到

宣威）修通前，沾益天生桥是320国道与326国道一个重要的交汇点。曲靖沾益段是两条国道上唯一重合的路线，天生桥恰好在分叉交汇点的"丫"字路口：东北往宣威方向的道路为326国道，一直延伸到重庆秀山；拐向东边往富源方向的为320国道，通往2000多公里外的上海。

那年代，天生桥类似于古代五尺道边的一个驿站，很多车辆在此停留。司机到此地，喜欢一把将方向拐到天生桥路边空地前，一脚刹车踩定，汽车"嗤"的一声，地上腾起一层厚厚灰尘。然后，司机把油腻的手套往座位上一丢，"咣当"关上车门扬长而去，一路颠簸得昏昏欲睡的乘客一脸迷茫，推拥着钻出车厢面面相觑。

一车一车的人先后抵达又离开，附近饭店、商店、加油站、小摊立刻热闹起来，钱攥得再紧的人也知道要"放点血"。往富源方向走的人明白，过富源就到贵州盘县；往宣威方向走的人也清楚，过宣威就是贵州威宁的地盘。外地再好终不似故乡，近乡情怯，离乡同样也情怯。"西出阳关无故人"，离开家乡出省，总担心人生地不熟找不到吃的喝的。所以，车停下来后，总要消费点什么才是。有钱的进饭店进商店，没有钱的就从当地人手中买几个烧洋芋或烧苞谷。当然也有实在不饿的乘客就这么"干抗"着，一个镍币也不掏，什么东西也不买。不要紧，长途乏累，车辆闷热，正好出来在车外抽烟、伸懒腰、三三两两吹牛或者无所事事抬头看天。一时间，路边的空地上，到处是叽叽喳喳的人群，乌压压一大片，特别热闹。吃喝好了，正等得焦急，司机剔着牙不知从哪个角落走过来，大家又各回各车，鱼贯而入塞满车厢，怀揣不同的心绪和目的，奔向茫茫远方。

这是20世纪八九十年代的天生桥，充满人间烟火。

那时，最好走的路就是国道。今天看来，那时的国道显然不够宽敞不够直，有对头车不说，还只有两三个车道。但在那个年代，柏油沥青铺设的路面，平整光滑得如绸缎黑黝黝延伸着，已经是相当讲究。汽车速度不快，只不过几十码，可带起的风力足够把路边水桶粗的大杨树叶片鼓动得哗啦啦响。如果窗外天气不错，坐在车里凝望蓝天白云下群山如黛、村庄俨然、稻田金黄，山野香甜的温暖气息扑面而来，让人不由得想哼起《北京的金山上》"我们迈步走在社会主义的康庄大道上，巴扎嘿"。

国字头的道路是最好的道路，但国道以外却是另一番景象，村与村之间基本都是土路，好一点的是弹石路面，用狗头大的石头铺就的弹石路并不好走，车走在这样的路面上，颠簸震动得让人怀疑人生。但这还不是最糟糕的路，很多村与村之间或村里道路都是土路，坑坑洼洼不说，一到雨季，道路泥泞不堪，机动车无法通行，只有牛马骡车在稀泥没过脚踝的路面上进退维艰地挪动，低洼之处，长期积水，烂泥甚至可以没过膝盖，这样的路连牛马看见都搓着脚往后退。

由于道路不通畅，村里的人能到达的远方并不远。村与村之间，如果隔着几十公里，即便在一个乡镇，不是特别的事，都不会去，比今天出国还难。村与村虽然已经阡陌交通，鸡犬相闻，但相互往来非常有限。那时，离国道不远的村落有种天然的优越感，说话声音都比其他村的人大声武气些。

交通不便，带来的是经济的滞后和与外界脱节。

千万不要以为，各取所需，以物易物是远古石器时代才干的事情，从今天往回推到20多年前，由于交通不便利，相对偏远的村庄里以物易物还很普遍。以物易物看似原始落后，受当时交通所限，实则实用方便。举个例子来说，偏远山区旱地多，苞谷产量大。村民想吃米，最方便的方式不是把苞谷搬到街上卖掉然后用卖苞谷的钱买米再搬回家，搬来搬去费力不说，最主要的是交通运输成本太高。所以，最为直接的是以苞谷直接换米。为此，那年代，诞生了一个很大的产业——"换米"。道路条件差，运输不便，如何把米送到最需要的地方赚取差价，交通工具成了最为关键的部分。起初马车把坝区里的米运往山区换苞谷、麦子、荞子等杂粮赚取差价，但马车到达的最远距离始终不过方圆十公里左右。家家有马车后，从事这一行业的人多，赚钱变得越来越难。

后来，为了到达别人难以到达的地方，一部分人又买了拖拉机，再后来，拖拉机多起来，先买拖拉机的人又把拖拉机卖掉买轻型小货车。距离从方圆十几公里扩大到五六十公里，圈子越画越大。当然，随着生活水平的提高，所带去的物资也越来越丰富，除大米以外，车上还拉着通海的面条、沾益的小粑粑、小后所的自烤酒，甚至整箱的苹果、雪碧和可口可乐。

我之所以这样清楚，就是因为我们村离天生桥并不远，326国道就在村边。1996年，为"换米"能走得更远，家里咬牙买了一辆拖拉机，为了停在家里安全，连老屋大门都拆了。

《桃花源记》有这样的句子"问今是何世，乃不知有汉，无论魏晋"。交通不便，不单是物资流通上困难，更带来了信息上的闭塞。我清楚记得，1998年暑假期间，我在离我们村大概四十多公里的一个偏远村庄，才知道村里人很多没有去过几十公里外的沾益县城，惊奇发现还有部分老人不认识也不会用钱，很多人竟然看不懂秤更不会算账。交易全凭良心和诚信，双方做到秤平斗满，童叟无欺。养出来的猪，也没有这么大的秤过磅，习惯用"打黑锤"这样的方式交易，也就是在黑乎乎的猪圈里摊开手掌拃一下猪的高矮胖瘦就一口价达成交易，赚亏双方无怨言、不反悔。

好在，曲靖前几年就在全省率先实现"县县通高速"，建制村公路、建制村道路全面实现硬化。这带来的意义，没有切身经历过是体会不到的，交通对于周边的人和我们的生活带来多么大的改变。现在以物易物基本上很少，再偏远的村落，年轻人手机一点，即便是国外的产品也有快递小哥送上门去。村与村之间，村子与城市之间往来频繁，说到距离也就几脚油门的事，这个村一脚，那个村两三脚。

这样的变化，算来也就短短20多年。

至于天生桥，曲靖到胜境关、沾益到宣威高速打通后，天生桥再也没有当年的热闹。天生不天生，好像不那么重要，就说世界第一高桥北盘江第一桥（当地人习惯称泥猪河大桥）就在宣威境内，桥面到泥猪河的垂直高度565米，如果不是人造，这样的高度和跨度，靠天生，再等几亿年也未必吧。

实话实说

郝正治

2002年11月,一个偶然的机会,中央电视台新闻评论部《实话实说》栏目主持人崔永元听说我是一个小车司机并写了几本书,觉得是个《实话实说》的好题材。于是专程从北京到云南找到了我。

我强调只读了七年书,害羞羞的。

崔永元说,初中学历成为作家、科学家的很多,一个小车司机成为作家还没听说过。

谈到怎样做节目,崔永元说,《实话实说》是个访谈式百姓故事节目,不讲豪言壮语,不表白,不讲述,说细节有故事就行。

我处于迷茫之中。

之后经过几次电话采访,我讲述了在开车过程中各种环境下坚持写作的具体细节。比如,同事打牌下棋拉我入伙而我却要写作,别人希望早点散会而我却希望领导开会长点好写文章,别人在鱼塘边钓鱼我却在旁边写作等等;同时,我这个样子的做法,在"哪个人前不说人,哪个背后无人说"的社会群体中,有钦佩、有赞许,有嫉妒,甚至有憎恨的目光,"他不就是个抬轿子的车夫吗,看他能搞出什么名堂来",但是我还是低头走着我自己的路,勤奋地做着自己最喜欢做的事情。当我成了作家,领导们就骄傲地说,你们看看,这是我的司机,靠自学出书成了作家。一些党政领导甚至拿我做典型去教育他的司机和秘书们,其中也真有领导让我起草文件甚至报告。

我跟领导说,罪过了,不要拿我开涮。

我有一点点成长进步,都是在领导的教育培养下取得的,这是实话实说。

崔永元问,你是市长的司机,你违章了交警会不会处罚?

我是机关车队队长,很少违章,还要教育别人。

那家里人对你写作的态度呢?

因为写作就很少做家务,常遭老婆抱怨,你不要吃饭了,去啃你写的书吧。

第四次电话采访结束前,崔永元说,基本上可以了,你等候通知。

11月7日晚9点,当我从《实话实说》演播室出来时,崔永元才跟我说了实话。他说,做节目前,我还是担心,怕你放不开,结果你讲得很好,反应也快,很成功。

节目播出后,我接到许多祝贺的电话,就连崔永元也接到很多电话,说是反应特别好。但是,至今我还在想,用什么标准来衡量这个"很好""很成功"呢?

一时间,我似乎成了电视台、报社、杂志等媒体跟踪采访跟踪报道的新闻人物。接踵而来的是什么"自学成才""功成名就""传奇人生""土博士"等等赞誉。

我坦然,嘴在别人身上,是非功过任人评说。我十分清楚自己有几两几钱，更明白自己该做什么。该怎么做。

1998年12月，云南电视台为我做了"读书版"的专题报道，事前让我填表，其中一栏"你最遗憾的事情是什么？"

我毫不犹疑地填上"上学太少"。五年小学两年初中啊，实实在在的实话实说。

我自小家境清贫兄弟姊妹多，五六岁还在光着屁股蛋子，十周岁才上一年级，小学五年级才穿了双鞋，靠吃野树叶、草根度过了三年自然灾害，书读正酣突然爆发"文化大革命"，遂荒废学业成了回乡知青，有过抱怨有过彷徨，七年北京部队的军旅生涯，那是激情燃烧的岁月，退役后成了县委书记的小车司机，感到有了稳定的生活出路。曾经为生计手书十万副春联，进而在方向盘上写作，此举感动了上帝而成为中国作协会员。

三十而立的年月迎来了改革开放，又觉得人生的幸运。数十年来，为研究汉民入滇，我跑遍了江浙、闽赣、两湖、两广和滇川黔等大半个中国获取第一手资料。

为研究珠江源及流域，行程一万五千公里完成了全程考察珠江。

范文澜先生称进行田野调查是"寻找山野妙龄女郎"（获取第一手资料）；又说《二十五史》是老太婆（就那么些东西且人人可看可用）。

我自称是个寻找山野妙龄女郎的人，故而云南电视台《东方峡谷文化》栏目为我做专题节目时就以"寻找山野妙龄女郎的人"作为标题。

人说，郝正治研究汉民入滇，研究珠江源使出了蛮力下了狠功夫。他的研究方向开口很小，角度很刁，挖掘很深，收效甚奇。从一个小小的沾益入手，凭此"入滇锁钥"打开了一扇历史大门，云南的历史全景被他尽收眼底，更把史学文学糅合在一起而形成他独领风骚的写作方式。

2004年，退了休的我不住城市当山民，在生我养我的珠江源头创办了南国园山庄做经营、写文章，以文会友，近年又建成了珠源文化、充军文化展览馆，是乃全省最大的私人展览馆，引起不小的评论和反响。我冷静地说，在下年满七十，也不知何时变成粪土。平生所学带不到土里，把它整理并展示出来留给社会，这是一笔丰厚的文化财富啊。

与共和国同呼吸共命运的我，享受了改革开放四十年的实在成果，如今建国70周年人生古稀，真的是太幸运了。故而我非常自豪地常跟人说，我是个正儿八经的解放牌。

就有人误解说，你是开解放牌汽车的吗？

我在部队确实开过几年解放牌汽车，但我所自豪的"解放牌"，是指我出生于1949年10月，乃共和国真正的同龄人也。

这也是实话实说。

我曾在一本书的自序中说：一个己丑年出生的人，天生的牛脾气。运气还不错，正儿八经的"解放牌"，但只读了七年书，便是终生迷惘的"老三届"。回乡后逮机会便去"投军吃粮"了。自觉先天性营养不良，总想多啃几口书，虽然只有初中学历，却又胆大包天，最爱舞文弄墨。孔夫子面前念三字经也不觉脸红，龙王爷门前竟敢高声叫卖自来水。奈何！怕是禀性难移了。数十年来零敲碎打，拣来只言片语，竟然出版了史学著作《汉族移民入滇史话》、长篇小说《充军云南》《杨状元充军》等近二十部，奈何！怕是禀性难移了。

在迎来建国70周年之际，我有一种紧迫感，生怕落后于时代，要做的事情、要写的文章还很多，故而夜间两点还在电脑旁，早晨六点又在电脑旁，每天工作十几个小时，有时还要外出考察采风，故而导致了水土流失严重（掉光了头发），熬夜熬得皮泡眼肿（眼袋）。

不少友人劝我说，你功成名就又不愁吃穿不缺什么，年纪也大了，该停笔养生享享清福了。

我回答友人说，并不觉得有多老，以年轻的心态重新定位，只要眼睛看得见手也能动，我就不会停止做事和写作，也不会得老年痴呆的。

友人们就说，难怪老郝七十岁的人还红光满面精神矍铄啊。

当然也有人以嫉妒的口气私下议论：郝正治这老家伙怎么就越老越红火，真令人想不明白。

祖国在向建国100周年冲刺前进，同龄人的我觉得不停地写作、不停地做事才是最充实最幸福的。

感恩与我同龄的中华人民共和国，企盼祖国早日伟大复兴！

这是一生也是最后的实话实说。

时代橱窗里的她
——建国70年丽江女性作家影像

和晓梅

> 那不是一座城,而是一扇巨大的橱窗,如果你愿意,透过有着陆离光线和斑驳划痕的玻璃,你会看见时光的影像。
>
> ——题记

丽江是一个适合女性作家生长和走出的地方。

在过去的70年里,在这片以古城为核心,沿着金沙江向东、向北延伸出的2.06万平方公里的土地上,几乎每个特殊的时期,都会有一个女性作家诞生。她们普遍有着清隽的文字、过人的才情、别样的人生,无论哪一种书写都能在文坛前沿留下曼妙的身影。

这个特征,几乎从未间断。即使她们中的有些人已经离开,但她们为这座城带来的一种混合体感温度的生命气息,从未消散。于是,这座古老的城落,在熟知它的人眼里,更像是一扇时代橱窗,在巨大的玻璃墙后面,静静保存关于她们的影像。

赵银棠

1988年初秋，在赵银棠先生位于白马龙潭与木府之间的光碧巷旧居内，我得以和她相见。

当时，妈妈所在的医院派她上门为赵先生看病，妈妈带上了我，她有一个朴素的念头，希望我能跟她学习写作文。所以我就有机缘看见躺在一把旧藤椅上的赵先生，着一身洁净的纳西族服饰，青色的对襟大褂因反复的洗涤泛出陈旧的白纹，呈三角形状搭在肩背上的蓝色羊绒方巾则有效地弥补了陈旧，带来鲜活的生机。

她安静地说话，用温暖的眼睛看着我。那天我没学到作文，我用一个孩子的眼光，惊异地看着光阴从一个年迈的老人身边悄然流逝，无从挽留。这一年，赵先生85岁。

更深入的了解是在许多年以后。有段时间，我甚至能够在脑海里浮现出20世纪30年代初的她，在小镇清亮石板路上匆匆行走的年轻身影。"先生早！"她迎接着清晨的问候，也迎接着背后不安的猜忌和细碎的议论。没错，她是"先生"，任民众教育馆馆长，县中简师班的班主任和国文教师，她的学生，多半有着和她相似的年龄。她总是用自己的经历来说事，告诉这些孩子们：坚持做自己，做最完美的自己。尽管这样的腔调遭受了另外一个集团的攻击，但"不要畏惧世俗的偏见，不要向困难低头"依然成为女孩子们心灵的支柱。于是，赵先生，连同包裹着赵先生躯体的那件银色滚边素白旗袍，一度成为那个时代的精神标志。

至于在另外一些场合，表兄周霖的家中或者是文人们的

聚会上，赵先生被称为"玉生表妹"，她会换上另外一条略显宽大的绛红色暗格棉布旗袍，这样，她身上的清冷气就会消退下去，可爱而温暖的世俗才情就会升腾上来。众人中她面色红润，浅笑盈盈，吟诗作画，温婉随和一如邻家女孩。

然而，正所谓良辰易逝，美景难寻，很快，风雨飘摇的年代颠簸着来临。

1942年初春，和同时代的大部分中国人一样，梦想与现实俱碎，国土皆失，家园俱丧，理想的躯壳已无处安放，赵先生预计先到重庆寻求郭沫若的帮助，再做北上延安的打算。路途中，飞机炸弹的轰炸，四处逃窜的流寇，饥渴、恐惧，虽然会成为噩梦频繁出现在她未来的生命里，但那一刻，却是将她磨炼成坚强战士的利器。数月之后，赵先生终于出现在重庆街头。

很快，重庆天官府一号收到一封还未洗去路途风尘的信，郭沫若欣然同意见见这位来自极边地区的女子。他和夫人一同倾听了她的诉求。邓颖超大姐听说赵银棠的境遇之后，十分愿意同她见面，并告之以时下的局势。于是次日，郭夫人于立群女士陪同赵银棠走进了曾家岩周公馆。五月的重庆浓雾弥散，在赵银棠赵先生的记忆中，邓大姐和蔼安详的面孔一旦出现，不但带走晦暗的阴霾，就连艰辛的路途留在她脸上的憔悴沧桑亦随之一扫而光。

谈话在和风细雨中悄然进行。邓大姐先是极其认真地询问了赵银棠的情况，片刻的思忖之后，她耐心细致地讲清了当下的形势，北上的路途艰辛充满了未知的危险，无谓的牺牲只会带来伤痛，赵先生作为少数民族知识分子，完全可以回到故乡开展工作，以便为人民做出更大的贡献。

这之后，虽有郭老殷切的建议："从要求进步的角度看，玉生非常活跃，有强大的生命力，田汉他们在那里，我可以写介绍信。"

可是延安，终究没有去成。

赵先生再度出现在人们的视线里已是1956年冬，昆明，此时她作为首批加入作协云南分会的会员，应邀参加民族民间文学工作会议。会场里，这位着一袭黑色干部服，容貌素简的纳西族妇女吸引着人们的眼光，平静的话语之下皆有着深思的源头，波澜不惊的目光是岁月历练的恩赐。

"命运给予我透不出气的窒息，命运使我继续不断地牺牲，偶尔得到的欣乐，都是幻灭的梦影。置身于大自然的沉思，也只是一刹那的醉态……如今，我把所有的悲痛隐蔽着，我把我的梦和醉的影子追摄下来……"这段文字记述了她在过去十年间难于述及的隐忍，她，不再是那个身着素白旗袍行走在青石板路上的赵先生，也不再是那个灵慧动人的"玉生表妹"。

仿佛有人掀开了黑色天幕的某个角落，透出些许的光亮降落在赵先生的世界，时代橱窗里面，1956年的冬天透亮温暖，尽管命运的玩笑并未结束，这个被秋霜轻染的妇人依然绽放出她五十年来最灿烂的笑容。

海　男

1987年春天，海男写完了长诗《女人》。这时候，她

25岁，已然无法控制文字的流淌，它们仿佛并没有出自手中的笔，而是来自时光幽暗的秘境，来自生命不可探及的深邃，总之，如同被文字附体的精灵，在整个80年代，海男的创作携带着迷的幻觉，在蛛网一样密布的复杂思绪里绽放自由与爱的欲念。

在距离丽江古城100公里远的地方，永胜县的黄昏有着燃烧之后的凄迷和炽热，当橘红色的光线将古老的碑石、狭窄的街道和低矮的房屋淹没到如水般的沉寂中时，年幼的海男会坐在家门口的台阶上，静静等待孤独的降临。手中的树枝在脚边浅浅的灰尘里划过，露出一道窄窄的青灰色石板，县城街道使用过古老的石板镶嵌术，她痴迷于此，知道在那些无法填补的缝隙里可以探寻到神灵深绿色的目光。

这个画面，仅限于想象，然而，孤独是一个女诗人早慧的引子，她将为此奉上文字所有的祭奠。

黑暗尚未来临，黄昏无限绵长，你有时间进一步了解这座处于深山中的县城。这是一座有印迹的县城，留着马蹄印记的清水驿道通连着遥远的世界，道路两旁，不事渲染的窄小门楣遵从着财不外现的古训，小城外阡陌纵横，荷叶田田，芳草萋萋，无论是人为还是自然所赐，无一处不复刻着中原汉地文化的烙印。

这又是一座有禀赋的县城，海男出生在这里。作为家中的长女，在弟弟妹妹们到来之前，一个40岁的保姆是她忠实的陪伴者。她在她的牵引之下，在狭窄的街道徜徉，看破碎的布在一间光线暗淡的裁缝铺里被细密的针脚缀连；她在她的牵引之下，在郊外树丛与池塘间的空地穿梭，看蜻蜓鼓动透明的翅膀停驻，看飞鸟掠过波纹浅淡的水面，看桉树破裂的果实在光滑的地面螺旋形旋转。

她目睹一切世俗的烟火在暮霭中相聚再消散,最终幻化成斑斓的色泽,凝固在她的画板之下(她对色彩有着如此狂热的偏好)——黎明是绯红色的,夜晚是黑白相间的,歌谣是淡蓝与深蓝交错的,笑声是青绿色的,泪水是琥珀色的,而死亡……死亡是无色的。

有两次她目睹了死亡,一次是她的弟弟,她看着那具幼小的尸身被人们放进小小的棺材,一面薄薄的盖板成为真实与虚幻两重境地的隔离;另外一次是一个美丽的疯女人,投江自尽,她看到她被打捞起来的身体,那时候的海男,年仅7岁。美丽的肉身,任何形式的消失都如此不忍卒视,以至于一切可以回忆的颜色都随之消失。也许她在那个时候就已经认定,只有穿越肉身抵达灵魂的奔赴才值得义无反顾。

据说那些被神灵眷顾的人会听到城落的低语,如果听到,那你就掌握了城落的密钥。我怀疑海男听到过,《县城》就是永胜县的密钥。这是一本以"我"的名义出现在现场的书,海男隐身于那个青春期少女的目光里,全程参与了县城的爱恨纠葛、悲欢离合、风雨变迁。当一条橘红色的喇叭裤携带着20世纪80年代的气息从灰白的世界脱颖而出,扑面而来,我知道,作为一名女性作家,疼痛最尖锐的部分已被她削去,取而代之的是她自由的灵魂,是对这个世界无尽的和解与善意。在《风琴与女人》里,在《疯狂的石榴树》里,在《屏风中的声音》里,在《是什么在背后》里,甚至在颠覆传统的《男人传》里,你都能透过某种难以言述的神秘看到这一切,更重要的是,在《忧伤的黑麋鹿》里,你看到那头美丽的麋鹿,在低头亲吻泥土的时候，眼里饱含的柔情。

2014年，无论对于海男个人还是对于云南文坛而言，都至关重要，她摘取了鲁迅文学奖的桂冠，为云南带来了荣誉。然而，在我心目中，1987年的海男依然占据着时代橱窗里最显赫的位置，那时她25岁，烈焰红唇、印花长裙、宽边遮阳帽，微微上扬的下颌有着遗世独立的孤傲和不屑——在橱窗里，她本人就是一幅光彩夺目的画，是她自己最桀骜不驯的作品。

蔡晓龄

我不知道该从县医院病房的天花板上说起，还是该从宣科庄园说起，关于蔡晓龄的这两个影像让我无从抉择。或许我应该彻底跳过它们，先说一条江。

那是一条宽阔的江，江水汹涌，她没有告诉我那条江的名字，仅仅告诉我，她曾经面对江水独坐，在一个灰蒙蒙的清晨，那时候，她的年龄在6岁到7岁之间，在想一些问题。多年以后她明白她当时所想有着精准的命题：关于生命的完整。

时光会把隐晦的回忆陷入错乱，但能让你接受所有的不同，包括相信一个孩子在江边思考生命的完整——如果上天赋予你躯壳，就应该同时给予你完整的爱意。那时的蔡晓龄远离父母，和外婆生活，她拥有的并非孤独，而是一种因无从言述而接近绝望的空。

不知道孤独和空，哪个更接近诗的本质？

于是，就有了这样的故事，女孩和男孩在医院里相遇，女孩照顾外婆，男孩照顾妈妈，后来，男孩的妈妈死去了，女孩看到病房年久失修的天花板上有一片淡黄色的心脏形的水渍，她相信这是上天在说：足够的爱可以挽留所有生命。

这是蔡晓龄11岁时写下的小说，里面的女孩，就是她自己。

小说自然没有发表，也不曾留下，她却已经被爱俘获，被爱俘获的人将同时被生活俘获，生活中最细微的触动都带领她走向不同路径。幸亏上苍给过分敏锐的人足够的才情，可以支撑她在不同的领域施展抱负，她写诗、写散文、写小说、写评论、做研究和翻译。

"你的万千故事里／只有一个敌人／结局也只有一个／先生后死或先死后生。"她的诗歌，是她最真实的内在，比如《季节的舞蹈》，又比如《利刃之欢》，带着学院的清冷，在一个仅属于她的角落里，坚守着对生命与对爱的完整表达。

驾车出城大约20分钟，行驶过一段两旁攀爬着蔷薇的乡村小路，会看到宣科庄园掩映在树荫下的铁门，轻按喇叭，会有一个操永胜口音的老年保安小跑着出来，打开铁门让车缓缓开进。车可以直接开到宣科书房前面的空地，然后水泥路从两边分开，无论走哪条，都可以穿过大片的梨树、苹果树到达一条可以划船的小河。

宣科的书房有一面巨大的玻璃窗，冬日的阳光透过玻璃，在蔡晓龄侧身端坐的背上投下方形的影子，对面是年迈却保持着奕奕神采的宣科。整整四年，几乎每个周末，她都会出现在宣科庄园，她是个出色的倾听者，一个绝对的倾听者，容忍一个老者的重复、跳跃、凌乱，容忍攀登者对所有群峰的蔑视，容忍探险家的不可一世。她知道成功不都出自偶然，苦难不但可以赋予人们才华与智慧，还会赋予人们运气。在这个过程里，她看到了一个睿智的人，一个出色的命运操控者和一个极富魅力的演讲家。

所以在写《公民宣科》的时候蔡晓龄体现出一种贵族式的耐心与自信，40篇散文，每一篇都有一条通畅的直抵宣科内在的路径。她对此的解释是：除了自己，她热爱一切完整的生命，她需要为完整性负责。

"你为你爱的人写作，但写作恰恰证明了距离，甚至使你们貌合神离。"在一篇名为《事物的伙伴关系》的随笔里，蔡晓龄如是说。多么不愿意承认这是对的，然而，茫茫人世，有多少人为爱书写，却因书写疏离了爱，疏离了生活。

正因如此，侧目看去，我庆幸有人在那橱窗光线模糊的地方端坐，为爱，为迷离而可爱的世俗生活，保持着一个凝神倾听的身姿。

冯　娜

如此算来，我跟冯娜有过交集。大约在2000年到2003年之间，我们同在丽江市一中，她是高中学生，我是初上讲台的语文教师。那时候不叫市一中，叫丽江地区中学，是一所百年老校，紧挨着古城，再往东去便是大片的田地和原野。

学校经历数次"东扩",已经变得巨大无比,但始建于1905年的那一部分,除了红砖楼"八大教室"在1996年大地震中成为危房拆除以外,大部分保留如故。通往教学楼的主道古木苍天。那座早已废弃不用的钟,锈迹斑驳,悬挂在一棵古老的法国梧桐树上,终日静默。

那些年,那学校,于我是爱情,于冯娜是梦。我们在熙攘的人群中无数次擦肩,终究没有相逢。

这之后几年过去,冯娜的文章渐渐从南方传过来,获取奖项的讯息也从南方传过来:华文青年诗人奖、美国The Pushcart Prize提名奖、广东省鲁迅文学艺术奖……这些奖项单其中一项就有足够的分量,更何况全部集中在这个女孩身上。于是,类似于纸张在清水中轻微晃荡,缓慢诞生,她的影像,也从文字里脱颖幻化,在一个温和透明的时间里逐渐清晰。

这是一个天赋异禀的女孩,我庆幸没有做过她的语文教师,肆意的思想和驾驭语言的天赋会让任何一个语文教师自惭形秽;而她同时又是一个异常勤奋的白族女孩,这世上,还有什么比一个努力奋发的天才更让人望尘莫及?

在她的影像更加具体地浮现在我的脑海之前,我思索一个问题,于她而言,迁徙和黑夜,哪一个是更为来势凶猛的潮汐,推动她思想的浪潮?《苍鹭和它的幽灵》算是她的自述,她说自己总是不断在城市和山野间逗留和迁徙。我以一个女性写作者的经验获知,迁徙是自由的代名词,不在于你在城市与山野之间连缀不同的见识,而在于你借这个过程摆脱了生活的庸常。所以迁徙之于女作家,是事物之间珍贵的关系，比如女王与爱情，比如翡翠与雕琢。

可是，似乎，冯娜更钟情于来自黑夜的讯息，她出版的第一部诗集《云上的夜晚》，另一部诗集《无数灯火选中的夜》听起来都跟黑夜有关，我不觉得这是一种巧合，我愿意相信这是因为对黑暗中无从知晓的渴求，记忆产生出无数遍的重叠。果然，在一篇题为《夜间飞行》的文章里，她说："那些被黑暗掩盖或安抚的事物，就像浩瀚的深海，我们站在甲板上，知道脚下有令人心醉神迷的奇遇，也有让人不寒而栗的冰冷。"

于是，我无法避免脑海中浮现图书馆的模样，因为冯娜就是那个幸运儿，从事着令我倍感妒忌的图书馆工作。图书馆是打开黑暗的方式，只有深谙这一点的人才会爱上图书馆，在人去楼空以后继续流连。当我伫立在时代橱窗前面，透过玻璃注视着她们，我想我真的看到了灯光次第熄灭、逐渐坠入黑暗的图书馆，看到了那个模糊的身影，在迷宫般的通道里徜徉。

她 们

接下来是无数的她们，组成群体的影像，散落在阴影与菱形光柱交相辉映的地方。我承认此时此刻书写她们是困难的，因为我站在她们的对面，存在另外角度的审视。玻璃之所以神奇是因为它圈囿的任何领域都能成为橱窗，这是我们彼此审视时的局限。

所以我接下来描述的影像存在局限、遗漏，我只能尽量。

赵晓梅的文字令人联想到一种在夜间绽放的花，因为在白天吸纳了日光的轻抚，它在绽放的瞬间释放出温热。于是她出现的地方花团锦簇，不时升腾着绽放的温度。周文英是个无畏的写作者，因为无畏，她的文字无论是评论还是散文都充满了饱满的力度，于是她任何一种方式的出场都显得风风火火。李凤，作为一个高学历的写作者，她是锐意的；作为小凉山诗群最年轻的接力者，她是担当的。锐意与担当让她在橱窗里透露出坚强的目光，投向远方，没错，她势必走得很远。和凤琼是橱窗里唯一穿着繁复民族服饰的人，这个影像来自她的作品，浓郁的民族性给她带来了题材上的特点，她在人群中显示了极大的不同。杨璇曾经以空灵、幻化的文字极大地打动过我，然而，所有有奇异想法的人都不会安守一种命运。橱窗里，这个有着过人才华的年轻女孩，展示着她的美貌和令人眼花缭乱的人生。

最后，我不能遗漏一个16岁的女孩，她令我心情复杂。这是一个出生于丽江东山脚下的纳西族女孩，在她15岁的时候，写完了240多首诗，不得不说其中一部分还有所稚嫩，但是更多的部分令人惊讶地展示了同时代人难以用诗表达的对生活的理解。她几乎把所有的时间用于阅读和写诗，不得不在16岁那年辍学，这个选择让她的未来变得扑朔迷离。于是橱窗里有她的位置，她在队伍末端，眼睛里有不可复制的迷茫。

然而，谁没有经历过迷茫？优雅的人生并非一蹴而就，梦与现实不会同时到来，困顿与忧伤总是交替出现，只有经

历漫长而幽暗的孵化,才知道冲破世俗的振翅是多么激越人心,才知道少女时期的迷茫有多么珍贵。

正因如此,世间每一种柔软的坚守都值得肃然起敬。

70年的风雨历程给一座古老的城落带来浮华与沉寂,带来喧嚣与变迁。她们的坚守,如同一棵树,承载着丽江文化根脉缓慢而安静的生长,并留下历史的年轮和时代的密纹。她们的坚守,成就了一座城核心部分的铸造,使得这70年来任何一次转型都成为一次稳重的积淀。

如今我写下她们的影像,是为了献给每一个在世俗魅惑下低空飞行的自由灵魂。

从撒玛坝梯田到迤萨古镇

程 健

2017年最奢侈的一个下午,我坐在面向云海的阳台上等闻名遐迩的哈尼族长街宴,一边观察和欣赏阳台下的滚滚云海,这里是红河县宝华乡撒玛坝镇的龙玛村。

龙玛在哈尼语里是"大田"的意思,整个龙玛村一半是梯田一半是绿色的树和粉红的樱花。最美妙的是整个村子的民居依山而建,层次分明,各家各户的晒台和窗口都是观赏云海、梯田和曼妙风光的天然瞭望台。这里是把摄影发烧友烧成摄影大师的天堂,是诗人吟诗作赋的灵感源泉,是世外高人遗世独处的理想之境。坐在云海之上,眼见着阳台下的云海白浪翻滚,波澜壮阔,我们千万里为之而来的梯田,被密密地隐藏在层云之下。看这样的云海,会想到骑青牛而去的老子,他应该就归隐在此山的"云深不知处"。

阳台下的云海突然冲出一缕云雾顺着田埂、树木蜿蜒上移,不光遮蔽田埂、树木,更遮蔽了村庄,爬到了阳台之上,把我们拥紧抱实。我以为云要散了,要给我展示云下梯田。哪知才一眨眼的工夫,那缕云雾就轻盈地散了,田埂、树木和村庄再次清晰起来。山涧的云海却继续翻滚涌动,似有千军万马在下面集结待命,却又密不透风。片刻之后又有一缕云雾开始逶迤上升流动。电光石火间我突然想起钱锺书《游雪窦山》里的句子：我常观乎山／起伏有水致／蜿蜒若没骨／皱具波涛意。瞬间顿悟了为什么用"海"来形容云的集聚，这云缕分明似海浪一波一波地冲上沙滩般的冲向山顶，再一波一波地退去。云海涌动恰似浪涛翻滚，势蕴千钧力，才知云海与大海，形神俱似。这云之涛一浪一浪地冲出来又收回去，柔软轻盈却可以轻易包围你，吞并你，孤立你。恰似老子所言：天下之至柔，驰骋天下之至坚。

云海深处走梯田

不能等了！不能等到云海散尽，梯田始现。那个"海枯石烂"用来比喻爱情是千古绝唱，用来看云海散后的梯田，必将韵味意境大失。我身处和眼看到的这自然云雾形成的幕帐，就是为了追随老子的脚步而特设的，我无法准确地表达我此刻感觉到的幸运和激动。

我们一行人当即离开观云海的阳台，真的追随仙人老子的脚步走下阳台，往云的深处走去——穿越浓得推不开的"云雾帐幔"，跌跌撞撞中可能踩到了600多年前"落恐土司"的田边，也有可能拐进了"左能土司"家的地里，但我真的走进了世代红河哈尼族人劳作的场景里去。不同的是：哈尼族人背着满背篓的收成健步如飞，我只举着一个手机已经无法调整脚步；泥洼崎岖的田埂、地边是哈尼族人的生活，却是我的梦魇。脚下越是蹒跚蜿蜒，眼睛越是不够用，心里越是感慨赞叹哈尼族人的勤劳——建成规模如此巨大的梯田实在是世所罕见的壮举！但在哈尼族人看来又是如此的稀松平常。常言道：罗马不是一天建成的。那么红河哈尼梯田也同样，红河梯田于史有载是从唐代开始，常被此地哈尼族人提起的"落恐土司"和"左能土司"都曾属于"思陀土司"，在唐代被称为"伴溪落恐部"。后来各自分有属地，到明洪武年间，因被当时的朝廷调防"安南"有功，收编赐姓，隶属临安府，又延续了土司统治500余年。

可以想见当时在土司的管辖下，这里曾有怎样的劳动场景。整个红河境内96%的面积为山地，峰峦起伏，沟壑纵横，要在这里求生存、讨生活已经非常不容易了，何况要建成这样规模宏大的梯田。据史料及哈尼族人口传历史，其中的左能土司吴蚌颇，就因率众开辟荒山，被众人推为老大，共管辖村落36个，户口800户，传22代。他的管辖地就在今天的红河县宝华乡。当然，旧时的红河境内，除了这两个较大的土司外，还有众多的土官、土舍、头人、寨长等不计其数。土司制度在民众与大自然争夺生存空间，甚至在捍卫国家主权的斗争中，起过一定积极的作用。但是，土司制度的本质是剥削、压迫劳动人民的，它保持了土司的特权和落后的生产方式。虽经明清两朝不断改土归流，但因红河地处偏僻，中央政权鞭长莫及，土司制度一直存在了570多年，在红河历史上产生了重大影响。直到1956年实行民主改革才废除土司制度。

我们一行人在红河梯田里走得东倒西歪却倍感幸福，就是因为我们可以在自由的空气里，走在真正属于哈尼族人自

己的梯田里，实在是一个值得一再书写的时刻。

事后我一直在回想，如果那天我有勇气脱了鞋子光脚踩进水田，感受是不是会更不同？那天一路上的梯田真是横看成田侧成景，越是沉醉其美越是感念梯田修建人的智慧和勤劳。整个行程我们都是深深沉潜在云海里，颗粒饱满的水珠滋润着我们裸露的皮肤，滑腻润泽，前后左右的同路人都是朦朦胧胧，亦真亦幻。这不是仙境！哪里才是？我来这里是缘分，也是心愿，因为这里的梯田早已名扬海内外，网络上各种梯田美图一直在引诱着我。来过这里的外人没有不赞叹不羡慕生活在这里的居民，简直过着神仙一样的日子。

所以说从我们进来红河的路上，就知道自己会被什么打动，会被什么震撼到。那时天色黄昏下着小雨，车在山间小路蜿蜒龟行，突然有一只小羊从我们的车子前横穿过马路，顺着山坡奋力向上爬去，我环顾车窗外，一边是高山一边是深涧，无法想象附近能有它的家，忍不住想问问小羊，你要住到哪里去？当暮色四合还看不到一点人烟的迹象，同车而来的北京朋友们就有点担心了！"这里是云南？这里怎么会是云南？我心中的云南不是这样的呀！""恭喜你们，你们来到了真正的云南，这才是云南本来的样子，或者说，十里不同天的云南，这就是其中的一种不同，也是七彩云南之一彩。"大自然的美景是天赋神授的，你只需要在对的时间出现在对的地方，比如今天的撒玛坝云海，你愿意来，老天就愿意赐予；今天来的，撒玛坝有粉嫩的苦樱花映着蓝天盛开；春天来的，撒玛坝还会有甜樱花伴着长青的棕榈吐蕊。而有一种大美是需要付出的，比如红河境内的梯田画卷。

红河县境内最高的是索鲁玛大山，主峰海拔2745.8米，境内海拔最低处仅259米。红河原住民就在落差2000多米的崇山峻岭里，一盘盘、一层层、一丘丘、一洼洼地开垦出耕地，侍弄出粮仓，收获成风景。所有的梯田都是红河各民族人民一代又一代人，克服难以想象的困难，付出艰辛的劳动和汗水建设出的美景。接下来的两天我们辗转到各个梯田，从不同的角度、不同的海拔高度，分时间段去欣赏，去赞叹，去膜拜。阳光照耀下的梯田粗犷壮美，晨光夕阳下的梯田娇羞妩媚，云雾缭绕间的梯田缥缈梦幻……见识了这样的梯田再去迤萨古镇看迤萨建筑群，就理解了为什么在大山深处，为什么在云海之上，会有这样中西合璧的建筑艺术。

迤萨古镇看建筑

就因为有建成红河境内无数壮观梯田的红河人，才有迤萨古镇的传奇"建筑大观园"。迤萨古镇的传奇色彩，主要体现在它的建筑风格中，迤萨古镇现存的建筑文化主要分为四个时期的四种特色：明末茅屋和土房、清代的瓦房和四合院、民国花楼大院与中西合璧楼房、现代高楼。

迤萨镇的形成，是由于清朝乾隆年间人们在迤萨小寨村发现了铜矿，汉族开始由石屏、建水迁入迤萨，矿业的发展使迤萨逐渐繁荣。后来铜矿枯竭，为了寻找新的生财之路，迤萨的商人们便相约赶着马帮远走南洋，俗称"下坝子"。迤萨先人的马帮到过老挝、越南、缅甸、泰国等东南亚国家，黄金、白银、药材、食盐等等……一批批、一队队马帮，驮出了一座依山而建的小城，缔造了蜚声滇南的马帮文化。由于当时东南亚邻国属于英法殖民地，受西方文化的影响比较深，马帮人家自然而然地把西方的建筑风格融入了当地的建筑中。在迤萨山城建起一栋栋中西合璧的城堡建筑，特色鲜明的青砖瓦四合院，形成粗具规模的商业集镇。其中位于古镇东门街的东门古建筑群，是红河县马帮历史文化的代表和缩影。该建筑群主要由东门城楼、姚初基中西合璧民居和钱二官迷宫大院三部分组成。该建筑群是目前红河县保存最完整，既有中西合璧风格、又有传统清式民居的建筑群，占地面积 5000 多平方米，建筑面积 20000 多平方米。

我们登上一段长长的台阶，就能进入当年进出迤萨古镇的通道——东门楼。东门楼的城门是三层的卷拱式建筑。由迤萨的乡绅姚初基捐资，于民国三十六年（1947 年）始建，建成后占地面积 56 平方米，建筑面积为 168 平方米，是当时由东进入迤萨古镇的唯一通道。迤萨城原有东南西北四处城门，东门楼为现存唯一城门。东门楼雄踞迤萨东面坡，登临此楼远眺，对面的新城，远处的梯田，山涧的红河水以及红河两岸的峡谷风光一览无遗、尽收眼底，你不能不佩服当初建此城门者选址的眼光。

紧连东门楼的是姚初基古宅院。这是一座中西式三层楼三进四合院城堡式建筑，面积宏大，巍峨雄壮，高低错落，稳重坚固，气势非凡。古宅的大门和墙壁都由雕刻精细的巨大石块建成，突出了红河的石文化，这有别于内地的砖木结构，在全国的住宅设计中也极为少见。姚初基家的院楼，跟东门楼几乎同一时间起建，姚宅的院墙紧紧挨着东门楼。墙上那些西洋"钟表"图案、基督教"十"字等装饰的侧门门楼都有着明显的西式建筑特征。

  从姚宅高墙上的瞭望口看出去，看着看着似乎有滚滚烟尘由下而上，由远而近杀气腾腾而来。我下意识地从墙上的传声通道传进消息，楼内气氛秒秒钟紧张起来，随时处于待命状态的卫兵们马上把枪伸出射击孔，上枪膛的声音不绝于耳。与此同时院子里传来呼儿唤女并迅速上楼的声音，急促但无惊慌，终于一声闷响，通往二楼的木质盖板也关上……"来，我也试试是不是真的能射击。""什么？真的有来犯之敌！"我猛地转过头来，才发现原来是同伴挤在射击孔那开玩笑呢。都是我太投入产生了幻觉，却也是历史的真实。墙上无数的射击孔，院墙边低矮潮湿的囚室都证明我的想象不虚。

  迤萨华侨商人富庶名声在外，大约1925年春，商队出国经商，迤萨被土匪洗劫。遭遇那次浩劫之后，迤萨人每逢建造私宅，家家户户都在墙壁上广布枪眼，家家户户备有武器装备。一旦有土匪来袭，家家从枪眼里伸出快枪，户户把手榴弹搬上屋顶，那种阵势，连正规军都要惧怕三分。

  这也是马帮大老板姚初基用巨石建宅，并建在山顶之上的原因，正为易守难攻。建筑是见证时代风云和屋主个性胆识的最好"物证"。他能把自己的府邸紧紧依着东门楼，成为防御的第一墙，真非常人能做到。他必是当整个镇子都是自己的家园才能有此担当！姚府屋脊上的灯塔塑形，就是在那个兵荒马乱的岁月,家人给走马帮的汉子留的那盏照见回家路的明灯。在这个院落徘徊,枭雄看到了谋略和心机;有情怀的看见温情;当然,能建筑出这样的房子,就不难想象房子的主人都经历过什么,有着什么样的人生。如今所有的过往只剩建筑主院正厅外走廊上,一张张附有画像或照片的简介:"姚肇宗,字初基,是迤萨马帮的杰出代表之一,东门街47号中西合璧国保古院是他的辉煌业证,他16岁随父出国商海打拼……姚初基诚信豪爽,除了东门楼还慷慨捐助建设迤萨学校以及古镇里的西山公园等,是名望很高的开明绅士。"抚今追昔,英雄总被雨打风吹去,令人不住地唏嘘感叹。

再往迤萨古镇里走,可以看见各式古宅挤在现代建筑之中,逼仄委屈,似有一肚子话在寻找机会诉说,真有一种无声胜有声的效果。迤萨古镇传统的大门与其他地方有一个明显的不同——门联不同。迤萨门联反映的是一种怀旧情结,一种追怀北方族源的独特门联文化。西门街杨姓的家族大门对联横联为"清白传家",原来的上下联分别是"三相家声千古垂,四知雅范百年新";安邦马姓家宅的横联为"伏波堂",上下联为"伏波事业铸千秋,铜柱家声辉万古";白姓家宅的门联为"文坛诗韵昭百代,香山世泽著千秋";赵姓家宅的横联为"天水郡",上下联是"传家自有连城壁,佐国全凭半部书"……

我们在小巷深处还见到一处"李氏古民居",飞檐走势的古老木质大门被两边贴了瓷砖外墙的现代建筑紧紧地簇拥着,有一种刘姥姥戴了满头鲜花站在大观园的喜感和心酸,可它明明该有着贾母的威仪。老屋雕梁画栋,最有研究价值的是整个家庭迁徙的历史都以文字或绘画的形式，镌刻在屋檐、窗棂和格扇之上，令人忍不住对这所老宅，对这个家族及至人类的历史生出探究和研究的兴趣。现在老屋已逾百年，破损严重，但是还有后人居住在院内后建的倒房和侧房内。屋主李女士说，他们是满族人，最初的先祖因丢官发配至云南，在云南也是辗转迁徙，最后落脚于此。文化大革命期间她的爷爷用了许多手段才把那些文字和图饰保存下来。现在正房的老宅已被列为省级重点保护民居，不可以私自维护。但是老屋抵不过岁月的侵蚀，一点一点在败坏着，李女士急，老屋也急。当地政府已经在规划恢复古镇的旧貌，凡属于政府产权的现代建筑已经在拆除中，而私人民居就比较复杂，可以修旧如旧，可以"穿衣戴帽"，像李氏古民居这样有重大历史文化和艺术价值的该如何处理挽救，一定会有缜密的思考和方案。

离开红河的前一晚，我们终于等到了"红河哈尼族长街宴"，比其长街宴的美味、生态，我更喜欢这个分享的形式，一定是有一个相互帮忙共同劳作的过程，才会有这个共同分享的结果。连当地的特色小吃"舂糍粑"，都需要几个人的完美配合，才能又糯又甜又热乎地吃到嘴里去。红河境内的那些美轮美奂的梯田，靠单个人或单个家庭是无法完成的，可以想见世代红河各民族的团结友爱互帮互助，在梯田里共同劳作了一天后，才能不分彼此一起品尝美食，一起享用醇酒。

我们在"长街宴"上边吃边喝，边说边笑，边歌边舞……舞的就是被列入国家非物质文化遗产的"乐作舞"，该舞蹈是红河先民从"踩荞麦""栽秧"等劳动中获得灵感创作出来的。你不得不惊叹佩服红河人创造不可能的能力，他们对美好生活的向往和追求，成就了震撼世界的梯田；成就了马帮古镇文明；成就了非物质文化遗产。行走在红河的土地上，没有一时一处不被它的自然之韵、历史之韵、人文之韵、文化之韵所打动。这里正合了"老子"所说的："居善地，心善渊，与善人，言善信，政善治，事善能，动善时。"还等什么？来吧！

长征路的长征

黄立康

1958年,我的父亲出生。那时穿过故乡拉马落的路,只是一条马道。这条马道连着祖辈艰辛的来路,像窄窄的血脉穿过岁月,停在父亲面前,剩下的路,要自己走。这条路也是活着的人的去路和归途,通往外面的世界,你要拼命挣下一片天空,才能坦然地归根复命。

后来,在故乡马道下面,沿着金沙江修筑了一条公路。在我们的方言里,一直叫"公路"为"马路"。马路比马道宽,汽车在上面走,隔着许多公里,就能看到一条"土龙"张牙舞爪遮天蔽日地驶来。这是我少年的记忆,那些在路边竹林下等客车的时光,我总是被阳光晒得昏昏欲睡,但望穿金沙江,也不见客车遁地而来。有时候,要等三四天才能等到有空位的客车,而我在枯寂间懂得了时间像马路一样漫长、弯曲。

公路1974年修好。后来的中甸县(现为香格里拉市)县志这样记载着:"1957—1974年,金江、虎跳江两公社组织,调集民工修筑,时修时停,历时18年始修通80公里马车道,路宽两米左右,七弯八拐,沿江修筑,每至雨季泥滑路烂,不能通行。"

父亲就是沿着这条公路走出故乡的。

1978年的父亲带着乡音和忐忑，走下班车，准备去往迪庆州师范学校报到。学校在路的另一头，那条路叫"长征路"，没有其他路可走，那是那时唯一的马路。父亲站在长征路上眺望，羸弱的小城中甸一眼而过。后来父亲对我说，长征路像一条茶马古道，仿佛从远古时代蜿蜒而来。

一条名叫"长征"的路，命里带来的苦难和悲壮，注定要成为一座城的双脚，负重前行，一路长征。父亲迈出属于他的长征步伐，而在遥远的东方，一道天光，拨云而出，垂天而下，如同一条金色的路。

父亲师范毕业后，被分配到了中甸县（现为香格里拉市）红旗小学工作。红旗小学在红旗路上，它们都是党的孩子。出红旗小学大门，右拐，经教师进修学校、防疫站，便有一片宽阔的青稞地撑开视野，那里是被我们称为"二村"的地方。红旗小学大门往左走，经农机公司，红旗路就汇入了南北向的长征路。长征路向右，目力所及处有一座雕塑——"飞马拾银"，长征路在这里一分为二去往诗和远方。长征路向左，最后抵达中心镇，两点之间一条直线，中间那支河、江克路、警民路、红旗路、向阳路、建塘路向东西延伸。如果能在九天之上俯视这片水乳大地，整个中甸县城阡陌交通，看上去就像一个行草写意的"善"字，而"善"字中最厚重、最传神的竖笔，就是这条和我们一起成长的长征路。

1984年，我出生。从我记事开始，这条如同小城动脉的长征路，就已经躺在那里了，如山川般亘古，似族谱般久远，它带着阳光雨雪，四季流淌，给小城的宽街窄巷送去点点生命之力。

万物生长，长征路也曾像孩童的我，瘦小单薄，在我出生的八〇年代，长征路和我手臂上青色的血管一样细，和我胸腔左侧的心跳一样弱，它曾是这片高原最细小的神经末梢，感知着从时代深处传来的震动。在我成长的二十世纪九〇年代，长征路和我都是这片原野上的野孩子，下雨踩水，落雪撒欢，我们都是母亲心头注满担忧的伤口。

那时的长征路只是一条土路，而我时常将自己弄成一个土孩子。我和长征路都太瘦弱了，长征路像我骨节突出的脊椎，晴时扬尘、雨季泥泞，蓝色的长得像解放军战士的解放牌卡车和绿色的砖头般的4×4吉普车咆哮着开过，而偶尔经过的一辆桑塔纳带来的，是路上最飘逸的风景。长征路两旁是瘦骨嶙峋的简易木板房，如我的肋骨，牛毛毡铺成的屋顶，薄薄一层皮包裹着人们冷暖自知的生活。我记得一个阴雨天，我在长征路一间木板房前逗留，那是一间小卖部，但门是锁着的。那时候你若要买东西，得先去其他什么地方叫老板来开门。我正盯着小卖部门口搭出的木板桥看，担心爬满湿暗的泥会让我滑倒时，披着军大衣、带着解放帽的老板来了，他打开门，里面漆黑阴冷。

九十年代开始，长征路明显地热闹、"粗壮"了，它成为小城中甸起飞的跑道。柏油路在夏天烈日暴晒下渗出黑色的沥青。人明显地多了，桑塔纳开始常见，人力三轮车、电动三轮车像洪水季节的金沙江水，黄灿灿地占满了道路。被我们称为"沙漠野狼"的丰田车开始出现，我们煞有介事地按颜色的黑白来区分这车是"公狼"还是"母狼"。长征路两旁的木板房被砖房代替，绿化带里种了常青的松树，阳

光照进商店的木制橱窗，透明的玻璃阻挡了我热切的目光，"水果冰棒5分钱哟，牛奶冰棒一毛，紫色的雪糕一块二啊"，我只是看看，其实我不想吃。

九十年代，作为主干道的长征路，时常会举行物资交流会。路两旁像菌子一样一夜之间长出了许多简易鲜艳的塑料大棚，里面兜售一个小镇男孩所想要的一切商品。父亲带着我们两兄弟逛了一圈，什么都没买，最后我们父子三人走进"兰州拉面"的大棚里，十块钱，三碗香辣的面、两个酥脆的煎饼，我吃完了还想吃，那时的长征路或许已不能满足一个凶猛成长的男孩的胃口和野心了。

2001年，中甸县更名为"香格里拉县"，在一中读高中的我们去参加更名庆典的游行。长征路的名字没有变，色调明亮的路旁现代建筑像一件件新衣，让小城有了"大城市"的感觉。我清晰地记得，当游行队伍走到邮政大楼时，因拥堵被迫停了下来。我急切地向"邮政音像"看去，落地窗里一排排整齐的磁带和图书，那些是世界向我打开的窗。流行的音乐、经典的文学，我独自在我幽闭的青春里长征，我多希望游行的队伍一直走，走出长征路，走出中甸城，不管世界多大，行走就是生命，我要把长征路带在身上。可是，年轻的我并不懂得，离开才是旅行的意义，但离路不一定就是归途。2006年，师大毕业后，我没有回到成长的小城香格里拉，我带在身上的长征路，也变成了他乡之路。

长征路是小城光影变迁的缩影，也是父辈与我的接力棒，它也是时代的跑道。2012年，父亲的长征路停下了脚步，那是一代人的脚步。2014年，家里修建新房，回家帮忙的我，去买装修材料，因为突然多出的新城而迷失于其中。我想,某个时刻,我停下了和长征路一起跋涉的长征,但一起长大的长征路没有停止,小城也没有停止。香格里拉县更名为香格里拉市后,长征路依然在,车水马龙、人流如织,红绿灯、雕花护栏维持着繁忙的长征路的秩序。"藏区特色城市",这是所有香格里拉人的中国梦,在这场梦中,长征路,依然是书法中最浑厚、最传神的一笔,依然是小城的动脉和跑道,它也将是香格里拉市乃至迪庆州身体上最重要的脊椎。

2017年迪庆藏族自治州成立六十周年,长征路的长征,永不停息,它将如航母,承载着每一个人的热情和梦想,在时间的逆旅中勇往直前。长征路的红色巨变,是我们亲爱的祖国建国七十年的坚实记忆,也是"改革开放"四十周年的真实证明。飞马仍在,古城载誉,串联其中的长征路日益坚固、繁华,终有一天,它将成为人们记忆的经纬,它也必将成为西南高原上永远鲜活的图腾。

母亲的土地情

饶云华

直到今天,已经93岁的母亲,仍在耕种着一份登记在她名下的菜地。

她常说,这是她的最后一块田地了,趁还动得,要好好地服侍。我们做儿女的也知道,只要她一息尚存,就没法阻止她走向菜地的蹒跚步履。

20多年前,我们曾尝试过让她放弃责任田。为此想尽了办法,找尽了理由,动用过亲戚,拜托过邻居,劝过,吵过,用丢人现眼之类的理由要挟过,但都不管用。逼急了,她就要横说,这是共产党分给我的,谁也别想着拿走,除非我死!

照理,母亲是一个通情达理之人,很好说话。唯独在田地问题上,却非常固执和不可理喻。

随她吧。亲戚朋友左邻右舍劝我们。理由是,她们这代人,劳动惯了,闲不住,怕闲出病。

随她吧。我们也无可奈何地这样劝自己。理由是,她总有抬不起锄头的那一天。

这样一晃,母亲就过了八十岁生日。后来母亲打摆子,大病了一场。出院后,先不回家,忙着下地,然后就是大发雷霆，把儿女们一通乱骂。原来是地里的杂草比苞谷苗还高了。后来我们四兄妹赶紧下地，铲了草松了苗，才算了事。只是从此以后，母亲的身体明显地一天不如一天，尽管还能下地，但地越挖越浅，背篮里的东西也越背越少，脚步也越来越沉重。妻子不忍心，劝我代劳，至少也要帮一把。我说不。一来，工作忙；二来，的确闲软了，干不了农活；同时我也觉得，这是母亲自找的，就随她折腾好了。

后来，母亲开始请工。还示威似的说，我做不了大工，总还可以做小工嘛。

母亲口中的大工，就是犁地碎垡；小工，即开墒打塘点种以及之后的中耕管理和采摘收贮。幸亏种的都是苞谷、豆类、瓜蔬等懒庄稼。只是母亲不懒，一年四季总在田间地头侍弄，所以庄稼出奇的好。于是，在众人的啧啧赞叹中，母亲更加得意，更加有了下地干活的借口，还有了自夸的底气。有时吃着饭，也会忍不住问孙子，这青蚕豆还行不？或者说，这嫩苞谷，没用化肥，是不是比买来的好吃……孙子当然是频频点头，说好吃，老奶亲自种的原生态，太好吃了！其实孙子回答时，她并不望孙子，而是望向我们。我和妻子赶紧堆出笑脸，说当然好吃了，没施化肥嘛！这是母亲想要的成就感和幸福感，做儿孙的，没有理由不顺从。而且说实话，的确好吃。只是吃得有些心虚，总有一种愧疚感如影随形挥之不去。

好在到了2009年，扩城强县，我们村成了城中村。征地时，工作组最怕的，就是像我母亲这样视田地如生命的老人。我们是双职工，我大小还是个领导，觉悟没得说。何况，把母亲的责任田交出去，正是我们想做而一直没有做成的事。为此，我们胳膊肘往外拐，积极配合工作组，制定了好几个方案，目的，就是虎口夺食，把母亲的那一份责任田拿了。

想不到的是，第一个方案还没用完，母亲就爽快地签字画押了。母亲的原话是：地是共产党分的。现在国家建设需要，要拿回去，还给我补偿，没啥说的，这字应该签！

这是我母亲吗？是我那个在土地上锱铢必较寸土不让的母亲吗？很长一段时间，我都没把母亲看透。

突然有一天，我恍然大悟，明白了母亲近似偏执的这份土地情结，竟然可以追溯到解放前的爷爷身上。

爷爷是个木匠，而且是一个能在家具上绘画雕花的细木匠，有做不完的家具活。奶奶裹着一双小脚，俗称"三寸金莲"，下不了地，只能做家务，有时也到富户家帮工。他们育有三女，母亲排行老大。

爷爷的最大心愿，就是想靠自己的手艺，置一块田地，传给我母亲。因为这个缘故，母亲比两个姨妈幸运，没有经历过裹小脚的痛苦。

旧社会，大脚女人能下田。但同时，也难于婚嫁。何况，作为长女的母亲肩负着开门立户续香火的重任，只能招婿上门。对此，爷爷也想出了一个万全之策，从关姓人家过继了一个儿子（我父亲），还供他读书。条件是，改名换姓，成年后与我母亲圆房结婚。

但最终，爷爷还是没有攒够置办田地的钱。因为生不逢时，先是军阀混战，接着小日本入侵，偏居一隅的云南虽然是大后方，但也深受其害民不聊生。所以爷爷攒钱的速度远远低于物价飞涨的速度。但爷爷还是不屈不挠，一直攒攒攒。

1944年,大姐出生。1946年,爷爷接了邻县一个大活,工钱是"一两雕花一两银"。据说是赚得太多,被土匪盯上了,所以路上遭劫,死于非命。

爷爷死后,置田买地也就成了泡影。但母亲不甘心。先是托人为父亲找了一份省政府的差事,做文抄。自己则加入了长途贩运的行列。好在家里还有两个未出嫁的姨妈帮衬,所以母亲没有后顾之忧,心心念念想的,就是攒钱置地,当一个地主。

直到云南和平解放,父母合力,也没有攒够置地的钱。

是土地改革,才圆了母亲的土地梦。拥有土地后,母亲的第一反应,就是上省城找父亲回家。是时,父亲已经接受整编,另有安排。但经不住母亲的一哭二闹三上吊,最后只能卷铺盖回家,和母亲一道躬耕田亩,分担快乐。

慢慢地母亲才发现,父亲并不快乐。好在父亲有文化,不久后就当上了村上的会计,后来是加工站的会计,一干就是终生。晚年的母亲常常对我们感叹,说,你爹要是像我一样热爱田地,就不会走得这么早了……

对此我深信不疑。因为父亲死于脑出血。但与田地无关,与好吃懒动有关。

母亲,连同分到的那一份田地,后来经历了互助组,合作社,生产队,有过吃饱饭的日子,也有过饿肚子的日子。印象中,母亲最常念叨的一段话,就是"闲时吃稀,忙时吃干,平时半稀半干,杂以番薯青菜之类。"事实证明,困难时期的生活就该这样打理。如若不然,父母挣再多的工分,也养不活我奶奶和五个儿女。更何况,还要供我大姐读大

学,供我们四兄妹读小学以及后来的初中。

我们四兄妹几乎是挤在1960年前后出生的。我排行老三,所以没有互助组、合作社的印象。但我见过几张母亲的奖状,积极分子劳动能手之类的。据说,"老积极"这个外号,就是母亲在那个时候挣来的。

我的记忆从生产队起,在我读小学和初中期间。那时候,母亲最唠叨,经常抱怨,尤其是在我们做作业的时候。说某某铲地松苗时偷奸耍滑,玩"猫盖屎";说某某薅秧不认真,草没拔净;说某某插秧大簇小簇的不均匀……大哥读初中,是个半劳力,也要经常参加队里的劳动,所以有资格回嘴,就说:又不是你家的田地,哪来那么多闲心操?母亲急了,教训说,哪里不是我家的了?你们一个两个的都给我记着,生产队的田地里,就有我家的那一份,是合作化时入进去的!

大哥想想也对,只好说,反正你不是队委会,就不要闲吃萝卜淡操心了,得罪人!

1982年,土地"包产到户",母亲终于有机会掌握了一份责任田。在她的带领下,大哥及弟妹起早贪黑,第一年就开门红,卖了母亲这一生中最多的余粮,然后建了三间大瓦房。之后,日子逐年好转,大哥娶了媳妇。小弟也娶了媳妇。小妹出嫁后,父母决定分家。

分家时,母亲主动提出跟我过。事后我才知道,跟我过有母亲的小算盘。因为我和妻子有工作,没田地。这样的话,她带过来的那份田就是她说了算。

事实也证明,母亲的田地,一直都是她说了算。耕种到今天的这块菜地,也是她说了算,否则,早被我们交回去了。所以现在，我们进退两难。帮吧，有些不情愿；不帮吧，于心不忍。但我们心里明白，即便我们袖手旁观，她也能腰躬气喘颤颤巍巍地用她的那把小挖锄，这里松个塘，那里挖个坑，然后就雨水点种，或者趁我们上班时从家里提自来水浇灌。总之，她不会停歇，也不可能停歇。我甚至于还可以预见，假如有一天母亲百年归终，很有可能不在病榻，而是在菜地。

宝剑锋 梅花香

曹卫华

一

六十多年前一个春暖花开的五月,我在美丽的昆明翠湖之滨脱离温暖的母体来到人间,如果我是一朵花,或者一棵小树,一直在昆明的泥土里生长,很难想象我现在会是什么样子:是花,显然早已凋零,是树可能已经长大,孤零零地站在路边,抑或已经在大规模的城市建设中被砍伐。可是!没有!没有!在我呱呱坠地的前一年,我父亲从云南省财政厅一个重要的工作岗位上,主动申请支援矿山建设,一腔热血地到了位于乌蒙大山中的东川铜矿,于是我们一家也在我三岁那年,告别风和日暖的春城昆明,迁往建设中的东川铜矿。

模糊的记忆中我每天在昆明看到的,是翠湖公园的荷花、翠竹、凉亭;是宽阔的大街、逛街的行人、卖"叮叮糖"和冰糖山楂果的小贩……到了东川铜矿,我每天看到的,除了起伏不定的大山,还是起伏不定的大山,再就是山与山之间的万丈深壑。那时的东川矿区荒凉、艰苦,是常人难以想象的。没有路,没有水,没有电,没有医疗机构,生产生活物资全靠马帮运输,从全国各地汇集而来的几万"矿业大军",都是背着行囊徒步七八天走进矿山的。

东川铜矿有三千多年开采、冶炼的历史,新中国成立后的抗美援朝战争期间,铜矿利用过去遗留下来的土炉,连天连夜采矿炼铜,支援国家军工生产。1956年,东川铜矿成为国家"一·五"期间的重点建设项目,成为新中国响当当的铜都。

在矿区,离繁华都市、甚至小城镇很远,却感觉离祖国很近,与祖国很亲。这里的人,来去匆匆,忙忙碌碌,每天做的,都是国家急需要做的事。

大约是1959年吧!偌大的铜矿还在建设中,为解国家建设燃眉之急,矿区政府召开大会,号召职工家属把家里的铜器捐献出来,支援国家建设。过去,云南居家的生活用具多是铜器。动员大会后,奶奶带着我,把家里的铜碗、铜勺、铜骨雨伞、铜盆、铜香炉、铜手炉、铜茶壶、铜炒锅、铜火锅统统收罗起来,捐献给国家回炉炼铜。这是我为祖国做的第一件小事、实事,它给我带来了无限的快乐。

铜矿建设如火如荼,大批苏联专家不远万里来到东川铜矿,矿区懂俄语的人寥寥无几,于是掀起学习俄语的高潮。我刚进小学,和一些接受能力强的小学生一道,被学校抽到新成立的"实验班"突击学习俄语。老师信心十足地对我们说,希望你们努力学习,尽快成为国家急需的俄语人才。我们大呼小叫地表了决心。学了不到两年,中苏关系破裂,苏联专家撤走,我们的俄语学习也停了。现在想起来,实验班似有病急乱投医之嫌,可当时,我却为没能成为"国家急需

的俄语人才"惋惜、难过了很长时间。

二

我刚满12岁进了初中，不久"文化大革命"就开始了，我像一只失落在深山老林的羔羊迷失了方向。学校停课了，可我不甘心就这么没了学上，每天还是背着书包按时到校。学校已经没有了琅琅书声，同学们三五成群，忧心忡忡地聚在操场上，莫衷一是。直到有一天，学校广播站正式通知，学校暂时停课，号召同学们积极地投身伟大的文化大革命，什么时候复课，耐心等待通知。我赋闲在家，整整三年，心里空落落、沉甸甸的，除了读读家里的闲杂书外，我无所事事。

1969年底，终于盼来了学校"复课闹革命"的紧急通知。重新回到学校，一切都变了，学校没有了校长、书记，一切由军代表说了算；原来的年级不再叫"年级"，叫"连"，班级变成了"排"。进校的第一件事，就是军训半个月。紧接着，工宣队进驻学校，轮番到各连各排训话，讲工人阶级领导一切。上课没有教材，发两本油印"讲义"，"工业基础知识"，"农业基础知识"。课没上几天，又到工厂学工，到农村学农，到水利工地参加劳动，在学校挖防空洞。即使是在校上课，也是今天军代表召集全校师生开大会，明天工宣队召集全校师生开大会，要不就是军代表、工宣队到班上来训话。学校没有共青团，成立了"红卫兵"兵团指挥部。

我从小喜欢读书,能写点小文章,进了红卫兵"大批判"小组,经常不用上课,写大批判文章,抄大字报。

红卫兵团还成立了"纠察队",协助军代表负责维护学校的治安,协助市"革命委员会"维护社会治安。我是"大批判"组成员,也是纠察队的一员,住在学校。"纠察队"夜晚经常紧急集合,外出查旅馆、车站的流动人员,看他们带没带当地人民公社、居民委员会或者单位开具的身份证明。那样的环境,课是没法上的,学生不知道该学什么,老师也不知道教什么。一些来自农村的同学,因为学不到任何有用的知识,看不到任何前途,退学回了家,决心一辈子当农民。

一连的语文老师赶时髦,搞了"小将上讲台",让我到一连各排上语文课。内容是老师编排好的,套路也是老师设计好的,我以"小将"的名誉到各排演练一遍。站在讲台上,我说不出是什么滋味,我的语文水平,别说当中学老师,就是当小学一年级的老师也还不够格。

一个秋天的夜晚,我已经睡了,睡梦中突然听见紧急集合的哨音"叽叽叽"地响,我急忙从高台床上爬起来,穿好衣服到操场上集合。谁也不知道发生了什么!谁也不知道我们要去干什么!军代表训了几句话,带着我们跑步出了校园。黑沉沉的夜晚,天上没有一颗星,也不见月亮。出了市区,跑到郊外,军代表才从前排让我们依次向后传达,今晚的任务就是拉练,练我们紧急集合的速度,练我们执行任务的体能。

开始下雨了,先是淅淅沥沥的雨,接着雨越下越大,还伴有呼啸的狂风。没有军代表的命令，我们谁也不敢停下脚步。

三

在看不到任何前景的学校混了一年，学校突然宣布，我们一连的学生大部分分工，小部分留校继续读书。是去是留，命运掌握在别人手中，没有任何选择，只能乖乖地听从学校安排。学校把分工学生的名单张贴在墙上，我也在册。我刚满十六岁，说不上是喜，也说不上是忧，本该好好读书的年纪，却让四年宝贵的时光水一样白白流走，多多少少，还是有些不甘。

按照学校的分工计划，我被分配到无线电厂，这是当时最好的企业，那个年代，无线电就是高科技。等待正式通知的日子，我仍然每天到红卫兵团大批判组写大字报。

有一天，工宣队队长突然进来，意味深长地看了我一眼，叽叽咕咕地与学校担任红卫兵团政治辅导员的李老师说了几句什么，把李老师叫了出去。我不知道到底发生了什么，直觉告诉我他们议论的事与我有关。第二天早上，李老师把我叫了去，字斟句酌地告诉我，你的家庭出身有问题，可能会影响分工。我一下蒙了，我不知道我的家庭出身有什么问题，我也没听父母说过，每一次填报家庭出身，我填报的都是"城市贫民"，这可是新中国成立初期组织评定的结论。

我沉默了几天，终于憋不住问父亲，父亲才告诉我，一九四三年，抗日战争吃紧，父亲应招进入设在昆明的五三兵工厂，与同时应招的其他人一起，在一张集体加入国民党的名单上签过字。这么说，父亲就是国民党了？我无言以对。我知道父亲小时候吃过许多苦，他十二岁时我的祖父死了，我的奶奶在一家纺织厂当女工，养不活父亲兄妹三人，父亲就辍学到一户有钱人家当茶童，给人家端屎端尿，端茶倒水，自己养活自己。稍微长大一点，父亲又到省公路局测量队打过下手，挣钱养活弟妹。没事做的日子，父亲忍饥挨饿，在街上游荡，有时几天吃不上顿饭。我的叔叔就是饿得不行，自己跑到征兵站报名当兵，死在抗日前线的。

离开学校的前几天，红卫兵团团长把我叫到团部，送给我一个红卫兵袖章，郑重其事地对我说，希望我走上社会，依然保持红卫兵的光荣传统。团长是女生，是我从小学就一直在一起的同学，我们每天一起上课，走一条路回家，这摆的什么谱呢？我苦笑，不知道该说什么。说实话，我不知道造反起家的红卫兵，光荣传统是什么。

分工的同学都走得差不多了，我才接到正式通知，我被分配到皮鞋厂，限三天内报到。我的情绪非常低落，一直躺在家里，没去报到。母亲不时走来，坐到床沿上，温言细语地安慰我，开导我。看得出来，那些天家里的气氛都很沉闷，父亲下班回来一句话不说。我不想让家人为我操心，报到的最后期限，我到皮鞋厂报了到。鱼只能在水中生存，跳上岸就得死，但在水中它是自由的。既然命运安排我到皮鞋厂，我没必要去做无谓的抗争，在皮鞋厂，我像鱼在水中一样自由，工作之余我还有许多事可以做。

前苏联作家契诃夫说:"困难和折磨对于人来说,是一把打向坯料的锤,打掉的应是脆弱的铁屑,锻成的将是锋利的钢刀。"古罗马哲学家西尼加说:"意志坚强的乐观主义者,用'世上无难事'的人生观来思考问题,越是遭受悲剧打击,越是表现得坚强。"我的人生道路还很长,这次小小的人生磨难,算不了什么,未必不是件好事。

还得感谢当时皮鞋厂的书记兼厂长老何,后来我才知道,在我们这批分工的同学中,我和另外两个有家庭问题的学生没单位愿意要,是老何主动接收了我们。

我在工厂工作了八年,当过皮鞋匠,塑料配料工,电焊条厂维修工、车工、钳工。这在我的人生中,是一个起点,也是一个转折点,是一段难以忘怀的记忆。

四

适应了工厂生活,我决定自学完成初中高中的课程。"人的一生应当这样度过:当他回忆往事的时候,他不会因为虚度年华而悔恨,也不会因为碌碌无为而羞愧……"奥斯特洛夫茨基这话就像是对我说的。虽然我还没到回忆往事的年纪,但我不想虚度年华,也不愿做碌碌无为之人。我虽然拿了一份初中文凭,但我认真读书的时间也就上小学的那六年,我的文化水平太低,知识太浅薄,这让我有些自卑。我相信国家要发展壮大,就需要有知识有文化的人,我趁年轻多学习,将来一定会派上用场的。

熟悉的高年级学生都上山下乡了,我到他们家里去找,找了十多家才好不容易把初中教材找齐。我制定了学习计划,开始系统地自学。

那正是"读书无用论"甚嚣尘上的年代,读书被称作"走白专道路",是要受到公开批判的。我的自学,只能偷偷进行。没有桌椅,我就自己钉一个木头架子,把装东西的木箱放在上面当书桌,把书桌放在床前,坐在床沿上学习。为了不影响别人,我把床铺转过来,面迎墙壁。因为所有学校都停了课,商店里买不到练习本,我就到处搜罗包装纸、废报纸,用来做作业。不懂的问题,不会做的习题,我就回学校请教老师。时间很紧,白天上班,晚上政治学习,一周休息一天,早上还必须参加民兵训练。我每天早上五点起床,学习到七点半,匆匆忙忙洗漱吃早点去上班。晚上十点半政治学习结束,再学习一个半小时。通过自学,我克服了自卑,找回了自信、自尊。"宝剑锋从磨砺出,梅花香自苦寒来"大约说的也就是我那时的情景了。

有一天晚上政治学习完了以后,团委书记忽然窜进我们宿舍来,我正精力集中,没来得及把课本收起来。她翻了翻我放在桌子上的书,转身走出去,突然又转身走进来,郑重其事地对我说:"你不要有别的想法,你这么做会让人觉得你不安心工作!你喜欢学习是好事,多学学毛主席著作!"我怕她把我好不容易找到的教材没收了,忙一面收拾桌子上的书本,一面答应她:"好的!好的!我一定好好学习毛主席著作!"

有几个朋友知道我在自学,也加入进来,多几个人,当然是好事,有不懂的问题,可以一起讨论。遗憾的是他们都没坚持下来。

自学较难的是数学和化学,我在这两门功课上花时间最多。我用不到三年的时间,自学完成了初中的课程。做完最后一道数学题是一个星期天晚上,意犹未尽地合上书本已经是凌晨一点多,我一点不觉得累。真真是"苦尽甘来春满园,姹紫嫣红别样情"啊!这三年虽然辛苦劳累,我却过得特别充实;虽然学完的仅是初中课程,却培养了我受益一生的自学能力。

五

那场动乱就像是强台风、大海潮,几乎摧毁了基础还比较薄弱的中国教育事业。特别是高等教育事业。1970年大学复课以后,招生凭推荐,不管工人、干部、农民,不管文化程度多高,条件就是家庭出生好。我家紧挨着一个叫集义村的生产大队,推荐了一个三十多岁、老实巴交、只上过小学三年级的贫下中农到云南大学中文系,学了几个月他就自己跑回来了。回来以后,有人问起他在云大的学习情况,他总是悻悻地说:"唉!我受不起那个罪!"

那几年的大学毕业生,好一点的,小学五年都没上完。

国家层面也意识到了高等教育质量太低的问题,1973年教育部下发通知,恢复高考,通知还明确,考试范围在初中以内。我看到刊登在报纸上的通知,激动得彻夜难眠。

"苦尽甘来终有日",我把这一年恢复高考看作是动乱将要结束的信号,看作是我改变命运的一次难得的机遇。我自然想抓住这个机遇,于是雄心勃勃地报了名,准备参加考试。备考的那些日子,我把要考试的科目又重新看了一遍,把相对较难的数学题目又做了一遍。考试结束,我度日如年地等待着结果。我心里非常清楚,如果按通知精神,凭成绩录取,我稳操胜券。那年的考试内容其实只达到初二的程度,所有科目我浏览一遍便心中有数,数学试卷的题目每一题我之前都解过两遍以上。可世事难料,那年出了"白卷英雄"事件,"恢复考试""凭成绩录取"又被以"修正主义教育路线"复辟为由,遭到全盘否定。考试成绩全部作废,取而代之的是凭"工农兵推荐上大学",而"工农兵"推荐的,必须是"革命军人""革命干部""工人阶级""贫下中农"家庭出生的子女。这次变故让我猝不及防,对我的打击非同小可。卢梭说:"磨难,对于弱者是走向死亡的坟墓,而对于强者却是生发壮志的泥土。"沉闷了几天,我就想开了,我没有垂头丧气,一蹶不振。我又找来高中教材,开始自学高中课程。

1974年的大学招生,宣布了一条政策,可以放宽条件,适当招收一部分政治表现好的"可以教育好的子女"。所谓"可以教育好的子女",指的就是家庭出身不好的子女。我就属于"可以教育好的子女"。这又让我看到了一点点读书的希望,于是我又报了名。按照上级规定,厂长老何组织召开了全厂职工大会,征求大家的推荐意见,结果我全票通过。可那年我最终还是因为家庭出身问题落选了。送走随我一起自学、被录取了的朋友,我独自一人默默地走在回家的

路上。

　　1975年的大学招生，我还不死心，又报了名。西尼加说过："乐观主义者总是想象自己实现了目标的情景。"我相信成功者不是没有磨难，而是不会被磨难所左右。我必须再来，我不服输，这是我的人生态度。热心耿直的老何不忍心看我一年一年地被刷下来，为我准备了一份很好的推荐材料，亲自拿着材料到处跑，为我据理力争。一个彝族娃子出身的老共产党员，一个基层企业的书记、厂长，左右不了形势。我最终还是没能如愿。

　　1977年冬，全国再次恢复高考，教育部明确规定的招生办法是：自愿报名，统一考试，地（市）初选，学校录取。录取原则是：德智体全面衡量，择优录取。我又看到了"读书"的一线曙光，忐忑不安地报了名。考题各省自己出，云南省考题并不难，没有突破初中范畴。每一科我都完成得轻松自如，我心里非常清楚，凭成绩我可以上中国一流的大学。但那一年，云南实行的是"考试成绩与政审相结合"的政策，由省招生办录取，我还是"政审不合格"，被淘汰了。

六

　　成长过程中多次遭遇风霜冷雨，许多年轻人会从此一蹶不振。我没有。我相信只要我不放弃，总有一天会升起一轮红日照亮我的前程。1975年之前的三次失败，使我意识到我必须在考大学之外另找一条出路，经过一番冷静的思索，我调整了学习方向，放弃了高中文化课程学习，选择了文学创作作为我的奋斗方向。巴尔扎克说："苦难是人生的老师。"他还说："逆运不就是性格的试金石吗？"没错，三次失败使我变得更聪明，更坚定。因此，1977年的高考再次失败，并没有对我造成太大的影响，却促使我在文学创作方面付出了更多的心血。

我从小学三年级开始接触文艺作品，内心一直流淌着温润的文学清泉，学校停课的那几年，我读完了家里留下来的一百多本书。那些年，经过一场浩劫，家家户户都唯恐避之不及地把家里的书烧的烧，卖的卖（当废纸），市面上可读的书少之又少。我到处找，到处借，通过关系到造纸厂回收的废纸堆里刨。有的朋友知道我的心思，也帮我搜罗了一些书。这些书，即便破烂不堪，无头无尾，我也认认真真地读，揣摩缺失的内容。

那是一个特殊的、良莠不齐的年代，所有中外文学名著都被冠之为"大毒草"，读"大毒草"遭人检举，是要受批判、处分的。我却不管不顾，我用政治读物的封面把"大毒草"包起来，晚上躲在蚊帐里读、白天躲在野外读，完全沉浸在文学的天地里。书读得多了，我便开始动笔写。写一些身边的人、身边所发生的事，写小散文、短篇小说、电影文学剧本……

父亲知道我在学习文学创作，如临大敌，父亲古板得很，平时很少与我交流，这次却找我认真谈了一回。父亲态度很明确，要我放弃文学创作。他说历次政治运动，首先挨整的就是那些舞文弄墨的文化人，我们也不想看着你以后挨整，你最好安安稳稳地过日子，好好地当个工人就行了，别做什么作家梦、文学梦，将来后悔你都来不及。在父亲的心目中，文学创作就是一个危险的选择。父亲的书法、油画、国画都不错，就是因为"怕"，都放弃了。我已经站在深水里，没什么好怕的，也无所谓洪水淹过头顶，即使是那样，我也会奋力搏击的。

父来没能说服我。

有些人很平凡，却是值得你终生怀念的。老何虽然文化水平不高，却崇尚文化，一直支持我学习。有一段时间，我把用毛泽东选集的封面包着的文学书籍带到车间，没事的时候躲在机床后面读，被老何撞见了，我感觉老何已经知道我在读什么书，显得特别尴尬。有一次我正读得着迷，没注意老何什么时候走进来，他叫了我一声，我吓得从椅子上站起来。"你在读什么书？"老何试探性地问我，伸手来接我手上的书。我没敢把书给老何，急忙把它放进工具箱，支支吾吾，没敢说我读的什么书。老何意味深长地看我一眼，转身走了。我提心吊胆好几天，老何却没有声张，也没有追究。

我同宿舍的两个工友也知道我在读这一类书，都没去告发我。

七

人生的悲剧不在于你经受了多少磨难和挫折，而在于你因为丧失了信心错过了什么，错过了多少。人的一生无论经历了多少挫折，必定也会有过很多机会，最悲惨的结局就是机会来了你措手不及，因为机会永远只青睐有准备的人。1978年在新中国历史上是永远值得纪念的一年，那一年年初，改革开放初露曙光，理论界、文化界对过去的一些做法提出质疑，"拨乱反正"的呼声越来越高，一些反"血统论"的文艺作品逐渐面市……最让我印象深刻的是"八一"电影制片厂的电影《怒吼吧！黄河》，冲破层层阻力在全国上映，表达了当时全国人民的心声。刚好我1977年写过一个电影文学剧本《沸腾的矿山》，于是我把本子认真抄了一遍，寄到了"八一"电影制片厂，很快我就接到"八一"电影制片厂的回信，要求我尽快修改。"八一"电影制片厂还公函与我们市文教局联系，请求协助，安排我到矿山体验生活。市文教局文化科科长陈平，是民间长诗《阿诗玛》著作权人、人类文化学学者杨智勇的夫人，是一位剧作家。陈老师马上与工厂联系，安排我到矿山一线体验生活。虽然不久《怒吼吧！黄河》又停止上映，我的《沸腾的矿山》也没有了下文，但这一段经历给了我极大的鼓舞，仿佛给我注射了一针强心剂。

也就是那一年，我开始发表作品。

真正让我看到光明前景的，是党的十一届三中全会的召开。"改革开放"，党的阳光照耀祖国，中国迈进一个崭新的时代。"不经一番寒彻骨，怎得梅花扑鼻香。"这是那时我们这一代与祖国一起经历了磨难的人的真切感受。

1978年9月，我调到市群众艺术馆，成为一名文学创作和辅导的专业人员。虽然环境、身份、地位都发生了改变，我却没有沾沾自喜。我知道我的文学功底还很差，还需

要更努力地学习。改革开放的浪潮荡涤着中国大地，每一寸土地，每一个行业都在发生崭新的变化。一些优秀的中外文学名著纷纷面市，我疯狂地买书，通宵达旦地读书，写作。我还创办了一本以文学创作辅导为目的的杂志《缅桂》，并独自举办了三期文学创作培训班，培训了八十多名学员，组建了一支业余文学创作队伍。

　　1982年年底，突然传来消息，中央广播电视大学在东川成立了工作站，并开始招生，我内心那塘想读大学的死水又泛起层层涟漪。我不顾来自各方面的压力和阻挠，以优异的成绩考上了电大，成为东川中国广播电视大学的第一批学员。现在想想，当时涌现的电大、职大、工大、夜大、自考……不就是国家对我们这些失去了接受高等教育机会的人的补偿吗？我非常珍惜这个来之不易的机会。那一年，我已近三十，入学后接着结婚生子，诸事繁忙。当时单位给我的条件是，同意我"半脱产学习"，本职工作要照样完成。只要能读书，这些要求我都照办。为了完成学业，我晚上熬夜，早上早起，即便患上神经衰弱，白天晚上都睡不着觉，头发大把往下掉；即便体质下降，气温高达三十六度的夏天我还穿着棉大衣；即便熬不下去的同学都退学了，我都咬牙坚持下来了。

　　三年电大毕业，我放弃所有兴趣爱好，一门心思搞创作。我的创作进入一个新的阶段，不断有作品发表，在云南，我已经是小有名气的作家。

　　就在这个节骨眼上，一件关乎个人发展与国家文化事业建设的难题摆在了我面前。"中国民族民间文学十大集成工程项目"启动，这是中国第七、第八个五年计划期间，文化建设的重点科研项目,其中的"民族民间文学十大集成·东川卷"需要安排人来完成。行政领导找我谈话,希望我承担这项任务。这是一项十分浩繁的工程,除了我自己要补上民族民间文学的基础知识课外,还要花大量的时间加强民族民间的理论学习,即便我再努力,完成这项任务至少也得十多年,这对我势头正劲的文学创作必然造成极大的影响。权衡再三,我还是把这项任务接下来了。一切从零开始。我首先要分阶段培训所有农村文化站站员,每次培训都必须在半个月以上,让他们初步掌握民族民间文学基本常识,学会搜集整理原始资料,鉴别真伪;之后我还得分别带他们到边远的山区农村去跑,教会他们如何规范操作。他们搜集上来的资料我要逐一鉴别,其中的重点作品我还得亲自下去求证。所有资料完备后,我还要按出版要求写注释,编辑成书。在边远彝族山寨,我两次差点丢了性命,一次差点被人宰了,一次差点被泥石流冲走。

  要命的是干这些工作没有一分钱经费,单位除了按财务规定给我报销差旅费外,一点工作经费都不给,所有经费都得我到市里、省里相关部门要。没办法的时候,我只能把我的稿费填进去用。

  更要命的是,当时的各级领导对民族民间文化的认识不到位,不统一,许多党政领导认为那是封建迷信的东西,不但不支持,还百般阻挠。全国第一次职称评定,支部书记说我搞民族民间文化,不是为共产党干,把我拉下来,我入党转正时,局党委又以同样的理由,让我缓期转正一年……尽管阻力重重,经过十几年的努力,我还是圆满完成了任务,受到了国务院三部委的联合表彰,受到云南省委、省政府相

关部门表彰。紧接着中国文化志编撰项目启动，我又承担了曲艺志的工作，一干又是近五年。之后又是非物质文化遗产项目调查、申报。2005年，我根据调查资料创作的剧本《东川彝族祭火神鼓舞》上演后，荣获中国民间文艺山花奖金奖，之后又多次获多项大奖，并多次代表中华人民共和国出访，进行对外文化交流……

虽然忙碌了一生，我还是感到欣慰的，我毕竟为国家的文化建设事业做了点力所能及的事情。不可否认，在我奋斗的人生中，也曾经有过权势的吸引，有过出国的引诱，有过经济大潮冲击下的惶惑、动摇，但我最终还是在文学创作和民族民间文化研究的道路上坚定地走下来了。回望我人生的每一次转变，都得益于国家"改革开放"的大政方针。

大家的节日

艾 吉

在滇南红河我的故乡哈批那一带,高山河谷,生活着哈尼族、彝族、汉族、瑶族、傣族五个民族。各民族之间的情感,就像河谷的雾升到高山,高山的水流向河谷,彼此来来往往,虽有语言之别,生活方式有异,但大家都像兄弟姐妹一样,真诚友好地相处着。而相互最亲切的接近,当推过年时候。以大的节日来说,哈尼族就有昂玛突(祭寨神)、苦扎扎(六月年)、十月年,但不过春节;其他四个民族都过春节。彝族有的村寨过火把节;瑶族不过盘王节,倒是正月十五、七月半过得挺有特色;傣族也不过泼水节。跟农事、宗教和人生礼仪等有关的各种小节日则一串串。如果说大的节日是一棵只要季节到了就会开花的树,那么,小的节日是朝日想开就开的发出幽香的花。

河谷的傣族地方,春天像当地的少女长得快,没有弄清冬天是怎么回事,攀枝花便争相报春了,暖暖的风让人的心跳渐渐加快起来。栽下头拨秧,把农活理出个眉目,就等着过春节了。约定俗成吧,不到大年三十还有几天,傣族其实已经在过年了。下河谷的路上,从山上去做客的人陆陆续续带着土特产品赶路,在路上就心痒了,嘴馋了。傣家的门口、村边，一张张清秀、温柔的面容在明亮地展示。特别是"牛亲家"（民族之间靠牛搭成的亲戚关系），比见到老祖宗还高兴。水牛忙完活正在养力气，不久就要回到山上。酒酒肉肉摆满桌子，和和睦睦围拢桌子。傣家细声细语祝福：好吃好在！这是我听到过的桌面上最实在的祝福。溢满柔情的傣族的河谷，肥得淌油的傣家的土地，使他们的日子比其他民族富足得多。他们慷慨大方，过年气派十足，许多人家自己杀猪，客人吃得浑身油亮。走时，主人送上糯米粑粑、大芋头、肉筒之类的心意。客人呢，留下话：山上过年的时候，牛亲家、老朋友一定要上来嘎，不要嫌路长坡陡！

当地的彝族，原先是过腊月二十四，后来改过春节。但他们的风俗习惯并没有丢掉。虽以春节的名义，他们过的是彝族的节日。老祖宗在遥远的地方，接受着他们的怀念和孝敬。我有彝族的朋友，身为哈尼族人，走进彝族的生活时，我的一口地道的彝语，拉近着我跟他们交流的距离。从前辈的角度讲，彝族都有我家的亲戚。车玛龙村的孔万新，他家是爷爷辈从我们村搬下去的，我们是一个许氏家族的血脉；还有其他好些家，扯不清是什么时候结下的亲戚，跟我们一直都来往。可能是跟彝族接壤的关系，我们村男女老少几乎都会讲彝话，反过来，彝族也一样。哈尼族人到他们家过年，除了亲戚之外，大多数是长期的生产生活中结下的交情。那几天，附近的哈尼族村庄，除老弱病残和家里放不下的主妇外，早晨的太阳刚刚露脸，一路满当当的人流涌向节日怀抱。彝族村路口、门口，都有人等候，眼睛盯紧，看看有无自家的客人。一般认识的人，礼貌上几声"来家里过年",因为主人知道,你已经想好要去哪家。碰上关系好的,硬是要拖住,尽管你打算先到别家。你说"等一下来",主人可明白意思,生怕你跑掉,便推推搡搡客气进家里,坐下来,倒水,要是成年男人就会递上烟筒。这下,主人是合不拢嘴了。"没有哪样好吃好喝的,过年是好玩嘛!"要是哪家没有客人,冷火秋烟,是会被人小看的,抬不起头。客人不可能只在一家做客,要到处联络感情;吃得吃不得,一天吃几顿是再正常不过了。

男的很少有不喝酒的。主人与客人都被深情厚谊所感动,话题投机,酒下得快;酒下得快,话题更多。直到说话嘴巴麻,喝酒舌头不会打转。女的很少喝酒,她们嗑家常琐事,猪鸡啦,劳作啦,头痛脚疼啦,你说你的腔调,我讲我的语言,但双方都听得懂。话题一扯开,像倒出麻袋里的苞谷籽,遍地滚。

彝族人家春节接客是从正月初二开始。这点跟汉族规矩相同。春节假,我只要回老家,都要在初二这天去彝族人家过年。郭宝成是我的兄长,当年我还不到二十岁当小学教师时就跟他结下了特殊的友情。他也是小学教师,到如今还在干老本行。他家是我非去不可的,而且是第一家。宝成夫妇会做菜,但动作慢。他家上菜比别家要慢半拍,得耐心地等,有时我急了,会"快点快点"地催。宝成说,慌哪样,过年慢慢玩。粗粗块块的耿祖华医生家我也非去不可。他重情重义,慷慨大方,我们村的男女老少都喜欢他,喊他"祖医生"。

做一天客,多数回家去,有的第二天再来。少数则住下来,一连几天门槛出门槛进,腰杆吃粗了。

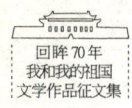

当地的汉族只有两个村子。事实上，不少汉族是由少数民族融合而成的。长期跟少数民族往来、通婚，纯血统的汉族其实未必能找到几家。他们的生活方式也跟少数民族接近。他们保持语言，同时有些能讲哈尼语、彝语等语言。我的先辈们坦荡、好客的心胸，赢得了汉族的信任，以至于结成了来往数代的亲戚。

我朦胧的记忆中，孩提时，奶奶领我们几个孙子，到那个叫老玛的汉族村庄过春节。这家人姓郭，据说曾经有我们家族的女人嫁到那里。但谁也说不清详情。不过，作为亲戚一直都没有断过感情。他们做的菜跟哈尼族人不太一样。也许是隔锅香，我至今还能感受到几十年前的某种菜的味道。有一次，奶奶又领我们去，到那里才知道算错了日子，离过年还有一个月时间，我们吃一顿饭就回来了。

多年后，我又去好几回老玛过春节。我的一个表妹嫁去那里杨姓人家，我们多了一层走亲戚的理由。以我的口味，各地方各种民族的饭菜都能适应，但我的孩子是挑剔的，她却爱吃老玛的菜。她说，这里的几个菜很合胃口。主人听了，心里乐滋滋的。

哈嘎村，离我们村近。那里有我们家的好几家亲戚。从孩提开始，父亲就领我们去过年。那时，父亲年轻，身强力壮，血气方刚，人缘好，酒量好，又知书识礼，他一去，亲戚们这家，那家的来拖，一天不知要坐几张桌子。印象最深的是，不管在哪家，不能少的一个节目是，客套话说过后，见面酒喝过后，他们都要划拳。那高亢的吼声，简直就像打仗。有的双手双脚都抬起来，只差没踢翻桌子。那激动劲儿，连我们这些不懂事的孩子，既被吓着，又被感染。过年，对我们最有吸引力的当然是放鞭炮。去某家给了几颗鞭炮，吃不吃饱饭倒成了小事。有次，我放鞭炮时，不小心丢在一个走在路上的喝得歪歪偏偏的大人身上，害怕得赶忙跑回屋里钻进桌子底下。

这些年，我去哈嘎过春节，大体上选在初三。初二，我们村的老吃喝们去底下车玛龙村的多，这天，好些都来哈嘎集中。一个叫羊生的我们同姓兄弟家刚好在路口，我自然先要摸进他家。羊生豪爽，他家常坐满我们村子的酒客。喝到一定程度时，大家不是划拳，就是唱歌。燃烧的山火一样，热闹得鸡飞狗跳。我死死记住他的一句话：阿哥，酒没有骨头，不伤牙齿。这么精彩的语言，我喝了几十年的酒都没能说出，真惭愧！凭这句名言，在他家不放开肚皮喝，可能吗？

在我们村旁边的山头上，有两个瑶族寨子：哈批新寨、牛血岩。瑶族的春节只过初一那天。半个月之前，他们私下已经杀猪、包粽子，炊烟飘荡着香喷喷的年味。这时，他们不会邀请客人过年，客人也不会主动登门做客。这两个寨子，我熟悉得不会摸错每条小巷、每家门口。年纪大点的人，我都认得，他们也会叫我的名字，"阿举，快点进来家里，想念死你了。"有时听说我在家休假，有些人家里有点好吃的，也会来喊我。曾经是牛血岩村第一美女的张某某，我去她家过过几次年，每次都身不由己地唱上几首歌。我为她写过一首深情的《瑶族美女莎》的诗，可惜她读不懂。

瑶族的服装多为人工制作，非常美，美得只能说美。初一这天，整个寨子仿佛是百花盛开的花园，让人不知把眼睛放到哪儿才合适。

其他民族的客人前前后后进村，挡不住的热情一股股扑面而来："进来家里，进来家里！"还没想好先去哪家，正在犹豫，被脚手快、嘴巴勤的主人，拖昏了头。要是你还下不了决心，人家就拿脸色了：我家穷也有一口水喝嘛！你最后还拿不定主意，人家可要火了，说你瞧不起人，眼睛朝天上看。没有客人不叫过年，客人越多过年的柴火越旺，多一个人多一双筷子。饭冷了蒸，菜冷了热，吃吃吃，喝喝喝，一年只有一天，不是一家人不进一扇门。

打纸上的马鹿，是瑶族春节的一项重要活动。午饭后，在村边，成年男子，各扛各的火药枪，轮流打马鹿。这是狩猎民族的生活遗风。但这个传统习俗即将彻底消失。

瑶族能讲一口流利的哈尼话。他们说："过年不是有龙肉，亲朋好友坐拢来家头热烘烘。"

跟到彝族、汉族人家过春节一样，只要我在故乡，初一我都要到瑶族家。我的女儿还小时，跟我们夫妻去过几次。置身于这陌生的另一个世界，她又紧张，又好奇。我主要去的是我们村子往上不远的山腰间的哈批瑶寨。这个三、四十户的小村，曾经跟我们村毗邻而居，于1962年搬走。我通常必进的是李元福、腾老大等几家。在哈尼族和时代的影响下，原先饮食很粗糙的他们，渐渐学会做可口的饭菜了，且品种多样。他们一般提前几天就杀好了猪，每家各一头，摆在桌子上的肉自然阔气。山林里放养的鸡，遍地都是。猪和鸡，全是天然生长，肉质纯而又纯。瑶族男子同样能喝酒，以朋友来了喝个天旋地转为好客的标准。每次去，我不一定喝到被人两手两脚抬回家，但走路东倒西歪是常事。他们家里，几乎塞满了我们村的男男女女。瑶族了不起，哈尼族、瑶族两个民族共同亲切地说哈尼话。当然，多数哈尼族人也能或多或少说瑶话。

腾老大比我大几岁，年幼时在我们村小学跟我一同读过书。他的脑门头油亮得苍蝇不敢爬上去。他的动作稍笨，大嘴巴每称呼我一声都是"老同学"。2009年大年初一是个大雾天，我与同村的几个弟兄在腾老大家热闹了几个小时。当时的情景，至今镌刻在我的脑海，怎么也忘不了。

我的村子过年的情景，跟其他几个民族大体相同：从日出到日落，从日落到日出，那几天，人神天地万物都一同欢乐，活人没有谁想死，死人也巴不得重新活在世上。

我的故乡2018年的十月新年（有的地方叫干通通）是11月9号开始。以往过五天，现在一般是三天。跟往年一样，其他民族的来客依然很多，上午九点不到，客人一排排来了，公路方便，有骑车坐车的，快得很；爱走路的，一路享受新鲜空气和鸟声。天晴，遍地风景，美得让人享受。我的河谷的陶姓牛亲家也上来了。一百多户人家，除了关起门过日子的家庭外，或多或少都有亲朋好友的脚步跨进。客人多的家庭，自然以面子大为荣；没客的，在村里脖子都要缩几截。

桌子上的气氛不在这里描述也可想而知。我人缘好，许多家庭都来叫我。这是我一个游子跟乡亲交流的最好机会。酒是要喝的，家家的酒不一样，但我多少都要表示。几天，从自家，早出晚归，酒醉心明白。故乡各方面正在改变，似乎跟我渐渐远去，但不管怎么说，它是我的根啊！在故乡，听一调公鸡的打鸣，都会让我眼睛潮湿。

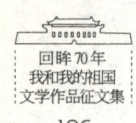

外村的客人散去后,我也得回城里了。

过几个月后,春节就要来临。我又要接到其他民族的亲朋们叫我去过年的喜讯。

就这样,一代代,在红河南岸的高山、河谷,几个民族过着大家的节日,民族不同感情亲,语言不同心相连。

呈贡龙街

陈兴宇

滇池东岸，有一个小县城叫呈贡，隶属于云南昆明。县城中心有一条长约一公里的街道，这就是龙街。我一直住在这里，每天从街上进进出出，不论刮风下雨，人多人少。现在即使老房子被小洋楼取代，土路被水泥路取代，人民的生活彻底改变了模样，但却抹不掉我脚下高低不平，垃圾到处扔，土坯墙、煤炉子占据眼球的各种记忆，它见证着时代的进步，像一首婉约的赞歌。

一

呈贡龙街，说是街，其实最早就是两排低矮的老房子之间留出的一条相对宽裕的公共通道。房屋是新中国成立前修建的，土木结构，以一层平房为主，即使有二层的，也由于年久失修而岌岌可危。每次走在上面，木质的楼板就会发出"咯吱、咯吱"的声响，像一个年迈老人粗重的喘息。路两边没有一棵林荫树，也少有店铺。不知从什么时候起，龙街

上开始摆摊,久而久之,竟形成了老城集市贸易的中心,每逢赶集日,除了当地人,来自周边各乡镇的村民也会带上自家种养、制作的农副产品到集市上交易,于是就有了呈贡人"赶龙街"的习俗。

龙街北端连着兴呈路,这曾是呈贡与外界沟通的唯一通道。对着路口有一个农贸市场,规模不大,遇到不赶龙街的日子,县城的人大多都会到这里买菜,或背着小背篓,或提个菜篮子,往往一买就是两三天的菜,但大多都只买一些干货,或能长期储存的菜品,因为当时没有冰箱这些制冷电器,干菜不容易变质,放在家里可以应急。而瓜果和新鲜蔬菜主要是卖给周边路程近又没有土地的居民、工薪阶层,或者闲暇时间多的老人以及那些经济条件相对较好,坐着小马车一路摇摇晃晃而来的人。

马车,那是农村早年最常见的运输工具,如同一个遥远的记忆。现在城市中心早已没了马车的踪影,即使在农村也鲜能看见,然而,这种景象在30多年前的呈贡却比比皆是。尤其到了赶集日,整个县城几乎随处可见!马车经过,铃铛叮叮,挤在车上的人也像一道风景,煞是惹人!

从事载客的马车,经过了专门改造,长长的铁厢体沿边沿焊了两排座位,上面铺着厚厚的垫子,垫子是碎布拼的,里面塞了稻草,坐在上面很舒服,遇到路况差,车子颠簸厉害时,还能有效防止乘客受伤。而座位下,一般还零星放着几个小板凳,当遇到人多坐不下时,赶马人就会抽出小凳子,让乘客坐在车厢中间,这就是加座。有的马车上还用帆布或塑料布搭了个雨棚,用来挡雨、遮太阳。可见,马车夫们为了自己的生意,那可真是煞费苦心。不过,大多数人为了省钱，仍然愿意自己走路。

其实，那时候想坐车的很多，只是大家经济条件都一般，舍不得坐，而且呈贡本地人大多都是平民，没有什么达官贵人的后裔，因而从小养成了勤俭节约的习惯，这就像龙街南端与之相连的石碑村先人一样。20世纪70年代，经过2次对石碑村古墓的考古发掘，清理了古墓多座，虽然这些墓早期的年代处于战国中晚期，而晚期墓则为西汉晚期至东汉初期，但全部都为平民墓葬，这也使之成为至今唯一的滇文化平民墓地。考古出土的铜器和铁器有兵器、生产工具、装饰品等，而把农具作为随葬品，则反映了石碑村人对农业的重视和对自己身份的肯定。

我们家也曾是农民。小时候我在家里根本闲不住，每天就喜欢往外跑，这不仅是因为我喜欢到北端的农贸市场凑个热闹，缠着大人买个包子、馒头之类的解解馋，还因为当时的房屋一般都没有室内卫生间，要想"方便"一下，就必须到公共厕所，街北就有一个这样的去处。但更多的时候，我们还是习惯往街南跑，进入石碑村，路边就有许多农民自建的厕所，我们叫作茅坑。好一点的四面有墙，有门，还有玉米秆或稻草搭的顶；而一般的就只有墙，没有门，或者就在入口处挂一块布当作门帘；还有的则更简陋，挖个坑，四面插入木桩，周围堆上一些遮羞的玉米秆也就成了厕所。这些厕所大多脏兮兮的，有时连脚也迈不进去。下雨时，污水横流；天晴时，苍蝇横冲直撞，臭气熏得人老远就要捂着鼻子。但好处是，这儿厕所多，不用排队，不管是当地人还是外地人，只要有需要随时都可以自由使用。

那些年，农民种庄稼还延续着传统的方法，全靠人畜

的粪便提升土壤肥力,大粪自然就成了必需品、紧俏货。只要你家里有厕所,又没有土地,隔三岔五,就会有人来问询,向你讨要大粪,如果你同意,他马上就会挑着两个大粪桶到家里,粪挑完了,还帮你把厕所打扫得干干净净,临走仍不忘一个劲地感谢。等蔬菜上市了,这些农民还会专门摘一些送来,美其名曰让你尝尝鲜,其实就是希望你以后继续把家里的大粪留给他。所以家里有厕所的人说话都显得很霸气,"我家的金汁,我愿意给谁就给谁。"因而,你肯光顾农民自己挖在路边的厕所,他们不但不会阻挡,内心反而十分欢喜。但就有一条,进入厕所前一定要记得先大声地问一句"里面有没有人?"因为农村的厕所不分男女,大多又没有门,如果你冒冒失失地闯进去,如果有人就尴尬了。

二

呈贡龙街中段,有一老屋,始建于1890年,2008年修缮,房屋坐东向西,为四合院二层楼民居建筑,这是革命作家张天虚的故居。

张天虚,原名张鹤,呈贡龙街人,中共党员,著名"左联"作家,他1911年出生,曾在日本亲理挚友聂耳善后事宜,并主编了《聂耳纪念集》。抗战爆发后,他奔赴延安参加八路军西北战地服务团,从事战地演出。1938年参加了台儿庄等战役,1939年赴缅甸仰光,担任《中国新报》编辑,进行抗日宣传。1941年在昆明病逝,著有《铁轮》等文学作品300多万字。郭沫若先生曾盛赞:"西南二士,聂耳天虚。"

随着到张天虚故居参观、学习的人越来越多,龙街,在呈贡周边村镇中也越来越有名,但环境却始终没有较大改善,路上还是坑坑洼洼。因而有的住户为了生活和赶集时摆摊方便,自己把家门前一小块路面重新浇上了水泥,于是众人效仿,今天你家浇一块,明天我家又浇一块,慢慢地竟连成了片,但由于没有统一标准,有的浇得厚,有的浇得薄,有的地方则没人管,因而整条路变得高低起伏,特别是路的中间,由于没有人重视,就形成了一个天然的槽。下雨天,水从高处沿槽一路狂奔而下,竟成了小孩子放纸船、玩水的好地方。

龙街一般5天赶一次集,这是根据周边住户的购买欲望和购买力形成的,也是乡村集市的一个特点。但每月新历逢3、逢8的日子却是多年不变、约定俗成的赶集日,即使当天细雨连绵,人们也会照样打着伞如约而至。摊子一摆,雨棚一撑,本来就不宽敞的路面就显得更加狭窄,头顶只露出一线天,而脚下则要踩着路中的凹槽缓慢通行,但这丝毫不影响赶集人的热情,毕竟物美价廉,这才是最大的吸引力。

集市散去,往往已是晚上6、7点,很多人简单收拾后,便从屋里提出煤炉子,一溜的摆在自家门前的台阶上开始生火,有的用松毛,有的用树枝,有的用报纸,有的用玉米棒子……待火势渐大,便加入褐煤(一种介于泥炭与沥青煤之间的棕黑色、无光泽的低级煤),很快炉子里便冒出一股股黑烟,像一条条张牙舞爪的黑龙飞向空中,随之便在整条街弥漫开来。直到烟味散尽,人们才陆续把炉子提回家里,炒菜、烧水，匆忙结束一天的繁忙。

看着那些烟熏火燎的场面，我不禁就会想起父亲常常挂在嘴边的教育，"你爷爷年轻时不但身体好，眼睛也很好，要不是为了养家，在旧社会给人当学徒，白天干活，晚上还要熬夜在煤油灯下学记账，也不至于现在眼睛看不见了，还落下一身的病。""你们要铭记新中国来之不易，不仅要记住那些为国牺牲的先烈，还要学会感恩，懂得感谢党和国家的好政策，你们才能有机会读高中、读大学。""今后工作了，一定要老老实实做人，踏踏实实做事，回报国家。"

父亲是一个普通的小学老师，生于1949年仲夏，今年70岁，可谓是生在旧社会，长在新中国，是新中国成立的见证者，也是最直接的受益者。他是家里唯一幸存的孩子，没有兄弟，也没有姐妹，因为哥哥和姐姐出生不久便因为饥饿和疾病都没能养活，所以他对中国共产党，对新中国有着一份特殊的感情，他总说："要不是新中国成立，我能不能活下来都不知道，更别说现在退休了还有国家养着，过着衣食无忧的生活。"每次说着，他的话语便开始哽咽，眼眶也变得潮湿了。

三

其实，不用父亲说，看着这些年来龙街发生的变化，想想自己的成长经历，我也会由衷的感慨，我们真的赶上了好时代。

20世纪90年代，我秉承父亲的愿望，报考了招生提前录取的师范大学。大学毕业后，经分配回到了呈贡县（现为呈贡区）石碑村任教，这虽然只是一所省属中专学校，但却算是呈贡当时的最高学府之一。走进大门，一条笔直的水泥路便将思想引向纵深，实验楼、教学楼、办公楼、学生宿舍、大礼堂、篮球场、足球场、小花园，有序展开，听着孩子们琅琅的读书声，不禁给人一种磁铁般的吸引力。那时候，我们两个年轻职工住一套房，面积虽然不大，但每个人都有一个独立的单间，还有共用的客厅、厨房及卫生间。每次上完厕所，打开水龙头一冲水，厕所马上就恢复了干净，而且没有任何异味，突然间我就有了一种满足感。

还记得当时我一个月的工资是四百多元，虽然每次花钱仍然需要精打细算，但比起曾经穿补丁衣服，一个月吃不上几次肉的日子，已经好得太多。虽然当时宿舍里还没有电话，没有电视、电脑。教室里，同样也没有音响、没有投影等多媒体教学工具。但吃完饭，坐在小亭子下和同事下下象棋，与学生聊聊天，生活倒也过得充实，有滋有味。

天热了，打开客厅的门，站在宿舍四楼的阳台上，瞬间便神清气爽。山脚下，汽车、摩托车来回穿梭，工厂、小区、餐饮服务越来越多。而不远处，龙街已慢慢高楼林立，此时，我就会想起曾经住过的土坯房，想起那天上下大雨、屋内下小雨的屋檐，想起烧火的煤炉子和被烟火熏黑的锡壶，想起一个人趴在上面写作业的小凳子，也会想起那些挑水喝的日子。

以前龙街没有通自来水，村民用水全靠到石碑村来挑，那里有一个龙潭，占地面积虽然不大，也就4到5个平方米，

但潭水清澈,入口甘冽,更神奇的是,遇到大量用水,潭水下降后,很快又能恢复到原有水位,即使是在枯水期水量也从未减少。因此当地人把潭水视为生命之水,敬畏有加。潭边有一个小庙,匾上题有"龙王祠"三字,也不知是什么年代修的,我想龙潭也就因此而得名吧。

随着改革开放的深入,老皇历一页一页翻过去,龙街的土坯房全部被推倒了,取而代之的是一幢幢小洋楼,这是农民自己的房子,最矮的也有两层,通透的玻璃窗里,电视、冰箱、空调、太阳能一应俱全,烧的是煤气,喝的是矿泉水,穿的衣服光鲜亮丽,买菜也开始注重新鲜、绿色和营养,至于卫生间,每家每户都根据自己的需求进行布置,或蹲坑,或马桶,都是为了方便。屋外,原来起伏不平的道路被平坦的水泥路面彻底取代,并一直沿着街南贯通了整个石碑村,原来村子里充斥的粪便臭味也无影无踪,只有几个经过规划,为了方便路人的公共卫生间立在路边。走在路上,空气清新,环境怡人。而学校里,每个教室都安装了投影设备,老师上课彻底告别了一根粉笔、一本教科书的传统模式……

历史的进步,常常隐于细节之中。龙街作为呈贡地图上的一小条线,让我沿着这条线看到了呈贡撤县设区、大学城建成、斗南花卉走向国际,越来越完善的配套设施,正让老百姓愉快而健康的生活。小小的龙街尚如此,呈贡也如此,那么中国呢?我想只能说翻天覆地吧。

所以,这些年,每天上完课,我都坚持步行回家,不是舍不得开车,我只是想多看一看这些变化,记住那些为新中国成立而抛头颅、洒热血的先烈,尝一尝那一池忆苦思甜的

故乡的爱

朱 镛

故乡认识家庭的每一个父母，也认识家庭的每一个儿女。故乡在接纳和爱着一切，像大地一样，敞开门，拥抱生命。土地，粮食，人和物。这一一的关系，在故乡，是紧密而平常的，明亮，辽阔。

人人爱着自己的故乡。故乡生长着源远流长的声音，会呼唤，牵扯着每一个人。故乡是可以骄傲的，正如一个词语——五谷丰登，它是生动的土地最热烈和骄傲的体现。关于故乡，我曾忠诚地记录过它的过去和在场的一些事情。于我而言，无论过去、现在和未来，身居何方，故乡的苦乐悲欢，早已刻在心里、躯体里，也在灵魂里。但是，我承认我有过的记录并不是全部为了表达我对村庄的敬意、感恩，和渴望一种朴素成分的永无止境。社会发展到如今，我更加感觉到，那些昨天的事情，今天的在场，都将是明天的历史。但是，很多东西在一种快捷之中，未必会留下痕迹。有的事情和精神出现了，却一闪而过，有时出现了又把曾经的存在掩盖或遮蔽掉，有的出现一段时间又消失得无影无踪。所以，我的记录，仅为那里有过的生活保留一份底稿，因为时代的一些潮流和改变势不可挡。它实实在在地在村庄这片

养育了无数代人的土地上,刻画过时代的痕迹,无论长久或者短暂,无论是好事还是坏事,总之它存在过。在生命世界里,记住,是为今天的生活里还有更美好的未来。

我一直坚信,世界是美好的,我祝福人生。

今非昔比。我们有过从未经历的快捷,超过了时间本身。也有从未有过的便捷,随心所欲可以了解自己向往的地方。它创造出的光荣与梦想,可以从封闭与外面的世界建立起一种新的缜密的关系。只要土地有着丰厚的资本,在故乡,人们的生活就有望结实和有序。

故乡宽厚,仁慈。我回到老家时,听母亲说起一件事情,让我一时茫然。也有不少利欲熏心的人破坏着人们相对单纯的活法。母亲说的大体情况是,我们村来了一些操着外地口音卖商品的异乡人,对村里的老人,良心好得很,又尊重又孝敬。那些异乡人,不断重复地问村子里老人们的房屋暖和不暖和,身体健不健康,仿佛就是自己的亲人,让他们特别感动。更特别的是,对他们的生活和身体,关心和体贴,细到开出良方。诸如健康要如何注意,饮食要如何注意,卫生要如何注意,怎样才能让自己的生活过得更有质量。那些异乡人,生怕说一遍他们不懂,就每天早上、中午和傍晚重复地说,然后不厌其烦地给分开并一一讲解说明。还有更加细微的是,异乡人进入到村里随时把老人们召集到村口,给他们备了日常所需的生活用品。有时送给他们一把牙刷,有时是一盒牙膏、一个塑料盆、一块毛巾或者一个废纸篓等,有时还专门准备一支圆珠笔,说给他们的孙子们读书写字。所有的用品,见人一份,全都免费,以示孝敬。异乡人做得最让他们感激的一件事是,帮忙把他们生活的饮用水拿去做无偿的化验。我听到母亲在说这些人的时候，我的心缩了一下。他们一辈子都相信一句话，天上不会白白掉下馅饼。可是，在面对一种尊重和孝敬的时候，他们竟然相信，天上是会掉下馅饼的。当然，我不是说尊重和孝敬不好，对老人的尊重和孝敬，恰是这个时代相对稀缺的，我也非常肯定地相信，这个时代的慈悲还在。但是，也有魔鬼的歌喉在一个时代物欲的膨胀中，乘虚而入了。这些异乡人的尊重和孝敬背后，就藏着他们不可告人和极其功利的咒语和歌谣。他们最终需要的是，以此方式掏空这些被他们尊重和孝敬的人的腰包。

蓄谋。故乡却敞开。我想说的是，有着一生乡村生活经验的父老乡亲，在故乡的土地上，很好的是他们依然保持着人的最初的心和对他人的基本信任。这是多么难能可贵的纯真！但是，他们也在被自己所占的便宜面前，丧失了基本判断。虽然每个人都在跟着时代，从一个进步驶向另一个进步，自然，异乡人也就不能再用以前被人们识破的伎俩。于我而言，这种现象的存在，尽管它已经暗示了时光的变迁，可超出我独立的推理能力，让我不得其解的是，乡村里的人们曾经有过的那份畏惧和忏悔之心，怎么就没有再现？自我记事以来，由于从小生活在村庄这片土地上的原因，村里人的思想、行为也就慢慢潜伏于我的记忆中。我印象最深刻的是，人们普遍在生活中，心里住着一位神，是他们心里最高的立法者和审判官。对于发生在他们身上任何不好的事情，他们都倾向于理解为是因为对神灵的不敬，才招致了坏运的到来。我记得，在20世纪八九十年代的时候，他们认为最常在的霉运是，装在兜里的钱，不小心被小偷偷走，被骗子

骗走,或者不知什么时候落掉了。这些事情发生在每一个人身上,他们大多都会认为是自己什么时候做过亏心事遭到的报应,只有自我安慰一句,失财免灾。只是,心里也不免会空落很久,若有所失很久。可是现在,由于骗子的高明,把他们骗得舒舒服服,骗得理所当然,他们似乎还自以为占了天大的便宜。

因为据母亲讲述,"那些人后来拿百货来卖,又现场化验了我们村里的饮用水。那水经他们一化验,全变成墨水一样的黑,粪水一样的脏。他们说水质有问题,含有对人体有害的什么毒素。然后,异乡人重新把水从他们手里的一个过滤器过滤以后,再重新化验,水就清清亮亮,说是它的水质就达到了标准,完全可以放心饮用了。所以,对于村庄里的水,要安装他们的水管过滤后吃了才不影响健康。他们还说因为老人们的朴实,一个过滤器从四千多一下降到两千多,大部分人家都去抢着买,一下便宜这么多,怕出手慢了就没有了。"我问母亲,我们家没安装吗?母亲说,"吃了一辈子都凉幽幽的水,咋就出问题了?也没听说哪个吃水吃死掉。再说两千多块钱,又不是树叶子一摆一大抱,哪个舍得啊!只是他们平白无故的送那些东西,不买点人家的商品么心里过意不去。"听母亲的语气,我知道母亲平静的心也仿佛被他们打碎了。在我心里,有一种说不出来的滋味。尽管母亲说的是一种自愿平等的交易,可让我难以理解的是,他们一辈子本分地生活在乡村里节衣缩食过来的这一代人,为什么会在这种情景下,就突然变得如此大方和慷慨地花钱?思去想来,我唯一能想到的理由,是在这些老人们身体逐渐矮下去,身旁没有年轻人的关照,这种支付金钱的方式,是不是会给他们带来某种心理上的安全感？他们送出捏在手里的钱，是不是可以让他们平添几分慰藉、尊严和傲慢？或者，还有其他什么心理、方式和行动的原因？我就再也想不到了。

　　当然，新中国发展到今天，已经不再一穷二白了。比之曾经，作为一个物质已经不再匮乏的年代，在今天来说，故乡的人们，谁家也不会再为一百块或者两百快钱发愁了。他们的腰包里多少可以掏出一点儿钱来，让他们挺直了腰杆。尽管，我发现生活在村子里的他们，虽然大多数还是老人和孩子。他们也说不上多富有，算不上物质丰饶，有时挑一挑粮食到街子上去卖，也还在为多一分少一分讨价还价。但是，的确也不像以往那么口袋空空。甚至于，除了他们身上怀揣的零花钱，枕头下或者衣柜里，也多少有点儿积蓄了。而这种积蓄，无论是在外打工的子女汇来的，自己耕种的粮食换来的，还是从牙缝里节约下来的，反正他们的手里，或多或少都揣着一些。针对他们兜里捂着的这些钱，我发现母亲说的那些异乡人，确实是多么聪明啊！他们不但熟悉了现实的村庄，还研究了老人的心理。他们对这个时代乡村的生活和老人的心理，不但把握得如此到位，还想到了如何让他们高兴地接受的伎俩。异乡人用一种善意的表象，像亲人般的慰问和关心，来对待这些孤独和缺少关怀的老人。然而，这种伎俩虽然不是为了真正的关心，而是盯着村里老人们一直捂得死死的一点积蓄，是以最小的成本博取最大收益。但是，它却如此地实用，因为某种爱意滋生了他们的柔弱，它完全冲垮了老人们一种对陌生骗局的戒备，所以不知不觉就受到伤害。是的，所谓天上真的会掉馅饼，也是对于某种不劳而获的东西，又不是蛮横无理地闯入，谁都有想占便宜的心理。

当然，对于我顶上的这一代人，我丝毫不会怀疑他们。无论在什么时候，他们现在也不会为了贪图眼前的一点小利益，向陌生的异乡人伸出像乞讨一样的手。这一点他们是永远不会的，只是在他们现实的生活里，最缺失的，确实是生活中散落的一些温暖。所以，聪明的异乡人早已切准了这些心里孤独的老人所需要的是什么。当他们用一种带着温情却不讲道德的力量，试图用春风般的方式伸入村庄的内部时，他们的热情，犹如魔法操纵了村庄里人们内心和精神的空虚，让他们接受了这种小恩小惠而不觉得是在受别人的施舍。相反，他们把这种恩惠认为是这些毫不相关的异乡人对他们无比的尊重和关心，让他们觉得自己依然还很有尊严地活着。因为这些一辈子与土地打交道的人，突然在这种内心某种程度的虚空中，受到了这样的尊重、关心和孝道，就仿佛见到自己亲生的子女一样，乐滋，温暖。可是，这些人又与他们毫无关联，不沾亲不带故，所以，当他们在得到了异乡人的东西的时候，心里就像欠着别人天大的人情一样。

是的，他们是一代非常淳朴的人。当那些能说会道专门来"孝敬"他们的异乡人送他们东西的时候，在他们心里，从没有想过那些人想图他们什么，更不会想着他们还能哄会骗，甚至连半点被蒙骗的防备心理都没有滋生过。对于这种先进科技的东西，他们也丝毫不怀疑。他们还是要相信科学，异乡人保证他们生活健康的饮水，就是科学。自己拥有的积蓄，不就是为了保障健康，为了用在人生或生活里最该用的地方，是能换回放心饮用的水？心甘情愿轻手轻脚把钱付出去，这是理所当然的事情，天值地值。

是啊！虽然我们抬头就能看见天，天也在看着人类。我记得，从小，大人们就会教育我们，天上从来就不会掉下馅饼来，一味贪图便宜只会让自己变成一个自私鬼，别人永远瞧不起。要有所得，就必须靠自己的双手，要明白劳动的艰辛和意义。我永远记得小时候，母亲常挂在口头的一句方言话"盐吃力气酱把滑"。开始我一直不知道为什么盐与力气有什么关系，酱与滑又有什么关系。特别是酱把滑，我以为吃酱是不是走路就不会滑了摔跤，又好像没有任何依据。后来逐渐明白，盐巴在生活中谁都离不了，吃了增长力气，这是常识。酱是我们地方喜欢吃的一种自制食品（在其他地方就少有人喜欢吃），这是每家日常生活中都必做的常备食品。它用辣椒粉、大豆粉、盐巴和佐料等配方搅拌自制而成，味道辛辣。在我们地方的生活中，必不可少，煮清水白菜打蘸水放点酱，吃洋芋抹上酱，味道会变得很丰满和特别。这早已成为我们地方的一种饮食习惯。但是这种东西如果一次性吃多，或者净吃这个，会让你胃痉挛，会让你辣得大汗直流。所以，在我们地方上，这句本土方言的谚语，是让人明白生活的滋味，也有着如同"宝剑锋从磨砺出，梅花香自苦寒来"的意义。它让我们从小知道，一个人要有生活的坚强和力量，就必须体味生活的困难、艰辛和痛苦，衣来伸手饭来张口的生活只是一种痴心妄想。重要的是，要懂得索求有度。

关于异乡人进入到我们村里的这件事情。我听母亲说，那几天，异乡人就是用一个高音喇叭，在人们吃晚饭的时间开着车在村子里，通知大家去村口看他们的商品展览。那种喇叭声，像以前生产大队的广播一样。大家听到高音喇叭声，觉得新奇，都纷纷跑出去看。听母亲这样说，我猜想，那一刻，他们的内心有着一种对高音喇叭条件反射的神经碰撞和思想的交错。因为那种声音，印刻在了他们的岁月里、记忆里，也在灵魂里。曾经一段时期，广播里经常会发出通知的声音，"广大社员同志们"的喊话，这声音会刺激他们的神经。所以，他们太熟悉了。异乡人就用这种人们记忆里的声调，在村子里广播，不断有人站出来观看。他们见很多老人出去看了，就无偿地送些生活日常用品给他们，一分钱不收。接连几天如此，推销，展览，赠送。异乡人不断以这样重复的方式，做得非常彻底，也很有效果。

每个人都有着记忆上的条件反射。生活里储藏的一些记忆，是需要某种场景或者一个什么点突然唤醒的。唤醒之后，无论过去是苦和乐，会如滔滔黄河之水涌来，或苦涩，或甘甜，或苦涩里带着甘甜，都让人回味无穷。对于我顶上的这一代人，我非常清楚的是，他们并不是尊重劳动的意义带给他们一种偏执，甚至是死要面子的行为导致的受骗，而是像一种磁力，不断地吸引着他们走去，积极主动又不知不觉。母亲说，多少年没听过高音喇叭声了，个个都围拢在广场上，热闹得很。是的，记忆上的条件反射。我也同样如此。因为母亲说她们听到高音喇叭声的反应，如同那天我在村子里，看见我们家背后的那户人家，正在拆老房子，露出的半截山墙上面，还残存着几个暗红色大字"春风吹战鼓擂"。它让我一下就回到了上小学时候的情景。我记得，这句标语在当时很流行，人人都烂熟于心，顺口就能说出。至于理不理解，其他人我不清楚，我是不知道啥意思的。直到我上了上小学四年级，一次实践活动，让我对这句话有了豁然开朗的感觉。那是一个春季学期，由于我们村的庄稼地很集中，一片一片的田，一片一片的地，平宽规整，人们为了在秋收后不让土地闲置着，几乎都会在土地上种上小麦。到了春天，村长开社员会说，上级规定地里要种烤烟样板，必须在规定的时间内（半个月）种上。地里有小麦的人家，限定在一个星期内拔掉。因为小麦大多还没有成熟，主人家都舍不得去拔，都想耗到最后的期限。村长为了不延误样板烤烟的种植，于是，就联系学校。校长安排三到五年级的同学（那时没有六年级）去地里拔麦子。我们以集体主义的方式和力量，像过六一儿童节一样，系着红领巾，扛着红旗敲着鼓，真的像士兵一样去庄稼地战斗。我记得村长的手指到哪儿，哪儿绿油油的麦子就在我们的手里风卷残云般，横七竖八地睡在了黄黄的土地上了。自那次事件后，我终于明白"春风吹战鼓擂"原来是这么回事情。所以，那时读小学，一到春天就想着"春风吹战鼓擂"的场景。劳动最光荣！因为它比我们待在教室里欢乐得多，甚至有些逍遥自在万事皆休之感。而在学校里，我们要认认真真遵守校规校训，要命的是，我们一伙儿童都觉得当时的一切都被条框限制着，不知怎么做才对。就如在我们学校有一截土基础了抹过白石灰的围墙上，用红油漆写着"团结、紧张、严肃、活泼"几个大字。在每个学期的开学典礼上，校长都会站在台上指着这几个字重复强调，要求我们谨记（实际我们第一个学期听校长说了又天天都看见早已滚瓜烂熟），要遵守纪律，要争当三好学生，要有拾金不昧的精神。那时，拾金是很难的，一分钱的硬币都没有谁不小心掉过，铅笔和钥匙倒是经常捡到,我们都积极主动交到学校办公室。那时候,我很有自知之明,认为自己做不了一个三好学生,却可以做一个很守纪律的乖学生。我很努力,我照着"团结、紧张、严肃、活泼"八个字的要求去做,但我愚笨,一直不知道该怎么遵守它。我只记得我在课堂上活泼,被老师教训说要严肃,我严肃起来,老师又说我死气沉沉的,小孩子家要活泼点才好。我总是遵守了一条,又触犯到另一条。其他人能否做到,我不得而知。但我永远无法同时遵守,它到底要我怎样做?我抓破头皮也想不出来。我唯一能把团结紧张几个字同时实现的是,我们一帮玩得要好的小伙伴,经常会在一起,如果谁被他人欺负,我们一定团结起来,去揍他人一顿,被告到老师那里去,我们都非常紧张。那时我就想,是不是教育就是为了用条框套住我们,让我们无法跨越出这条校规校训,然后把我们纯真的天性掩埋掉,在里面不断折腾?等到跨出学校之后,每个人的思想和行为如同克隆术一样相似,或者雷同,没有了个性。或许,这只是我成长当中一系列的荒谬认识。反正,我对此感到非常迷惑。这些过去的场景,之所以历历在目,就是一个点勾出来的回味。

有些记忆根深蒂固,挥之不去。正如村子里的老人们,高音喇叭的声音,同样勾起了他们生命意识里年轻时的在场和痕迹、回忆和欲望。而这种回忆,无论甘苦,和人们对生活的向往一样,充满着一种动力,驱使着他们想一探究竟的心理。加之有人在这个时候给予他们关心和温暖,所以他们心甘情愿掏出自己的积蓄,如此大方和慷慨地花钱。

虚无秘密的武装,并没有持续多久。人们使用了几个月,发现安装与不安装并没有多大区别。他们知道骗是被骗了,却又不好说。当时谁都是乐呵呵争着去买的,现在说出来仿佛有碍于面子,就保持沉默。当然,唯一的好处是,他们吃一堑长一智,终究明白了生活的取舍。之后又来过好几拨宣传其他用品的,他们就变得非常谨慎和漠视。如果按我的推理,我的推理可能会如同我小时候对教育的那种理解一样,或许也会是一种荒谬的认识和判断。但是,有一点事实的真相不可否认,对于村庄里饮用的那种水,异乡人高价卖给村民安装的过滤器,在本质上,并没有起到对水净化或者消毒的作用(安装和没安出来的都是之前的那种水)。只不过,没有从他们的过滤器上通过的水,他们究竟用了什么方法或者某种化学元素,在检测的时候让水变浑浊,我没了解过。我确实不懂,也就不敢乱言语。可我懂得和不得不承认的是,那些生意上的异乡人啊,他们能把这些老人哄到这个份上,他们确实是交易场上的高智商,但也是道德上的低能儿!对他们的这种恶劣行为,如果回到童年,我会以我们那时玩的游戏"诅咒瓜儿"的方式对待他们。那时,只要感觉谁家可恶和可恨,我们心里就放出魔鬼,在瓜花谢了刚结出拇指大小的瓜时,我们就会跑到他家的菜园子里,用手指在小瓜上画上三圈,念三遍"瓜儿瓜儿病病"的咒语。非常奇怪的是,被诅咒过的那个小瓜,会在第二、第三天真的慢慢地生病了,焉去,死掉。那种诅咒为什么那么灵验,几句重复的话语为什么像从瓶子里放出一个魔鬼,不动声色就毁灭了小瓜?虽然我们是实施者,却百思不得其解。当然,在今天看来,诅咒是不会灵验的,那只不过是一个儿童表达仇恨的游戏,用这种方式对待这些骗子也只不过是一种想象的玩笑而已。因为这关乎人性,它确实存在着与生俱来的爱,还有仇恨。只不过，要决定着良知的存在与丧失，得看内心的门往哪边开得更大，或者会向哪一方来倾斜，是向爱，还是向仇恨的方向？如果人在解决温饱的情况下，把物质与精神两者对比，按照级别划分的话，我以为，精神的贫穷远远比物质贫穷的级别更重，对人的伤害更大。如果说曾经物质的贫穷是上帝对人尊严的嘲弄，那人的精神的流失是不是可以看作上天无法挽回的灾难？因为，人作为大地上永生永世的子孙，有一点完全可以肯定。只要所存的虚荣、诈骗、物欲成为主流，我们的未来难以想象。如果敬畏、谦卑、良知、文明和爱心成为一个时代的主流，至少人对未来，是有着美好的希望的。当然，不管是前者还是后者，任何一个方向的倾斜，我以为，它就决定我们的命运，或者说，人类的命运。

当然，故乡接纳着这一切。它不仅爱着它的村民，也爱着异乡人。我之所以说起过去的事情，是因为在时代向前的今天，无论有无新的秩序在构建，一个时代已经远去，另一个时代正伴随我们而来。

在故乡，那里有我们的前人，还有后来者。一个人，和一个村庄，一个社会，一个国家，命运是相连的。每个人都希望春暖花开，有真实的梦想和实在的生活，尽管故乡可以接纳一切，但也希望再没有骗局，没有黑恶。让故乡无限的爱，向着合乎人们心愿的方向发展。当一个社会安宁，在一种永恒中充满情怀时，那一个国家就可以专心致志、再接再厉，把更多的美好创造出来。

静默的故乡，永远敞着门。

龙潭水……

如今，再次陪老人和孩子出来散步，看着夜幕下灯火辉煌，宽阔的公路上私家车来回穿梭，广场上老人踏歌起舞，孩子们自由奔跑，我就会由衷地感到一个中国人的自豪和骄傲，这就像一股股暖流，在无声中默默地传递着历史巨变震撼人心的幸福。

小说

封 山

段海珍

梨花坳的古久飞最近非常懊恼。他打算在转年之前给各种树木叫一次魂。转年，也叫枯久。就是过年后的第七天。因为转年后，就要轮到他家和兰生家、五运家一起巡山了。他希望到他们几家巡山的时候，实实在在有些效果，不要把巡山做得雷声大雨点小，树木照样被偷被砍，这样就保不住他们的那片风水林了。

刚刚进入十月，梨花坳的人就开始准备过年的柴火。他们会找一个日子把砍下的松树破碎晒干后背回家堆好。

冬月上旬属虎的那天，过年的日子就到了。过年，也叫枯西。早上，古久飞安排小儿子罗玉山到山上砍回两棵两人高的青松树，并排栽在老屋院子里。他自己到山上砍回一些山竹，编了三张篾席。过年前三天，他叫老伴三春韭到山上擗了一些青松毛回来，他用栎木杆在松树下搭建了一个四柱台档， 把竹篾席放在太淡上准备放猪肉。

虎日这天早上，古久飞用树枝打扫了屋内的烟尘，老伴三春韭和儿媳八月花把所有的餐具洗净放在柴堆上。古久飞向祖灵牌敬献了酒，把灵牌位取下来揩擦后放在柴垛上，打完醋炭后，他又把灵牌位安插回堂屋中的神位处。八月花在堂屋里撒了青松毛。这时,帮助杀猪的人来了。他们把猪打杀死,把猪血接了放在树下的篾垫上祭祖,然后把猪褪好皮毛解开猪肉后,他们又挨户打杀猪去了。八月花和三春韭在家里烧肉祭祖。罗应山和她俩把烧肉放在篾箩内,用两根竹签插在砣肉上,先端到房屋背后,扎了一小捆青松毛挂在后墙上祭献远古的祖先,然后又端回堂屋的神位前祭献。

罗玉山出去和大伙儿挨家挨户打杀猪还没有回来,孙子罗小山把猪尿泡吹大后,扎了口挂在四柱台档上,在旁边玩耍。罗小山已经在山下的花溪中学上初二了,他的主要任务就是守住猫狗不准来碰祖先正在享用的猪血和猪身子肉。

老屋的泥土地板上撒着青松毛,火炉里燃烧着红红的炭火。火龙碑上的土烟罐里装满着阿奶和阿波的老草烟,火塘里煨着酽酽的瓦罐茶。八月花和三春韭在灶房里忙碌着一家人过年的饭食。

枯西这天,每户人家都把房前屋后扫得亮堂堂的,花花的洒了些水,整个村庄显得安静而清新。梨花坳的年就是在这样一个散淡而有序的日子里开始的。

年年如此,岁岁如此。

人们说,冬月里,有个小阳春。十冬腊月也有那么几个温暖的日子,就是用来给彝家人过年的。过完年,就该转年了。转年后,依然又回到寒风刺骨的隆冬,直到真正的阳春三月到来,山里的日子还得进行着。

这个年,古久飞过得有些郁闷,当然,整个梨花坳郁闷的不止古久飞一人,几乎所有村民都非常郁闷。他们已经郁闷好几年了,因为他们已经喝不上山泉水了,过年的水也用得尴尬局促。政府派出的打井队已经进驻梨花坳七天了,漫山遍野帮助他们寻找水源，可是泉眼打下去五六百米都抽不出水。他们的水源水位一直在往下降，三年时间，他们已经换了三处水源地。水源地一直从箐头换到山腰。从山腰又换到箐底。如果这次再找不到合适的水源地，如果村民们再喝不上山泉水，就意味着大伙都必须搬迁，离开梨花坳这个世外桃源到别的地方去。

到哪儿去呢？这里可是住着祖先的灵魂啊。

大伙儿实在舍不得离开梨花坳啊。他们舍不得满山满箐的桃李果木，他们舍不得自己亲手种下的满坡满箐的核桃树，他们舍不得自家亲自饲养的几十窝小蜜蜂，他们舍不得自家多如星星的羊子和满树林跑的土鸡。

他们每家每户的羊子其实在年初就已经出手得差不多了。凡是带活口的鸡鸭鱼鹅，牛马驴骡，凡是需要喝水的生灵，梨花坳的村民已经全部处理掉了。家里的太阳能淋浴房，已经三年不再使用了。家家户户房顶上的太阳能都盖上了旧毯子或旧毡子。也就说梨花坳的村民已经三年不洗澡了，见着陌生人，他们总是很羞涩，他们害怕自己身上的气味让人闻见了很不舒服。

自从天干的这五年来，梨花坳的人是腼腆而扭捏的。梨花坳的人是自卑的。五年以前，在菜市场上遇到卖桃梨水果土特产的，他们会很自豪地说，这是梨花坳的蜜，这是梨花坳的土鸡。只要说到梨花坳这个品牌，老乡手里的土特产自然要好出手一些。县城里的人多数都听说梨花坳的生态很好，梨花坳的村民很有钱，他们一户人家卖一季萝卜就能卖到上万元的收入。梨花坳的萝卜一上市，都成了人们眼中的抢手货。人们一直对梨花坳充满向往和好奇之心，大家一直

想去看看梨花坳的村民是怎样生活的。

大家一直认为梨花坳就是离天最近的地方，梨花坳就是离神灵最近的地方。人们对这个地方十分向往。

山下花溪镇的人认识梨花坳，是梨花坳的古久飞经常敲着铓锣下山来挨村挨户去给人家劁猪。古久飞劁猪很利索，伤口恢复得很快，他劁过的猪，只要三天就能正常吃食了。大家都很乐意接受他的手艺。

平时山下花溪镇走村串户的小商小贩很多。每年二月一过，村里的铓锣声、叫卖声此起彼伏，卖菜卖水果卖豆腐的、卖米虾卖猪头肉卖凉粉的，劁猪剃头做生意的匠人、生意人来来往往，热闹非凡。在那个热闹的年代，只有相隔花溪镇十里地的梨花坳静若处子。梨花坳的人靠山吃山靠水吃水，就凭着梨花坳这块风水宝地发家致富之后，村里的人家家户户都盖起了几层楼的大洋房，他们用六节电池在录音机里播放流行音乐，一家赛着一家，声音比大风吹过松林还响。静静的山村响着现代的流行歌，是十分安逸富庶的表现。梨花坳的人是幸福而满足的。

流行音乐这样一家赛着一家播放了一些时候，他们家家户户墙角的电池堆积成山，可以用大花篮搬运。随便盘算一下，钞票去了一大把。

日子不能这样过，我们得架电修路。电架通了路修好了，我们就可以像山下花溪镇的居民一样看电视，开汽车。我们不必再种点萝卜水果到街上去卖，每天四五点钟天不亮就要起床人背马驮去山下的花溪镇赶早市。如果路修通了，外地的汽车就可以开进来收购我们种出来的生态特产。比如满缸满坛的蜂蜜，比如满山遍野的土鸡，比如松树上的松子，比如林子里的蘑菇。种出来吃不完的李子，一个星期就落满房前屋后的沟渠，只等着猪拱鸡啄，很快腐烂在地里，这些看着实在可惜。

梨花坳的人突然醒悟过来，他们的日子就发生了改变。

梨花坳下花溪镇的剃头匠生意很快就没有了，因为镇上的人们可以骑着摩托，坐着汽车去县城里剪好看的发型。可是镇上养猪的家户多，劁猪匠的生意还存在着。

人们习惯每年都等着古久飞上门来劁猪。

古久飞劁猪很有仪式感，他习惯在做什么事前都把手里的物件在头顶绕九圈。古久飞就是彝语绕九圈的意思。比如劁猪前，古久飞会点燃三炷香，把小猪倒立在木猪槽里，斜靠在门板或者墙壁上固定好，他手握点燃的三炷香，在猪槽头上绕九圈，小母猪闻见香烟就不会挣扎了，乖乖地等着古久飞在它的身上动刀。人们说，古久飞的香里肯定有迷药，对小母猪有麻醉作用，所以他一个人不用帮手就能搞定一头小母猪，当然，大猪，他是需要帮手的。

古久飞的形象就像一个独行侠。他经常戴一顶篾帽，穿一身布纽扣的黑布对襟衣裳，挑着篾箩走村串户。他经常瞪着脖子，佝着背在村子里踽踽独行。他每走到一处，铓锣敲得山响。

村镇上的小孩看见古久飞穿戴着黑衣篾帽挑着篾箩筐从村子里走过，哭闹的小孩子会立即止住哭声。遇到大一点的孩子，他们都习惯叫他一声阿波罗应山，然后就让到一边让他先过。他们觉得他的样子很可怕，而且他的篾箩里还有各种造型的劁猪刀。这时，他会嗯一声或者干咳两声表示答应。

阿波就是爷爷的意思。梨花坳的人与人打招呼的时候，都习惯把对人的称呼和名字连在一起叫出来。比如阿奶三春韭、嫂子罗彩香、嫂子八月花、大哥罗佩山、二哥罗玉山，这样叫起来会觉得比较精准比较正规，很有仪式感。

大家都不知道古久飞究竟有多少岁了，反正他很多年来就是那个样子。他一直不老也不年轻。常年穿一套黑布对襟衣裳大裆裤。他经常瞪着脖子佝着背，在村里默默地走动，一顶斗笠总是压得低低的，刚好遮住他的面庞。他很少取掉帽子，所以人们很少看见他的面庞和眼神。

有人说他长着国字脸，黑眉毛，他的眼神就像黑夜里的猫头鹰，亮闪闪的。有人说他长着两根长长的眉毛，就像南极仙翁。人们估计他的那条大裆裤至少可以躲得下四个孩子在里面藏猫猫。人们只记得，自从包产到户不在生产队做会计后，他就做了一名劁猪匠。

人们一直都知道他是大毕摩罗天才的孙，人们也知道他是大毕摩罗启山的儿。梨花坳周围四乡八里村子里的毕摩都是代代相传的。罗家也是毕摩世家。可是赶上罗应山这一代，他三岁时，刚好遇上新中国成立，那时，反对一切封建迷信。大毕摩的孙长大后，就做了生产队的会计记工分。

毕摩的主要职能是主持祈求祖灵庇佑的祭祀。比如每年撒荞时的芝固仪式，就是祈求丰年，祈求吉祥如意的意思。每年的冬末春初，爷爷罗天才都会被主家请去院内插枝条，设祭坛打杀羊子，供粮食请山神请毕摩神，请主家的祖灵、五谷神和财神吉尔尼荷进行祈祷，以求庇护。

很小的时候，古久飞就能帮助爷爷用稻草编织一些代表饥饿瘟疫和病痛的草鬼，他也能用木炭在木片上画形象的鬼图以供后人用羊的心肝脾肉祭祖神。他能用木勺子取饭、取肉汤逐次祭四方神灵。

毕摩祭祀时,古久飞历来是一位灵巧的助手。

从记事起,爷爷罗天才在村里的古树下念招魂经的时候,古久飞就在场参与。爷爷不仅会招回主家的神灵,也会招回梨花坳的所有树神。因为梨花坳有很多树,梨花坳的二十多户人家才能够安居乐业。他们的寿命才像太阳一样长,他们的牛羊才像星星一样多,他们的子孙才像石头一样多。

树是众神之首,荞是五谷之王。梨花坳的人都知道,自从他们的老祖毕摩罗天才来到梨花坳时,千千万万数不清的树让他们在梨花坳扎根上了丰衣足食的美日子。他们就地取材,把日子过得富足而安宁。为了修路,他们每家每户都拼凑出五万多的资金。为了护林发展经济林果,他们把山上的每一株棠梨花都嫁接成了黄皮梨,火把梨,冬熟梨和雪花梨。

梨花坳的事迹已经引起了县委书记的高度重视。县委书记亲自上山调研,亲自写通讯报道到各级报纸杂志上宣传。为了把家园建设得更加美好,梨花坳的人起早贪黑在山坡上种上满坡的花椒树,在每条箐里都种上了品质最好的薄皮核桃,在房前屋后种上了杏树。

他们知道他们的老祖罗天才是解放前的大毕摩,他们知道他们的阿公罗启山是解放前的大毕摩,他们知道他们的阿波罗应山是解放后的德古。他没有做过正传大毕摩的仪式,他只负责每年在龙山里祭龙神。

梨花坳的人,多半是本家姓氏,多数人家孩子都到了

叫古久飞爷爷的辈分。村里的中年男女多半都叫他阿勒罗应山。阿勒就是叔叔的意思。

古久飞其实就是罗应山的别号。别号是个中性词，没有恶意也没有善意，就是说明了罗应山的个性与特点。罗应山习惯做什么事情都绕九圈。比如说，每天吃饭时盛好饭后，他都会对着自家堂屋的祖先灵台念念有词，然后端着碗在胸前绕九圈之后，才开始吃饭；到山上犁荞地时，也会对着荞神牌位绕九圈；砍树时，也会对着树神牌位绕九圈。古久飞之所以有很多"古久飞"的仪式，是因为他的心里住着众多的神灵。

自从老祖罗天才到梨花坳做了大毕摩之后，罗家就繁衍成了一百多个人口的自然村。他们属于山下花溪镇的户口，可是村民祖祖辈辈住在山上，过着几乎与世隔绝的生活。

梨花坳的村民为了修路和架电，他们每家拼凑了很多钱。梨花坳的人不缺钱，他们只缺热闹，碰到山下有客来访，他们会几家人聚在一起杀鸡宰羊招呼客人。至于修路这件事，事先是有村里的德古阿波罗应山提出来，十二里的山路，他们只用了三个月的时间，外请村外的挖机加上村里的人背马驮就修出来了。

德古就是村子里讲道理、能言判案的人，村里的大事小事一般都是由德古来主持办理。

商量修路架电的时候，阿波罗应山理所当然地说，我们村应该修路架电了，再不修路架电，我们的日子就过得不如人了。村里的媳妇讨不进来，姑娘嫁不出去，我们祖祖辈辈繁衍下去，我们的人种就不好了。

钱很快就拼够了，田间地头的人们赶忙聚拢来修路。路马上就修通了。有条件的人家立即就买了拖拉机、洗衣机和电视机。村民从山下的居民那里学会了喂生猪食,猪吃食时不再用柴火煮。他们从镇上买回了打浆机、粉碎机,他们学会了做牛羊饲料发酵池,总之,他们的牛羊鸡猪都要喂饲料,因为这样长得快,长得快的畜禽可以卖钱多。为了卖钱多赚钱快,他们原先饲养的牲畜家禽品种也该换了。梨花坳在进行着一次改头换面、品种改良的革命。

梨花坳最先买拖拉机的是罗应山的儿子蛐哩油。至于蛐哩油的字怎么写,梨花坳的人都不知道。或许可以写成蛆里游。总之罗应山的小儿子罗玉山就是一个不讨好的人,他从来好事不做坏事做绝。生产队闲置下来的一副石磨,被他敲碎成两半抬回家里做磨刀石,大队保管室闲置的一个石臼被他敲碎半边抬回家给牛喂水。村边一张很好的石桌子,他偏要把它拆卸成几块,脚是脚,面是面,然后,拿回家里垫猪槽。只要是公家的东西,什么他都想把它破坏后变成己有。自己用了就用了,他偏偏要把它弄坏。总之,他在村里就像一条蛆一样令人讨厌。很多事情村里人是碍于阿波罗应山是村里的德古的面子上,不和他计较。他在村子里行走,看见小孩手里拿着萝卜糖果,他拿过来就吃,不管人家愿不愿意。他就是这种类型的人,走到哪里都不讨人待见。

自从梨花坳的公路修通之后,蛐哩油买了一辆拖拉机,从此他家山地农田里的农家肥,他一律用拖拉机搬运,他不再自己手提肩挑。自己家的绿皮山核桃,他拉到城里,价格比在村里出售翻两个倍。很快,村里效仿他买拖拉机的人多了起来,用拖拉机拉农家肥的,用拖拉机拉自己种出的农副产品到街上卖的比比皆是。

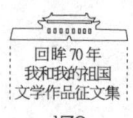

从此，宁静的山村不再宁静，拖拉机扰人的声音可以从天刚亮就响到天黑。大家忙忙碌碌，来来往往，总有赚不完的钱等着自己。梨花坳的人不再悠闲了，他们开始忙碌起来。他们起早贪黑仍然觉得时间不够用。他们也变得懒惰了，他们不喜欢上山种地拾菌。他们只想着把眼光投向赚钱多，且用力少的地方，最好能够一次性不劳而获。

蛐哩油第一次把目光投向了满坡的小松树。对，就砍小松树卖。小松树不是谁家的，小松树是公家的、是集体的。小松树是大风送来的。大风一吹，松果里的种子被大风送到山坡上，大雨一下，小松树就长满了山坡。蛐哩油还小的时候，房屋背后的那一片山坡是荒芜的。大炼钢铁铜时代，房屋背后的那片山坡被砍光了。接着生产队又伐木开荒烧荞地种荞籽，那片山坡又被烧了一遍。几十年来，那片山坡一直是荒芜的。

前些年，国家封山育林政策抓得紧，那片森林就快速生长起来了。转眼才几年时间，山坡就长满了变绿了。

前几年，国家实行低质林改造，可以私人买山连片采伐。一次性砍完了旧的森林，又种上新的树苗。可是，群众买了山头，只顾砍旧的，不顾种新的。

蛐哩油买下一片山坡就住进林子里。他专门从外村雇了一个老独人，无爹无娘无儿女。蛐哩油供他好酒好菜吃住睡席梦思，他负责专门挑着山坡上成材又标致的小松树砍倒，然后削皮打理成标准的八尺椽子。蛐哩油经常在天亮前，悄悄把椽子拉到山下花溪镇上卖给建盖烤烟棚的用户。老独人很憨，他甚至说不出蛐哩油的学名叫罗玉山，可是打理椽子是他的拿手活计。他能够一天砍下四五十棵八尺椽子。他能够一天吃下三碗米煮的饭和一斤肉,能喝下一斤老烧酒。他们砍完八尺椽子,又把目光对准了四尺椽子。他们把买下的山坡上能砍能卖的都卖完了,留下遍地狼藉的山野。

蛐哩油毫不费力地就用小松树从山下换来大把大把的钞票。他从此不再放牧耕作。他开始甩手做起了木材老板。他先是卖小松树卖椽子,接着是卖栎树卖大板,再后来是卖树根。他从省城买回一台小型挖机,先是在河滩荒地里刨树根卖,只要是树根都可以卖。据说埋在河里的是沉水木,可以卖到好价钱。后来专刨马缨花树根、清香木树根和大山茶树根,据说,这些也可以卖到好价钱。后来几乎周围山上名木良材的树根都被他刨光了。梨花坳的山坡上到处一眼一眼地留下一些坑洞,梨花坳的山变得不再那么美了,就像大山斑驳的伤疤。

这几年时间,陆续学着蛐哩油做木材生意的人还不少。几年时间,梨花坳周围山上的树木很快就被砍得七零八落。成材的小松树很快就没有了。成材的大松树更是早就没有了。连树根也被人们挖去卖掉了。梨花坳最值得骄傲的就是房子背后那片住着神灵的松树林。他们说,那是离天最近的地方,那里住着神灵。如今,梨花坳的山空了,再也藏不住神灵。

车路修通后,自驾车来游览休闲的人增多了,沟边箐头丢满了五颜六色的塑料袋。梨花坳不再是20世纪80年代,县委书记亲自写报道宣传的那个梨花坳了。梨花坳成了滥砍滥伐,污染严重的代名词。如今说起梨花坳,人们想到的就是一个砍椽子挖树根卖的村庄。

有人说,梨花坳的萝卜不是很甜吗?

梨花坳早已不种萝卜了,梨花坳的人习惯挖树疙瘩卖。梨花坳的变化是在循序渐近的这二十年。

古久飞被一个梦惊醒是在连续干旱五年后的一天夜里。他去给山下的人家劁猪回来,他喝了点酒,被人用摩托车送回家,他迷迷糊糊地就睡着了。

夜里,他梦见他和爷爷罗天才去给山下的主家招魂做法事。爷爷让他扎了草狗和草鬼,他熟练的一一用牲礼敬献了祖神和各路神灵,祈求他们保佑主家健康平安。敬献到树神的时候,阿波罗天才对他说,罗应山,你长大了就是我们梨花坳的大毕摩,你要守护好屋后的这片大山。大山是我们老祖先的祖灵地,我们老祖先死后的魂就住在松树林里。我们的小松树是有魂的,所有的树都是有魂的。树有树魂,人有人魂。树的魂不在了,人的魂就没有地方居住了。

阿波语重心长地对他说了很多话。

阿波说,这些年里,树的魂不在了,我们的魂就没有地方居住了。阿波罗天才逐一喊着每一种树的名字,给它们叫魂。

阿波罗天才身披查尔瓦,口中念念有词。他记住了阿波罗天才对着大山喊道:魂兮魂兮快归来,我们不让死种撒在你头上,死种撒在你头上,你就要死了;我们不让松树虫歇在你头上,松树虫歇在你头上,你就要生病了。你病了,你死了,我们灵魂就没有地方居住了……叫完树魂,阿波罗天才又喊着祖先的名字念了一段《毕摩经》,这段是毕摩系谱,每次阿波罗天才在做法事的时候,都要念毕摩系谱。罗应山几乎已经全部记得了,只是好些年不用,又有些生分。

阿波罗天才身披查尔瓦摇着法铃念道:

远古的时代，甘伙九子毕；

谁是毕摩祖？后来莫木毕；

谁先当毕摩？莫木十代毕；

先是什兹毕，后来什什毕；

什兹什得毕，什什八子毕；

什哦宁宁毕，在乌木做法；

宁宁十子毕，后来邛布毕；

后来玛古毕，邛布二十毕；

玛古甘伙毕……

阿波罗天才在梦里给他念了好多经。他只记住了这一小部分。

阿波罗天才真是个天才。据说罗天才成为大毕摩的时候，就是天神托梦给他学会的毕摩经。

罗应山从小就跟着阿波学做法事。可是正当他成年时，就赶上了新中国成立需要会计。生产队要记工分，他整天忙着在生产队记工分，就把做正传大毕摩的事给搁置了下来。接着后面几十年实行家庭联产承包责任制后，他整天忙着下山走村串户忙着劁猪做生意。每次，主家热情招待，他都会把自己喝得醉醺醺的。

解放后连正传大毕摩的阿爹罗启山也不再被人请去做法事了。改革开放后的村庄，山上山下主家有大事小事都几乎不兴做法事了。因为很长一段时间，社会上在治理封建迷信思想，农村里办事都是极简的。阿爹罗启山死后，他心里几乎没有认真想过罗家是毕摩世家，他是可以做正传大毕摩的。

年逾古稀之年的罗应山突然做了这样一个奇怪的梦。梦里的他，还是童年的罗应山，他整天跟着阿波罗天才挑着法衣法袍去给每个主家做法事，阿波教会了他许多经。可是醒来，他却很多都记不得了。

阿波罗天才说，你儿子蛐哩油整天去砍树，原因是你教育得不好。

最后，说得气了，阿波罗天才甩开查尔瓦打了他一个耳光。梦里，罗应山的脑袋嗡的一声响，他的耳朵就疼起来了。

他是在耳鸣的疼痛中醒来的。

罗应山醒来后，他就翻来覆去再也睡不着。他的耳朵老是轰鸣不停。那么清晰的梦境，他想一定是阿波显灵来托梦给他了。

二三十年以来，他和小儿子蛐哩油都是分开来过。他和老伴三春韭单独住在老房子。大儿子到山下做上门女婿又外出打工已经好几年了。大儿子好几年过年都不回家。

蛐哩油在村头盖了四层楼高的砖混房，装修得豪华亮堂。他十多年来都是忙着做各种生意，有时是收购中药材，有时是收购橡子木头卖。至于阿波说蛐哩油砍树毁林的事，他还真不知道。因为他从来就不知道蛐哩油请了老独人来砍树的事，不过贩卖木材就是间接的毁林。想到这点，罗应山十分懊恼。他懊恼这些年来放松了对儿子的管教，也放弃了一个山民对山林呵护的责任。

天亮了，古久飞决定要召集村里的人做一次法事，他要给树念招魂经，给祖神念招魂经。好让后世的人记得自己的祖先，知道自己从哪里来，到哪里去。这是做人处世的根本。幸好，他是村里的德古，这点号召力，他相信自己会有的。

转眼到了过年的第三天，天亮起来，他去羊圈里薅了一只个头不算小的大羯羊出来，拴在门前的核桃树上。他蹲在屋檐下磨刀子。这时，蛐哩油和他的儿子罗小山进门来。才进门蛐哩油就喊了一声阿爹。罗应山低着头磨刀装作没听见。

蛐哩油又喊了一声：阿爹，家里挂干的蟾蜍和重楼还有没有？小山他扁桃体发炎。

罗小山也急忙叫了一声阿波后，蒙住嘴巴看着爷爷嘶溜嘶溜地往嘴里吸风。

罗应山看了他父子俩一眼，目光望向挂在走廊上的蟾蜍和重楼，示意他们自己去取。

罗小山急忙上了楼梯口取下一只倒挂干了的蟾蜍和一棵重楼。那蟾蜍鼓鼓囊囊的，鼓着腮帮瞪着眼睛，变成了木乃伊还一副准备跳下楼口的样子。蟾蜍和重楼都有消肿止痛的作用。在山里生活，一般的头痛脑热是不需要进医院的。房前屋后现成的中草药，就能治好他们的病。

罗小山把蟾蜍递给蛐哩油，他接过来用嘴对着蟾蜍和重楼吹吹灰，就着在重楼苗上拍打了两下灰尘。他想退出门去，又见阿爹脸黑丧丧的一副不快乐的样子，他故意问了一句，阿爹，年都过完了，你还要杀羊子做什么啊？

罗应山气呼呼地说，我要叫魂，你去山下花溪镇把你嫂子罗彩香叫回来，你大哥出门打工三四年不回家，她也不回来看看。

他转身又说，罗小山你去菜园里，把你奶三春韭叫回来,天亮起来,她就只认得忙她那盆洗菜水。

罗玉山父子俩都感觉到阿波脸上今天早上不同寻常的表情。他们知道他很生气,可是他们不知道他究竟在生什么气。父子俩只好知趣的退出门去,顺便把木门轻轻带上。

罗小山明显地感觉到,爷爷的精神大不如从前了,他的脸色寡白寡白的,青里泛着乌。爷爷好多年来,经常下山去村子里劁猪戳生意,他的身板一直硬朗得很。每天十几里的山路,他来回走两遍都显得轻松自如。

这一年来,罗应山几乎很少下山了。山下的镇上发展打工经济,很多人都外出务工了,很少有人家再养殖生猪。劁猪匠的生意自然日渐寡淡。

阿波罗应山这回真的走不动路了。他两个月前得了一场感冒,他就起不来了。他很少再出门走动,他只在院里院外照看一下蜜蜂。这几年来连续天干,房前屋后一百多窝蜜蜂陆续分家飞走了很多。因为天干野花不开,找不到蜜源,蜜蜂们只好自己迁徙找活路了。

阿波今年他已经七十三岁了。农村有句谚语说七十三,敲敲打打上高山。意思就是说,男人活到七十三岁是个关口,如果能渡过这个难关,就能多活几年。如果过不去这个砍,他就要死了。阿波罗应山的眼神清亮,一眨眼就闪着蓝幽幽的光,可是他的耳垂有些发干。

有经验的老人说,古久飞怕熬不过年关了。

这些年,上级的护林政策也没有放松,政府更加重视护林防火了。上面下拨了好多的资金用于森林管护。因为护林任务艰巨,村上的一把手不敢马虎,就实行全村轮流守护,这样每家都有轮流值守的机会。村上每天拿出三百元护林经费,让三户人家轮流巡山,每家一天可以分到一百元钱。这样大家都很乐意去巡山。

巡山的工作很有仪式感。每天三个人分三路出发。每个人的手里都提着一面铓锣。每到一处,铓锣声声。听到铓锣声,砍树的人自然就放手逃跑了。这个巡山仪式表面上效果很好,几乎没有听见谁在山上砍树,实际上,村子周围的松树、栎木杆一车车的还是照样被运往山外。

自从轮流巡山后,人们的作案工具变得更加先进了。砍树的工具从砍刀直接演变成了油锯,被砍的树木是在无声无息中倒下的,而且倒下的方式也不再那么兴师动众、排山倒海了,一切都进行得无声无息。林木中还是有名贵的树种被悄悄薅走,比如梨花坳特有的老树马缨、千年山茶、大树杜鹃、造型较好的黄连木和老榆树,这些名贵稀少的树种都偷偷被运到了城市的街道或某个小区的花坛。山林里又在进行着一次苗木大迁徙。这一次的盗窃行动来得比任何一次都凶猛,盗贼们挖去的不仅是树木,而且还有树根周围的泥土都附带着被挖走了。

梨花坳本来就是一个古树名木繁多的地方,只要树木被盗走,山林里就留下一块地表破损的斑块。遇到点暴雨,那个地方就容易发生泥石流。

接连几年,梨花坳频繁发生泥石流和山体滑坡。下一次暴雨,山就白花花被冲走一片。梨花坳频繁发生自燃灾害,这个现象也引起了政府的高度重视,派出人员直接长期蹲守调查。可是名木依然被盗,灾害依然频发。归根到底,还是人们盗走树木造成的结果。梨花坳已经三四年没有下过一滴雨了,接连天干,自然灾害发生得更加频繁。梨花坳周围山

小说

— 177 —

上满坡的铁力木开始一坡坡的干死。接着，麻栎树也开始一坡坡的干死。

一片片的松树头开始泛黄。林业站的工作人员来看过之后，说那是松树生松毛虫了。林子里来了几个穿着火焰一样衣服的人，他们对着松树头喷药水，可是，那药水似乎无济于事，树头依然继续萎黄下去。山坡上，最后死去的是水冬瓜树。所有的树木死的死，黄的黄，山林里几乎只有水冬瓜树还绿着了。

树木就这样一山一山的干死。

梨花坳的人整夜整夜变得焦躁不安，因为他们已经吃不上水了。他们必须离开这里，否则，他们就活不下去了。

梨花坳已经五年都不下雨了。花溪镇已经连续干旱五年以上了。他们喝山泉水的水源地已经换了三处地方。镇上的人就只能喝水库里抽来的自来水。

这一次，政府的打井队已经进驻梨花坳一个星期，帮助他们寻找水源地，可是，预计能够打出水的地方都钻井了，可是钻下去五百多米依然没有泉水。这半年以来，梨花坳的人都是轮流着下山到花溪镇水管站去购买自来水喝。全村每天拉一车水回来，每家分五十公斤。梨花坳二十二家人，就有十八家有农用车、拖拉机，所以轮流拉水的事，就轮到了有车的每一家头上。没有车的，自然也就免了。可是，这样的日子实在过得局促。村民的日子每一天都是过得胆战心惊的。

阿波罗应山已经半年没有洗过澡了，他的心情一直不大好。阿奶三春韭是一个说不清汉语的彝族老阿奶，她每天起来的第一件事就是忙着把头天积攒下来的洗菜水提到菜园里去，浇她为数极少的几棵青菜。这半年以来，他们用水是十分紧张的。头天淘米的水，要留着洗菜，洗菜的水要留着浇地和洗脚。洗脸的水也用得极少，只把毛巾淹湿擦一把就算洗脸了。

这样的结果导致有些人家举家外出打工。村子里，很少见到闲适的人在走动。

罗小山喊着阿奶从外面忙不迭地回到家里时，阿波哭丧着脸还在磨刀。阿奶一头雾水。

阿波说，死老奶，你今天早上赶快到后山去砍树，砍得越响越好。

死老倌，你疯了吗？巡山的铓锣队听见了来把我抓起来咋办？这可是村里的规矩。

就是要把巡山的铓锣队引过来把你抓起来。

哎呀，砍树被抓起来是要被捆绑着游村示众的。

我要的就是要被捆绑起来游村示众。

死老倌你疯了吗？你没有发烧吧？阿奶一脸的困惑。

快点，趁巡山的人没有出村时，把他们引过来。

到后山砍哪棵树？砍树要干什么？

砍快要死的那棵松树，我要叫魂。

阿奶知道，阿波的魂不在身上已经好几个月了。他说，阿波罗天才托梦来打了他一耳光，他的耳朵就聋了，好长时间以来，和他讲话他都听不见。

阿奶三春韭很着急，听说老伴罗应山要给自己叫魂，她胡乱地拿了一把砍刀，到后山去砍树。

半死不活的松树很快被砍倒了。砍树声很快就引来了巡山的铓锣队。大家敲着铓锣走近一看，原来是阿奶三春韭，

大伙都觉得十分尴尬。他们不好捆绑德古家的老伴三春韭。三春韭自己走过来把手伸给巡山的铓锣队,要求他们把她捆绑回去。铓锣队象征性地捆绑了阿奶,把她带回村里交给德古阿波罗应山。

把三春韭捆起来绑在核桃树上亮相。阿波斩钉截铁地说。

阿波,使不得呀,阿奶是自家人,你就放了吧。

自家人也一样,不能搞不公平。

阿波叫大家把铓锣敲响。铓锣声一声接着一声,很快引来了村里的七十多个村民。

我们是该行动了,今天早上,我故意把大家集中过来,就是要宣布一件事:以后我们巡山,再也不能空敲铓锣搞形式主义了,抓到砍树的就到他家里杀猪杀羊吃三天。这个例子从我德古阿波家开头,从今往后,一律按照规定执行,谁也不能例外。

他一宣布,人群中就炸开了锅。

那么今早的伙食在哪里呢?

当然是阿波阿奶家啰!

说着,阿波罗应山安排人宰杀了那只咩咩叫的大羯羊。他端着羊血给各种树木叫魂,给他们的老祖先叫魂。

村民们过年的新衣还没有换下,大家热热闹闹地在德古阿波家吃猪吃羊吃了三天。德古阿波照样每天喝酒吃肉,每天祭祀祖神。他正式披上阿波罗天才传下来的法袍查尔瓦给树木念经,给每一种树木都叫魂。

众人齐声"欧——拉,欧——拉"地高声叫着。他们在院子里转圈打跳。有人从院外用葫芦瓢取水泼向家里,阿波抓起一把粮食往身后撒去，有人在他身后把碗盖下，用粮食封严碗口。

接着，有人抱着装魂的篾箩到院子外的火烟上绕了几圈后，又抱着篾箩跨过烧火后，摆在大门内外，堂屋门内外的四个石头。他们用水浇湿了石头。进家门后，他们把篾箩交给阿奶，叫她用衣服兜住，拿回家锁在柜子里。

按照规矩，叫过魂的阿波八天之内不准出门，不能跨过任何一条沟渠。

到第七天的时候，该把装魂的篾箩拿出来，关上门，阿波会对着魂说，魂别离去，魂别离去……他会把盖在碗下的一根穿了一块黑布片的黑线拿出来拴在脖颈上，拴在左手上。

这个仪式，他没有等到，叫过魂的第三天晚上，也就是过年的第六天，从未出过院门的阿波对着天空鸣放了一枪，叫唤腊狗。意思是转年以后就是腊狗替大家巡山了。

那颗子弹是派出所收缴猎枪时，他偷偷藏在火龙碑里的。猎枪他有两只，三十年前收枪的时候，他上缴了一支，藏在草楼上一支。

大家被德古阿波的行为惊呆了。

到过年的第七天了，阿波按照古老的习俗，把神位拆了。他安排三春韭带着八月花和罗彩香把松毛扫除了。他们再煮肉祭祖。这天叫枯久，有转年送年的意思。全村的娃娃都从家里带出米、肉和菜到山上野餐。新的一年开始了。

这天，阿波罗应山说，他有些累，他要好好睡一觉，睡到第七天后，他会起来用黑线拴魂的。

阿波这一睡，再也没有起来。

人们说，阿波不是正传大毕摩，所以他不能叫回自己的魂。

有人又说，他的魂已经和松树在一起了。

接着，大伙又宰杀了一只大羯羊给他安魂送葬。

罗小山说，毕摩在念指路经的时候，阿波的魂已经跑进松树林里去了。

从此，梨花坳再没有人砍树偷盗名木古树去卖。

人们说，这一次，阿波一辈子的青山绿水梦该会实现了吧。

易地记

沈 洋

一

李有光家的事，就让赵姑妈头疼了。

这个五十出头的汉子，家住鹤镇累马寨，前年在浙江打工，从二楼摔下来，断了右腿，老板赖账，在当地医院做了一次手术后，一直在家养病，二次手术因无钱只能一直拖着，里面的两根钢针也一直未取出。家中没钱不说，连婆娘也爬起来跑掉，李有光曾去村上和镇上上访过几次，请求镇政府帮助，镇长的答复含糊其词，而且态度粗暴，总之就是没办法，让他走法律渠道解决。李有光说，自己要有这个能力去找法律，还来找你政府搓球。因没有及时到大医院做手术，不仅好得慢，还留下了残疾，走路一歪一歪的。

李有光随时挂在嘴上的话就是"三个子"："为了城头人住上新房子，自己整成了龟儿子，没有哪一级政府管老子。"李有光每次说这话，都像是唱出来一样，拖声野气的，引得周围的人好生好奇，像看大猩猩大熊猫样围观。

二

赵姑妈终于整懂了,李兰兰家姑妈通宵不敢入睡,是因为不会给手机上闹钟,怕耽误了第一天当环卫工的事。赵姑妈心一阵紧,像要缩成个干核桃的劲道。

赵姑妈有些内疚,她想,毫无疑问,是昨晚的话讲重了。面对累马寨搬出来这些斗大的字都不识的姐妹,她不知道怎样和她们沟通了,就只有猛往嘴里吐出的话里加盐和辣椒,似乎还有越重越管用的趋势。

"就是今晚不睡觉,你们也要给我熬着,反正一分钟也不许迟到。"

"你们不晓得,我和园林局的领导求了多少情,才给你们找到这个环卫工的岗位的,你们要是第一天上班迟到了,我以后还有啥脸嘴去求人家为你们累马寨的人办事。"

这些天,赵姑妈就这个状态,成天都在忙累马寨易地搬迁的事。你家的分得好了,他家的分得差了,张家的采光好了,王家的采光差了,等等。总之,就没有一件是满意的事。凭心而论,赵姑妈确实已经够辛苦的了,但她感觉到,群众的胃口好像比渔洞输水管道的口径还要大。赵姑妈常常累得筋疲力尽,回到家就倒在沙发上,一动不动,啥也不想做。第二天五点多,就弹簧一样从床上弹起来,恨不得头不梳脸不洗就赶到幸福居。老公也常常数落她,你这为啥子嘛,肥了别人的地,荒了自己的田。赵姑妈心里明白,老公是说自己没有好好操持家务。每每在老公说这话时,赵姑妈就会下意识地看看家里:沙发上乱七八糟摆满了杂物,地上也蒙上一层灰，厨房也乱得很，根本没有一点居家过日子的温馨感。赵姑妈心里就会泛起一丝丝的烦躁。但她又不得不匆匆出门，赶往幸福居。

幸福居，位于鹤城北，土地平展，外围高山，四野田畴，一片苹果林簇拥，房二十余幢，皆高层，可纳万余人，原本属安居保障房，正逢易地搬迁，县里动了下脑，调整思路，将住在高山上的易地搬迁群众搬进了小区，易名幸福居。赵姑妈记性好，她清楚地记得，群众来自五乡镇，皆是建档立卡贫困户。说起这些贫困群众，赵姑妈亦喜亦忧，喜的是，她爱这些姐妹兄弟了，实诚，厚道，古道热肠。忧的是，他们搬进城里的小区，像是来了一群外星人，与这个世界格格不入，甚至无法对话。不会按电梯按钮，乘坐电梯像晕车一样呕吐。不熟悉单元楼里的生活，有时下个楼梯都会迷路。不讲卫生，乱扔烟头和垃圾，让物管很是恼火。等等，不一而足。可以说，很多细节真是超出了赵姑妈有限的想象。

赵姑妈记得，累马寨的15户52人刚搬到幸福居的第二天，正在会议室培训村民时，本来会场里群众好奇，培训老师有劲，就农民群众进城如何乘坐公交、如何过马路、如何乘坐电梯、如何使用煤气、如何逛超市等进行保姆式培训，会场内群众听得津津有味。可李有光却故意捣乱，左手拧着瓶烧酒，那是当地居民常喝的廉价酒，十元一瓶，其实就是酒精勾兑酒，鹤县的汉子们干活累了，三五个蹲在工地上，传着一人一口喝起来，图个热闹，也可解乏。这酒也是李有光这些年头一直喝的酒，正是喝多了，才喝出了痛风，喝出了酒糟鼻，喝得手上的骨节起鼓包，喝得成天眼睛红肿肿的,喝得成天醉醺醺的,走起路来东歪西倒,像是得了软骨病。

正在大家听红十字会的应急培训老师讲得津津有味之时,李有光提着宽拢大袋的烂牛仔裤,歪偏偏地打着醉拳,大吼大叫地闯进了会场,声嘶力竭地吼道:"你们到底要整啥子,平时不见球哪个过来,过两天省上的大领导要来了么,又装模作样的来搞啥培训磨阳光,大学生吃了十几年的墨水,不照样卖猪肉、挑沙灰,你以为你几爷仔来培训个把小时么,我们这些老农民真的脱贫了哈,有恁个简单么,中国早就脱贫了。"

听到李有光咋咋呼呼大吼八叫地冲进会场,场内一下子爆发哄堂大笑,李有光大家又不是不认得,就这个疯天阔地的样子,老毛病了,都见怪不怪了。前几次培训他也是这样,仿佛都排练过一样,每次来都这几个规定动作。

"我挨你们讲,有冤要申的,有问题要反映的,赶紧了,准备好材料,过两天有大领导要来哦,错过这个村就没这个店了。"

会场里一下子骚动起来,炸开了锅,有人问:"酒疯子,给真?我儿子建镇上的房子,被电打死,赔偿款至今没到呢!"

有人说:"把我们搬到滑石板上,站着坐着都要钱,拿啥子来给?我要是在老家,园子里随便种点蒜葱啥的,啥时想吃去扯点,多方便,现在搬到这幸福居,看着好看,但心里闲得慌啊!"

会场内的群众俨然就一堆干柴。先是没人提醒,再就是对酒鬼李有光的不以为然。可当李有光说出"申冤"一类的话,仿佛在干柴堆里扔进了一根火把。轰的一声,一屋子的干柴燃开了,像要把整幢大楼给烧塌一样。

李有光先还得意地举起酒瓶挥舞,一副英雄般王者归来之气概,可没说上几句话,就一个跟跄摔倒在讲台前,室内又爆发出一阵哄笑,大家一脸的木然加得意,也没谁怀疑李有光身体出了啥问题,都认为是马尿喝多了。不过,培训会是开不下去的了。人们七嘴八舌,像肚子里装了好多的话,一下子喷发而出。

任组织培训的肖老师怎样维持,现场秩序还是无法恢复,乱成一锅粥。但没多时,那些先前还处于亢奋状态的群众就陆续散去,也没有人太在意李有光说了什么,三三两两叽里呱啦地议论着离开了。

会场里只留下了肖老师,还有李有光的两个老乡。肖老师见蜷缩在墙角的李有光一动不动,会场也走得空荡荡的,有几分慌神了,生怕有个意外,赶紧从包里拿出手机,拨给赵姑妈。不一会儿,赵姑妈就火急火燎地赶到会场。见是李有光,反倒不急了,说:"又是这个醉鬼,上周喝醉了倒在花园里睡了一晚,直到第二天一早被小区保安发现。"

见李有光这副堕落相,赵姑妈气得嘴皮发抖,真有一种恨铁不成钢的感觉。赵姑妈想,这李有光要是再不改变,必喝死无疑,一个家,就这样给他毁了。本来,赵姑妈还有急事要进城办的,但她想,这李有光总得有人管啊,不然,他也许真会丧命小区的。赵姑妈就放弃了回城的念头,尽量让自己烦躁的心平静再平静。

"送他回去,醒了就好啦!"

赵姑妈说着又指了指站在李有光旁的两个老乡。两个

老乡看上去五十多岁，木讷地站在一旁，见赵姑妈伸手示意了，才赶紧弯下腰去，一人托着一只手，把李有光架起来，慢慢地挪动，一步一步朝李有光住的三幢二单元走去。

"妈妈，多亏你及时赶来，我都不知道如何处理了，要不要送他去社区医院？"肖洁一脸惊慌地望着赵姑妈。

"不用不用，这个李有光，三天两头醉，照你这么说，那得天天送医院了。送他回家，酒醒就好了。"赵姑妈说。

肖洁好奇地说："妈妈，你对这个李有光好熟哦！"

"姑娘啊，搬到这幸福居的群众，哪家我不熟呢？做群众工作，就是要晓得他们各个家庭的情况，知冷知热的，否则，这精准脱贫，还怎么去对标对表抓落实。"赵姑妈一向都是叫肖洁"姑娘"的。

事实上，赵姑妈也是最有资格叫肖洁姑娘的人。这得从二十五年前说起。那时，赵姑妈刚进文博社区，正值芳华，21岁，就在一天上班途中，在路边的梧桐树下，赵姑妈遇到了被父母丢弃的肖洁。看到襁褓中冻得发紫的小脸蛋，赵姑妈的心缩成了一团，本能地刺痛了一下，仿佛那婴儿不是别人家的，而是自己的亲骨肉。事实上，那时的赵姑妈连男朋友都没找，照说是体会不到一个母亲疼子女的感觉的。但赵姑妈也许是个特例吧，像是上天专门派她来拯救肖洁一样。赵姑妈二话没说，也没跑回去征求父母的意见，直接将小女孩抱回了家，后来给起了个名字：肖洁。赵姑妈想，肖同笑谐音，洁，心灵洁净。意为这孩子一生笑对世界，心灵洁净善良。

就这样，肖洁成了文博社区儿童家园的第一个孩子，后来上了医学院，又回到社区，成了一名志愿者，紧紧跟随赵姑妈，成了赵姑妈的左膀右臂。赵姑妈的枪指到哪，肖洁就打到哪。当然，在肖洁心中，赵姑妈就是自己的亲妈，她的话就是圣旨，肖洁也一直把赵姑妈当作心中的一棵大树。遇到自己解决不了的问题，肖洁想到求救的第一个人，就是赵姑妈。

把李有光送到家后，他的两个老乡都说要去接孙孙了，就留下了赵姑妈和肖洁。其实赵姑妈很清楚，李有光的这两个老乡，根本就不是去接孙孙，而是不愿意继续留下来守着李有光。可是人家说要走了，难道你还去拽着不成？不过，赵姑妈不愿意把真相说给肖洁，她只想让姑娘心里装着些正能量的东西。

"妈妈，啥这么臭啊？"肖洁用手捂着鼻子问。

"还能有啥呢？你看这屋子，脏成啥样！估计搬进来就没有好好打扫过。"赵姑妈说着用目光扫视了一遍屋子。

两室一厅，一个客厅，一个主卧，一个客卧，一个厨房，一个卫生间，这就是李有光家的格局。照常理，李有光家能住上这样的城市高楼，是他做梦也想不到的。打理得好，窗明几净，温馨和美，也是可以期待的。可是到了李有光家，整个客厅空荡荡的，没有一件像样家具，地上像是画了一幅地图，还上了不同的颜色，斑斑点点的，糊上了厚厚的一层污渍。墙角还堆满了一大堆垃圾，有易拉罐、方便面桶、卫生纸、瓜子壳啥的，看上去哪像一个家！

赵姑妈不知是自己还沉浸在如何处理李有光醉酒的事，还是因为前几天来过，已经熟悉李有光家这气味了，还真没有特别感受到屋内的臭气袭人。赵姑妈清晰地记得，上个月的一个下午，她到李有光家家访，当李有光打开门的瞬间，

小说

一股浓烈的酒味夹杂着恶臭,像一个赖皮的恶狗一样,一口朝赵姑妈咬过来,死死地锁住赵姑妈的鼻孔和喉咙,让她窒息。她本能地朝后猛退了一步,脚绊到门槛上,差点儿摔倒在地。

也许是上一次到李有光家的恶臭遭遇,提高了赵姑妈的嗅觉免疫力。今天到李有光家,才没有感受到巨大的不适感。但是肖洁不同,肖洁是第一次到李有光家,没这种强烈的敏感,都不正常了。

"姑娘,你去忙你的事吧,有妈妈在这里,李叔叔不会有事的。等个把小时他酒醒了就好了。"赵姑妈说着就站起身,赶紧打开了窗子,随后又提墙脚的扫把,开始扫地上的垃圾。

见妈妈如此,肖洁哪还有走的意思,忙去拿卫生间的拖把,说:"妈妈,那我跟你一起打扫卫生吧,反正我这哈也没啥要紧事了。其实,我没妈妈想的这么娇气的,知道妈妈是怕我受不了这臭气吧!"肖洁说着,做了一个鬼脸,看着赵姑妈。

赵姑妈把右手中的扫把移到左手,用右手指着肖洁说:"你个死姑娘,就知道你是妈妈肚子里的蛔虫,连老娘想啥子你都一清二楚。"说着又开始扫地上的垃圾了。

母女俩经过一个多小时的劳动,使李有光家的屋子像是变了块天,臭味像一团风样的跑了,没了,地上的垃圾完全清理干净装进了一个大塑料袋。说起这塑料袋,得说说赵姑妈的一个小习惯,她常常把塑料袋折叠得拇指般大小,并用袋子的提手扎紧,装在自己的背包里,不论是走到哪个搬迁群众家,或者是幸福居中的每一个角落,只要见着垃圾,她都弯下腰去捡拾，装在袋子里，直到遇到了垃圾桶，才会扔掉。

赵姑妈这个小习惯，肖洁也学着了，不愧是赵姑妈的养女啊！

这时，只听锁孔哗啦啦转了几下，门吱嘎一声推开，进来一个大眼睛姑娘。

"希希，你回来了，今天学习怎么样？还听得懂吗？"赵姑妈的话听上去热乎乎的，倒不像是社区的干部，更像是希希的亲娘似的。

"还行吧！赵姑妈。"希希甜脆脆地喊了一声。喊得赵姑妈心里暖酥酥的，直夸希希听话，是个乖孩子。

见到自己的家变了个模样，李希希的眼里闪动着泪光，不说话，紧紧地咬着嘴唇。不一会，豆大的泪珠就顺着脸颊滚落下来。

赵姑妈忙拿出纸巾，为希希擦去脸上的泪。

"姑娘，别这样，赶紧放下书包，去弄点东西吃。"赵姑妈说着就伸手取下了希希肩上的书包。

希希终于抑制不住，哇的一声哭出声来。赵姑妈忙一把将希希揽在怀中，用右手抚摸着希希的头。肖洁也放下手中的抹布，洗洗手后从自己的小包里拿出一块巧克力塞在希希的手中，希希不要，一个劲地推，但还是推不脱，只有将巧克力拿在手上，却不吃，拧得紧紧的，像是有几百斤重，生怕一放手，那份还带有肖洁姐姐体温的巧克力就会掉到地上。

希希不说话，忙从她爸爸的旁边挪过一个塑料凳，拉着

小说

赵姑妈的衣角，说："赵姑妈，你坐会儿吧，谢谢你和肖姐姐为我们所做的这些，唉，我爹这酒也是……"

希希说着又忍不住抽泣起来，用右手揉着眼睛。

"妹妹，别哭了，李叔叔是喝多了，酒醒了就好了。你也不要急。"肖洁在一旁安慰着希希。

希希没说话，只一个劲点头。

这时，只听"啊哟哟"一声，就见李有光的双脚使劲蹬了两下，伸了个懒腰，打了个哈欠后撑起身来，双手在两只眼睛前使劲揉了揉，见赵姑妈和肖洁站在身边，一下子恼羞成怒，大声咆哮道："赵婆娘，你来我家吃球，给是又来宣传扶贫政策，你烦不烦，啥屁忙帮不上，还成天话多多的，有用吗？赵婆娘，你赶紧给老子滚，滚，滚得远远的，老子再也不想见到你了。"

听李有光这话，赵姑妈气得心疼，感觉自己的心都缩成了一个点，再也不会复苏一样。

"我爹，你也是，你看看，人家赵姑妈和肖姐姐都给我们屋子打扫得干干净净的，还一直陪在你身边，生怕你吐呢！"

李有光一下翻爬起来，抬右手揉了揉眼，眨巴着一双还夹着眼屎的眼睛，喷了一大口酒气，哦哟一声，扫了一眼被打整得干干净净的屋子。在李有光的印象里，这屋子从来就没有像今天这样干净过，就是搬进来那天，也是到处灰蒙蒙的。因此，眼前的一切，多少让李有光的内心有点儿温热和感动。要知道，这样的感动，对于李有光来说，真是久违了。

李有光撑起身子，在地上扒拉了两下，去找他的鞋子，可是扒了好几下都没有结果。肖洁就弯下身去帮他找，谁知，那鞋子竟然被李有光的手给扒到了沙发脚下。无奈，肖洁只好双腿跪到地上，把手从沙发脚伸进很远一截，才把李有光的一双鞋子给扒拉出来。这一切，李有光都看在眼里，起初还有一丝耍老爷脾气般的幸灾乐祸，慢慢就有些坐不住了，抖着手去接过肖洁手里的鞋子，想表达点什么，哆嗦了几句还是没有说出来，不过还是露出了一脸愧色。

不过，李有光不会这么转急弯的，即使心中是有些许的感动，他也不会一下子就表现得服服帖帖。这一切，赵姑妈都看在眼里，也不说什么，只会心一笑。赵姑妈在乡镇工作这几年，总算没有白干。察言观色还是多少学了一点，村民在想什么，她大抵还是有数的。

赵姑妈也不多说什么，她非常清楚，有些话只能是点到为止，说太多了，就成了一泡水，不抵屁用。她于是给肖洁使了个眼色，二人给李有光打了下招呼，就离开了李有光家。

三

赵姑妈也说不清楚，自己咋就跟群众较上劲了。

她想，自己当年要是不进文博社区工作，要是再复读一年，难说也能考个师专什么的。同桌张敏敏人家当年还排在自己后面，数学还经常照抄自己的呢，不也考上了昭通师专，现在都是市一中的名师了。再不济，就是去摆个地摊做点小生意,也一定发了,巷子东头刘孃孃家老二姑娘就是例子,人家就卖个烧腊,生意那个火爆,不摆了,儿子都开路虎了。但是,赵姑妈也常常告诫自己,这道路可是自己选择的哦,人生可没有假设。

赵姑妈一直找不到原因,当初咋就一根筋,钻头觅缝要去当这个社区干部呢!想来想去,找不到原因。不过,赵姑妈后来找到了,不就是经不住老支书夸奖么!老支书一句"赵家二姑娘踏实,她要来社区当干部,那一定是万种人的丫头。"这句话乍一听像是在骂人,可是仔细一想,又觉得太对了,太高看人一眼了。年纪轻轻的赵姑妈,哪里经得住这种捧啊,觉得天天走路都是踩在棉花上呢!轻飘飘的。当然,最为关键的一个原因,是赵姑妈终于可以找到一个施展自己手脚的平台了,她完全可以骄傲地在亲戚朋友们面前说,从此后,她就是一名社区干部啦,有工作了,可以淋漓尽致地实现人生价值啦!对于待业青年赵姑妈来说,这是一件多么令人振奋的大事啊!

于是,赵姑妈就进了社区,并立下了誓言:要当好社区老人们的女儿,当好社区孩子们的姑妈,要为全社区的人服好务。今天想想,这赵姑妈的觉悟还真是高啊,她对自己的这些要求,跟我们今天对党员干部的要求何其相似,不就是当好人民的勤务员吗?

在文博社区,赵姑妈成天忙得像个陀螺,不是上门家访,探视老人看病及生活情况,就是上街对乱摆摊设点进行整治清理。一句话,社区群众无小事,大到街道建设,小到吃喝拉撒,没有哪一样是可以大意的。关键是,赵姑妈头脑比较灵光,还办起了儿童友好家园,每天四点以后和节假日，就把社区的孩子集中起来，请志愿者给他们上课，教孩子们学习音乐、书法、美术和舞蹈，还开设了国学课，孩子们学累了，她又亲自带着孩子们一起做游戏。这件事让全社区的家长们都大为赞赏，既解决了家长未下班孩子没人管的难题，关键是丰富了孩子们的生活，让孩子们在儿童友好家园学到了许多在学校里学不到的东西。

可是，赵姑妈是不能在社区待长的了，她的出众让她很快赢得了机遇。赵姑妈考上了鹤镇副镇长，而且专管扶贫。

去鹤镇的路上，是春天，赵姑妈被一路的苹果所吸引。那些树，胳膊般粗，枝叶向四方扩散，像在做伸展运动，如高原汉子的骨骼般遒劲有力。粉白的花，争相微笑，展现着乌蒙高原的妩媚。万亩苹果园的这种博大气势，让赵姑妈的内心有了一种开阔感，有了一种新时代的具象感。赵姑妈善想象，她的脑海中，已然出现了红苹果挂满枝头的壮观景象。她不知道自己能够经过几个这样的秋天，但她分明能够感受到这种期待的触手可及。

镇政府坐落在白鹤山脚下，一个四合院，一幢主楼，两幢附楼，主楼前一个篮球场，但停满了车，只有在每天下班后才会空出来，便有镇机关的干部和到镇上来挂职的扶贫干部邀约着到球场上溜两个半场，人多的时候，自然也会来个全场。这样的场景，赵姑妈是多年没有见着了，很是新鲜。回想起来，在赵姑妈的印象中，也只有二三十年前，在她居住的文博社区小学的篮球场上还活跃着这样生龙活虎的场景。尤其让赵姑妈喜欢的是，镇政府大院被包围在一片苹果花海里。一阵春风吹过，那片片粉嫩的苹果花便随风飘进鹤镇的古街，在那些木板房和青石板路之间随意飘飞。像一只只美丽的蝴蝶翩然而至，绕梁纷飞。

赵姑妈是喜欢这样的景致的。这样的景致也让赵姑妈疑惑，这一片花海里，这素有鱼米之乡美誉的鹤镇，咋就一方水土养不活一方人呢？咋就有那么多的贫困户？

不过，问题很快得到解答，从小在城里长大的赵姑妈在她挂钩的特困村累马寨找到了答案。累马寨离镇政府有二十公里山路，位于镇政府西边的大山深处，山高谷深，虽然只有二十公里，但对于当地群众来说，像是离了十万八千里，要去一趟镇上赶个集买斤盐、看个病啥的，早年要么走路，要么骑马，后来修通了毛路，可以骑摩托车了，但天阴下雨，泥滑路烂，也是寸步难行。再说，近些年，青年人大都外出打工，家中尽剩下些老人和小孩，那些摩托车就成了村里标志着现代文明的摆设了。时间长了，打不起电，跑不了路，成了废铁。

山上缺水，一条小河从峡谷流过，夏秋还好，流水哗啦，进入冬春，断流了，连人畜饮水都没保障。住在深谷两岸崖上的人家，吃水得到山谷里一个掏开砂石的坑里舀水，每次得等近一个小时，待水从砂石中浸出来，才用瓢一小点一小点舀起来倒在桶里。几年前虽然也实施了人饮工程，但因管理不善，水管多半被破坏，人们又回到了挑水吃的状态。

村里人家的房子，大都是土墙瓦顶。那些土墙，也破败不堪，有的开了一两寸宽的裂缝，拳头都能伸进去，随时有倾倒的危险，让人看了十分担忧。这个叫累马寨的村子，通讯基本过吼，通知个什么事，只需要在村子里最高点吼上两声，峡谷两岸的百十户人家都能听得到。交通靠人背马驮，据说近些年来，都累死过五六匹马了，人们自然把这里叫累马寨。

赵姑妈进到累马寨遇到的第一拨人，是一群满脸污脏，衣衫破烂的小娃儿，当时给赵姑妈的印象，仿佛来到了非洲，那些光脚丫，那一张张黑乎乎的脸，那一双双龟裂的小手，那冻得红通通的皮肤，无不扯痛赵姑妈的心。

赵姑妈走到一个坐在地上玩泥巴的小女孩面前，女孩子瘦小，目光呆滞，脸上像抹了锅烟一样，黑得只剩下上翻的眼仁是白的了。一件嫩黄色的体恤烂了袖口，裤子的裆也从前豁到了屁股后面，露出的皮肤也像是上了一层黑漆。这孩子像个黑乎乎的小球一样坐在地上，像个被人遗弃的野孩子，看得让赵姑妈一阵心疼。

赵姑妈走到孩子旁边，蹲下身去和小女孩说话，轻声细语地问："姑娘，你咋蹲在地上啊！妈妈呢？没在家吗？"

孩子一脸惊恐，抬头看了一眼赵姑妈，就立马闪回去，避开。仿佛见到了来自另外一个世界的人。

赵姑妈轻轻伸过手去，抚摸着小女孩的头，一把把小女孩揽在怀里。开始，小女孩还有些惊慌，确认没有敌意后，就温顺得像一只小羊羔，依偎在赵姑妈的怀里。闪烁着一双黑亮亮的大眼睛，闪着闪着，就滚下了豌豆般大小的颗颗泪滴。赵姑妈忙掏出一张洁白的餐巾纸，轻轻地拭去小女孩眼角的泪滴。

正在这时，跑过来一男一女两个小孩子，女孩稍大，扎个马尾辫，脸红扑扑的，穿一件白色的体恤，前面印了一个大波浪发型的时尚女子，嘴角高高翘起，涂了鲜艳的口红，但面襟上有几大团污点，看得出来，是哪个爱心人士捐赠的吧,不像是女孩家长为她买的。大概是没换洗衣服,脏了也只得接着穿了。

跟在女孩后面的小男孩看上去十一二岁,头发长长的,有些自然卷,穿一件红色的校服,袖口已经破了个洞,拉链也没了,披着,上面还有市第一中学的红色字样。应该也是哪个爱心人士捐过来的吧。小男孩躲在小女孩的背后,很害羞的样子,头伸出来,看一眼赵姑妈,又赶紧缩回去。

小女孩大一点,看上去也更自信。

"希希,害得我到处找你,讨厌。"

"姨,你从哪里来,干什么的,怎么和我妹妹在一起?"

赵姑妈看着问话的小女孩,温和地说:"姑娘,以后就叫我赵姑妈吧,我是来你们村扶贫的,正巧遇上了你妹妹在地上玩儿,就过来问问她。可是她不说话,你们是三兄妹?妈妈呢?"

小女孩还是有几分胆怯,哦了两声后说:"哦,知道了,叫我兰兰好了,我姓李,早就没有读书了,过久就要去江苏打工了,我姨都给我找好工厂了。这是我弟弟李全全,那是我妹妹李希希。"

"那你呢,读几年级了?还有你弟弟?"赵姑妈看了一眼躲在李兰兰身后的李全全。

"赵姑妈,我正读初三呢,下个月毕业,成绩也不好,不准备参加中考了。再说,我妈跟人跑了,我爸爸外出打工,受了伤,正在浙江养病呢!家中没人做事,弟妹没人管,我就回来了,反正也读不走。"李兰兰说着眼睛往上翻了下,一副无所谓的样子,也像是在自嘲。

"不读书怎么行呢？兰兰，现在国家正在搞教育均衡发展，近期控辍保学，下个月，国家验收组的人就要来我们镇验收了，你赶紧去读书吧。"赵姑妈很急切地看着兄妹三人说道。

"可是，赵姑妈，我去读书了，我爸爸卧病在床，妹妹又小，这书怎么读啊！"李兰兰急得有些失态地说道。

见到眼前这三个可怜的孩子，想到李兰兰的话语，赵姑妈的心情异常沉重，恨不得长出三头六臂，把三个孩子都揽在怀里，为他们遮风挡雨，给他们阳光和雨露，滋润他们快乐健康成长。

赵姑妈慢吞吞地抬起手，朝前指了指。

"好吧好吧，那带我到你家看看去。"赵姑妈说着就站起身来，跟在李希希和李全全的后面，朝着李兰兰家走去。

在一处山崖上，有一幢土房子，远远看去十分显眼。也正因为显眼，那房子的破烂，墙体的裂缝和房顶腐烂的草顶就显得更刺眼。从沟里上到李兰兰家，七弯八绕，一条尺余宽的泥巴路蛇一样蜿蜒而上，地上全是梭石子，走一步滑两步，对于很少走山路的赵姑妈来说，显然是个严峻的考验。赵姑妈跌跌撞撞摔了两次，终于来到李兰兰家。

走到门口，只见地上全是黑泥浆，几只鸡正在里面刨食，一头老母猪睡在黑泥浆里打滚，搅得臭气熏天，奇脏无比。赵姑妈屏住呼吸，赶紧加快脚步，三步并作两步来到门前，伸手推门，才发现那门根本推不开。赵姑妈这才仔细看了看，那其实就不是一道真正意义的门，而是用竹子编成的一道栅栏，时间也很长了，被火烟长年熏染，黑漆漆的，手一触上去，感觉黏乎乎的。赵姑妈看清了这道栅栏门，才下意识用力去推，还是推不开。李兰兰赶紧上前，只见她双手紧拧门的两边，往上一抬，轻轻挪动了一下，那栅栏门才慢慢的向内推开。赵姑妈探进头去，屋内黑乎乎的，一股恶臭猛地灌进了鼻子，差点呕吐起来。但赵姑妈努力地抑制住自己，硬着头皮钻进了屋里。赵姑妈感觉晕，像钻进一黑洞，啥也看不清。适应了好一阵，才借助栅栏里透进来的光，勉强看清了屋子里的陈设。

正堂屋的墙上，贴着一张红纸，但已被火烟熏得变成了黑色，所谓的红，也只是隐约间透出的一点点暗红了，上面还勉强能看出天地国亲师位的字样，字写得歪歪扭扭，但写得极其认真。

墙脚，摆了一个黑漆漆的小柜子，断了一只脚，歪垮垮地支在地上，像是随时都会倾倒一样，老让人揪心。柜面上是一些瓶瓶罐罐，黑漆漆的，乱七八糟。屋子的左角，是一个火塘，不圆不方，不规则，四周用四个石头砌筑，看上去像是在野外随便捡几个石头做锅桩埋锅造饭一样简陋。火塘上吊着一根吊杆，下面是一个木质的弯钩，弯钩上还挂着一把水壶。火塘里全是烧过柴的一池灰烬。看到这火塘，赵姑妈立马想到了冷火秋烟这个词。屋子的右角，堆了一堆杂物，篓筐、农具、鞋袜、柴草，像是一个垃圾场，看得赵姑妈心烦意乱。屋子的楼板，由一排木杆穿过南北山墙，这楼枕，上面用竹子编成了篾笆，都被长年的烟火熏烤得黑里透亮。这样的情景，对于城里人赵姑妈来说，是新鲜的，是震撼的，也是忧心的。她没有想到，在离城二十公里的山村里，居然还有如此贫困的人家。赵姑妈的心里顿生悲悯，在这样的家里，别说洗澡啥的了，孩子们睡哪里，在哪里吃饭，在哪里写作业，这些在城里孩子看来不是问题的问题，在李兰兰家的这所黑屋子里，都成了不可能实现的奢望。

"赵姑妈，坐吧。"李兰兰热情地说。

坐哪里啊？赵姑妈正疑惑间，就见李兰兰用脚从火塘边的墙脚挪过来一团黑物。赵姑妈不知地上何物，那不是凳子，更不是沙发，兰兰咋就让自己坐呢！

碍于情面，也确实累了，赵姑妈也顾不得这么多了，坐就坐呗，人家兰兰一家长年坐，自己咋就不能坐坐呢？赵姑妈试着朝下坐，因为那团黑物太矮，赵姑妈没把握好位置，一个趔趄摔倒在了地上。幸好李兰兰灵便，一把扶住了赵姑妈，说道："赵姑妈，摔着没有啊，我们家一直就坐这个，里面是荞壳，矮得很，不好意思了。"

赵姑妈用手撑在地上，试了好几次，才坐正了身子。哈哈笑出声来："哟，这荞壳凳子像个变形金刚呢！一坐一个坑！"

见赵姑妈笑了，李兰兰悬着的心也就放下了。李全全和李希希都忍不住笑出声来。

"全全，快去抱点柴来，烧洋芋给赵姑妈吃。"兰兰大声地朝着全全喊道。就见全全像只小兔一样灵巧地蹿出门，不一会就抱了一捆柴进来，放在火塘里点燃。兰兰也赶紧捡来一撮箕洋芋，丢了十来个在火心里，随即发出咝咝声，就有一股香喷喷的美味弥漫在屋子里。

洋芋，一直是赵姑妈的最爱，兰兰和全全如此热情，让赵姑妈十分感动。想想自己的女儿，多年来就从来没有给自己做过一顿饭，而眼前的兰兰和全全，这么小，就这么独立，还会招待客人，不免觉得感动。想想现在这留守儿童，

小说

也真是不易。赵姑妈未做思考，瞬间就下定决心，一定要想办法让兰兰一家搬出大山。

四

刚到鹤镇工作的头一个月，赵姑妈的主要精力全放在累马寨的搬迁上。经过赵姑妈上蹿下跳的协调争取，累马寨终于列入了易地搬迁的范围。时间也定下来了，春节前搬。

赵姑妈忙开了，成天泡在累马寨，搞群众意愿调查。起初几天，她还让镇办的小梁开车送她进村，后来，赵姑妈发现白天去走访农户很难遇到人，她就搬了被褥到村上，在村办公楼找了一个七八平米的小房间，驻村工作。

那些天，李兰兰成了赵姑妈的助理，成天给她带路。每天，赵姑妈到村子里找在家看守的老人做工作，和老人们聊天，听他们的想法。可听来听去，赵姑妈发现了搬迁工作的难度，十分坚刚。老人们其实根本就不想搬。

一组的王奶奶说：搬迁啥啊搬，我在这住了六十多年了，习惯了，哪也不搬。

村头的刘大爹说：我生是累马寨的人，死是累马寨的鬼，谁爱搬谁搬，我不去。

二组的张组长说：我在这累马寨随便种点洋芋苞谷，就能填饱肚子，搬迁到城里，站着坐着都要钱，我一个泥巴都淹拢脖子的人了，去哪找钱啊！

村尾的吴大嫂说：我大字不识一个，在这累马寨，我活得自在，搬迁到城里，我寸步难行啊，连厕所都找不到，我不搬。

山头上的江奶奶说：老不死的就埋在山顶上，我去了他找不着我，再说在惯的山坡不嫌陡，我还是喜欢这穷山沟。

问来问去，大家都不愿搬，总结下来，不搬的原因大抵有二：首要的一条就是担心搬进城以后没地种，打工无门，不踏实；二是更害怕搬走以后，老家的房子被拆，土地被流转到合作社，找不到根，怕饿饭。

而让赵姑妈疑惑的是，她进村入户工作一月来，见到的几乎都是五十岁以上的老人，那些年轻的媳妇们，她就没见到几个。一方面，这些年轻女人们，白天进地劳作确实很忙，但真的就忙到全天不归家么？赵姑妈问村支书，老支书说，这正是农忙季节，年轻人没在家正常。问村主任呢，还算实诚，直接问赵姑妈要听真话还是假话。赵姑妈说那肯定是听真话啦。

村主任就打开了话匣子："赵副镇长，村里人都说，镇里之所以让我们搬迁，主要就图我们这片地，说是要流转给樊镇长的一个小舅子呢！所以这些妇女们都不想见你，他们的男人都在外打工，一听说这事都暴跳如雷呢！坚决反对。"

"这怎么可能？这个易地搬迁项目，可是我主动争取来呢！"跟他樊镇长有啥关系。

不过，赵姑妈心里还是打了个嗝噔。真是不听不知道，一听吓一跳。赵姑妈都开始怀疑自己了，这搬迁到底靠不靠谱？是不是原本就是一个陷阱。不过，对于樊镇长的小舅子要来流转土地的事，赵姑妈是半信半疑了，她的心里都没

个底了。不过她又想,就这么片破山地,要树没树,要水没水,要路没路,谁稀罕。赵姑妈觉得,也许多半是以讹传讹吧!但赵姑妈转念又想,如果这信息不得到澄清,不加以引导,必然埋下隐患。不过,赵姑妈还是多少有些动摇的,她多么害怕村主任说的是真的,她异常明白,自己刚到鹤镇工作,对镇村的情况了解不多,从镇村干部和群众的访谈中,她分明感受到了其间的复杂性,她感到真假难辨。

赵姑妈回到镇上,把累马寨的基本情况向镇上的阳书记和樊镇长做了详细汇报,赵姑妈没有料到,两位领导不冷不热,只一个劲地抽烟,弄得整个屋子烟雾弥漫,让赵姑妈呛得受不了。

樊镇长说:"你先开展了看吧,实在不行,天要下雨,娘要嫁人,由着他们吧!"

阳书记似乎更要积极一些:"现在打退堂鼓恐怕不行吧,县里都确定了,咱累马寨被列为第一批进城入镇的易地搬迁对象。"

樊镇长没有做声,又点上一支烟,狠狠地吸了一口。翻了翻白眼,看着阳书记。

赵姑妈已经感觉到了樊镇长的不屑。她甚至有了一种多管闲事的感觉,这个事,似乎一直都是赵姑妈在张罗。赵姑妈也有一种隐忧,要是樊镇长没这心思,那工作做起来肯定难于上青天。老大难老大难,老大重视就不难。可现在的局面,让赵姑妈有点进退两难了。

这里,得补充说下书记镇长。阳书记新来,从县委办副主任的岗位上下来,80后,干副主任之前,是青山乡的副书记,刚到鹤镇工作半年,没干过乡镇长,直接当了书记,常被樊镇长在背后诟病为"他懂啥啊！镇长都没干过。只会玩虚招"。这样的话，赵姑妈在公开场合都听到过几次。明眼人谁不知道，这樊镇长根本就没有把他阳书记放在眼里。

说起这个樊镇长，之前干过县发改局的副局长，又在毛竹乡干过副书记，前年提拔到鹤镇干镇长，自认为工作能力超强，本以为能顺利上位当书记，没承想阳书记突然空降，让樊镇长已然膨胀的小心脏一下子缩成了一个干核桃。自认为资历老、有本事的樊镇长，自然不把阳书记放在眼里，很多事，阳书记安排了一通，樊镇长也只是口头上应承着，实际上则采取拖的办法，直至拖到不能拖为止。有时常常在会上就跟阳书记呛起来，弄得阳书记很是被动。全镇上下也都知道，阳书记和樊镇长合不来。甚至民间还流传着这样的顺口溜："阳书记阳光，樊镇长烦人。"

这样的状态，让赵姑妈有了畏难情绪。她非常清楚，这个事，要是失去书记镇长的支持，仅靠她单枪匹马去应对，无异于蜀道之难。她十分后悔，当初咋就这样冲动呢，咋就因为同情李兰兰一家的处境，就做出如此草率的决定，积极向书记镇长汇报，在得到两位主要领导的首肯后，又马不停蹄地冲到县扶贫办和易地办，把累马寨如何贫困，又处于乌蒙城饮用水源地天鹤湖的径流区，属于国家环保督查整改的范围，现在国家建设生态文明，提出绿水青山就是金山银山的发展理念，水源地保护成了重中之重，累马寨搬迁虽然现在还没有提上议事日程，但搬迁是必然，是迟早的事，晚搬不如早搬。见扶贫办和易地办的领导还有些犹豫，赵姑妈又跑到分管扶贫的副县长办公室，当面汇报了自己的想法。正是有了赵姑妈的强力推动，累马寨才正式列入了当年的易地搬迁范围。但是让赵姑妈万万没有想到的是，这件事，她一直小心翼翼，当初这想法也是向书记和镇长汇报过的，怎么现在一遇到困难，镇长就梭脚啦！

那一天，算赵姑妈来鹤镇工作心情最差的一天吧，她再一次想起了那句民间流传的顺口溜"樊镇长很烦"，她不知道樊镇长心里在想什么。她也搞不懂自己是不是真的做错了，越想越懊悔，越想越烦躁。不过，一想起李兰兰家三兄妹衣不蔽体，食不果腹，一想起她家那破烂不堪、脏兮兮的住房，她就感觉肩上压着重重的担子，她放不下。放不下，大概就是赵姑妈这一生得的最重要的"病"吧。

在赵姑妈看来，累马寨搬迁的事，可谓箭在弦上，不得不发。她已经感觉到了在群众中弥漫的火药味，不把这些淤积在群众中的火药清除，哪天一旦暴发，可不得了。赵姑妈之前没有在乡镇干过，不可能预估到会发生啥暴风骤雨式的变故，但她能嗅到这股火药味的浓烈。

如何消除与群众的隔阂，一直困扰着赵姑妈。她不知道自己的脑壳里还装着什么良药。想了好些天，她失眠了，头痛欲裂，还是想不出一个万全之策。

要不是养女肖洁突发奇想，赵姑妈还真是找不到一条通往累马寨群众的路。这还得从周末与肖洁的一次谈话说起。当赵姑妈和肖洁诉苦说自己的工作得不到群众理解，年轻女人们老是跑山上躲着她时，肖洁灵机一动，说："我的赵姑妈啊，你何不借鉴在城里文博社区的办法，也在累马寨办个留守儿童之家嘛，这样，让村里的孩子们都有个学习的地方，他们的家长一定很感谢你啊，慢慢地做群众的思想工作不就更方便了？赢得了群众的信任，还怕做不了他们的思想工作？"

赵姑妈和肖洁几乎同时伸出了双手，啪啪击打了两下，兴奋得像两个孩子。

赵姑妈说："小洁啊，真不愧是我的好女儿，这些年没有白养你啊！"

肖洁也做了个鬼脸，萌萌地说："我的赵姑妈，本小姐虽然身体里没有流淌着你的血，没吃过你的奶，可是你一手一脚带大的啊！"肖洁刚说完，就被赵姑妈狠狠地打了一拳，骂道："你个死丫头，没良心，老娘一把屎一把尿地把你拉扯大，还这么损你娘。你说你还有一颗感恩之心吗？还成天到处去讲自强诚信感恩呢！"肖洁努努嘴，调皮地说："我的赵姑妈啊，这不是实话实说嘛！"赵姑妈就伸出右手，指着肖洁，眼睛鼓得汤圆般大。表面愠怒，脸上却像是抹了蜜一样的开心。

可刚兴奋了一阵子，一个问题又在她的心里泛起来了。她愁眉苦脸地看着肖洁说："你这主意好是好，可是肖洁，谁去教那些孩子们啊！"

"我啊，我的赵姑妈？远在天边，近在眼前，你竟然忘记了我这个做志愿者的宝贝女儿了？"肖洁抑制不住内心的冲动，仿佛已经在累马寨开班授课了呢！她似乎正在想象，在宁静的山村，有鸡鸣狗吠，有炊烟袅袅，有阳光从小山头上斜射进小楼，楼内有书声琅琅。

赵姑妈显然是高兴的，无比的高兴。她又情不自禁地回想起当初在柳树脚捡到肖洁时的情景。在那个清冷的早晨，肖洁在褴褛中冻得小脸蛋红得像猴子屁股似的。那个时候，还是少女的赵姑妈没有多想结果，仅凭着人的本能冲动，捡起了肖洁,捡回了一条鲜活的生命。赵姑妈真不指望这肖洁长大后如何回报自己,但赵姑妈也真没有想到,今天的肖洁,还真就成了她的小棉袄,成了她的左膀右臂。

班说开就开了,在第一村民小组女组长李梅香家。之所以选择梅香家,是因为赵姑妈看上了她家的小洋楼,两层,一层中间是客厅,左边是厨房,右边是个杂物间。二楼的格局大体一至,只是左右两边都用作卧室,中间有二十平方左右正好闲着,加上门口又有一个十多平方米的阳台,这让赵姑妈十分满意。当即就和梅香说:"香妹,想借你家的二楼办个班,咋样?"

梅香一听愣了一下:"啥班,不会是传销吧!赵姑妈你可别吓唬我。我男人就是被人家骗去搞传销,去了半年,在上海打工挣的钱都给骗光了,在上海待不下去了,又去了昆山。害死人了。"

"怎么可能是传销,香妹,你放心好了。我是想办一个留守儿童的学习班,名字我都想好了,就叫留守儿童家园。你看看,现在村里的孩子一到周末,就像是放养的野猪,到处乱跑,你们大人呢,又要下地干活,根本就管不了他们,要是这个班办起来,以后孩子就到你们家来,我们会有志愿者过来义务当老师,教他们画画,唱歌,做游戏,让孩子们度过一个快乐的周末,这样多好。"赵姑妈说得眉飞色舞,很有煽动性。

"那我们家的大洋芋和小洋芋也可以来上学么?"梅香鼓着双汤圆般大的眼睛好奇而充满期待地问道,"我哥哥家的李全全和李希希也能一起来吗?"

"当然可以啊,不光是你们两家的娃娃,全累马寨的娃娃都可以来家园啊，我早算过了，即使全村子的娃娃都来，也不过二十多个，你家二楼正好容纳得下。"赵姑妈说着双手一摊，显得自信满满的样子。

梅香有些疑惑也有些胆怯地问道："赵姑妈，我还有个问题要问问，来家园要钱吗？要钱的话，我们都有点那个。"

没等梅香说完，赵姑妈就笑起来了，她懂梅香的意思，赶紧说道："香妹，这个你就不用担心啦，我们一分钱也不收，来上课的老师，全是志愿者，也就是义务服务，你不用担心钱的问题。我们就是想实实在在地帮助累马寨的人做一点点实事，让孩子们也接受一点外面的新鲜思想。所以呢，我也正想给你说，我们也不会给你支付房租，大家都做一点贡献，帮助下村里的孩子。"

梅香很爽朗地击了一下掌，然后两只手掌在面前不停地搓，激动得说话的声音都有点颤抖了："赵姑妈，这班要是真能如你说的办起来，那我不收你一分钱的房租，你这大老远的都来给我们村办班，我哪还有脸嘴收你们的钱啊！感谢还来不及呢！再说了，我们俩娃娃，还有哥哥家的俩娃娃，以后就有着落了，免得我们担心，还啥也学不到，荒废了。我今天晚上收拾收拾，明天你们就可以开班了！要烧个开水啥的也告诉我，我全包了。"

梅香这态度，真是太给力了，赵姑妈对办班信心十足。

可是让赵姑妈没有想到的是，她的入学动员竟然不受欢迎。累马寨的那些家长们，居然没有一点积极性。有的说，那梅香家汉子，就是搞传销的，可别把孩子带坏了。有的说，这孩子一直在外面跑跑跳跳的，像放养的小猪健康着呢，谁稀罕她那啥留守儿童之家。

村民这态度，让赵姑妈冒火，还委屈，赵姑妈想起那句"你用心对他，他用冷屁股迎你"。不过，赵姑妈很快就转变了心态。她想，这村民其实都是善良纯朴的，人家为啥要和你作对，无非是一时不理解罢了。这样想着，赵姑妈也就没有彻底放弃，她又狠狠地往自己的身体里打了一桶气，感觉干劲又足了点。

赵姑妈于是又说服自己，提着根打狗棍，坎上坎下奔波，把累马寨的人家再跑了一遍，可还是遭白眼，没有人相信她，私下里，村民还议论，不就是想哄我们搬迁吗？谁稀罕她献殷勤。

不过，赵姑妈的苦口婆心，还是赢得了几户人家的信任，答应把孩子送到家园来辅导，有村头牛仙仙家的一对双胞，有坎上赵花花家的儿子，有村沟头蒋婆娘家的一双女儿。当然，梅香家的大洋芋和小洋芋，还有李兰兰家的一弟一妹，那可是忠实粉丝，全来了。这样，就有了八九个孩子来到家园。

在赵姑妈的软磨硬泡下，一周之内，这儿童家园就真开起来了。肖洁更是跑前跑后，先是在志愿者群里发帖，号召大家为累马寨的留守儿童家园捐小桌凳，没承想，好心人一大堆，竟然有企业老板给孩子们捐了书包、校服、篮球、文具等。更有好心人主动联系，用自己的小货车帮助运输这些捐赠物资。一时间，累马寨热闹了，一些红红绿绿的桌凳、扫帚、灰撮，还有一些儿童玩具啥的。三天两头就有人送进来，像是给这个死寂的山谷送来了一丝丝带着阳光和音乐的凉风。

让赵姑妈感到欣慰的是，儿童家园一建起来，梅香家就热闹了。头几天，听到里面传出读书声，就有村里的孩子跑到楼下来偷听，可都被大人们轰回去了。起初，娃娃们惧怕大人，被大人们一打骂，都崩山一样跑散了。可孩子们还是抵御不了诱惑，尤其当肖洁教孩子们唱歌跳舞时，当一阵阵歌声穿过窗户，在山谷中回荡，飘进孩子们耳朵时，累马寨的孩子们像是打了激素一样兴奋和好奇。趁大人下地做活时，就偷偷跑到梅香家二楼，扒在窗子外旁听。神情那个专注，简直像是一群几天没有进食的饥饿的小野狼。眼睛滴溜溜地盯着里面的小伙伴们。听他们唱出的鸟儿一样婉转的歌声，看他们画出的色彩鲜艳的画儿。

累马寨的那些大人们，终于没能守住孩子们渴求知识这道易破的防线，一条沟的孩子们，周末都如山沟里发洪水样，涌进梅香家的二楼。对赵姑妈来说，把家园的人弄得多多的，这当然就是最大的"政治"。现在，留守儿童家园的人气旺到了极致，这条山沟从来就没有这样火爆过，即使当年"土地改革"时分土地，也没有今天这样的气场，也没有这个喜庆而热烈的效果。

赵姑妈没有意料到的是，一种新的变化正在悄然发生，就像化学反应慢慢渗透与融入。这累马寨的孩子，原本就是群快乐的小马驹啊，看他们一起奔跑、一起撒欢、一起打闹，啃草一样啃食古诗、音乐和美术。他们原本就属于这大山里的小鸟，吃这山沟里的玉米，喝这山沟里的山泉，呼吸这山沟里的空气，他们每一个个体，只要一扎进这孩子堆里，就没有要分开的气息，就欢喜得像一头野豹子，都忘记了自己是个远离爹娘的留守儿童。

真好，孩子们这状态，赵姑妈有种莫名的成就感。她甚至有种错觉，就像一屋子的孩子，都是自己的亲骨肉一样，她对他们不分彼此，一样疼爱，会因为孩子的悲伤而悲伤，也会因为孩子的快乐而快乐。赵姑妈想，她一定要让孩子们快乐，累马寨这条山沟决不同于世界上任何一条山沟，它是一条弥漫着爱的山沟，一条流淌着山花和歌声的山沟。

或许正是这样的一种感情，让赵姑妈把全身心的爱，都注入了孩子们的心田，她带领着肖洁，教孩子们画水粉画，唱歌，做手工作品，一起做游戏，隔三岔五的，还带孩子们到山上野炊。赵姑妈都不用太操心，她只要有想法，肖洁都会忙前忙后地替她去实现。天不亮就赶往菜市买时鲜蔬菜，买第一刀鲜肉，最新鲜的桃子李子，买豆腐西施的第一坨还冒着热气的豆腐。天才麻麻亮，肖洁就麻利地弄好了一箱子肉菜，开着她的小轿车，径直朝着累马寨奔去。尽管路烂得常常刮着车肚子，哐哐直响，刮得让人心疼，但肖洁也没有后退过。因为累马寨有赵姑妈，那个把自己一把屎一把尿拉扯大的最慈爱的母亲。

累马寨的阳光，常常从赵姑妈的发梢斜射到她的面庞，转几个弯弯，从她的鱼尾纹里溢出，让赵姑妈看上去有了几分沧桑，但是她的笑容里，分明透出了她内心里的喜悦和光亮。她就像当年弄吃的给肖洁充饥一样，不厌其烦地给孩子们烤小鱼，烧牛肉，递上一杯牛奶，削一个苹果或者桃子。当看到孩子们吃得五饱六足的时候，她感觉，更幸福的，好像不是孩子，而是她自己。

当然，除了这些，赵姑妈还带着孩子们一起劳动。带着孩子们用洋铲一铲一铲地铲通了从沟边通往梅香家斜坡上的小路，还从河沟里捡些鹅卵石，把累马寨山谷里的小媳妇花裤带一般的羊肠小路，铺得玉脂脂的。一下课，孩子们就盘腿坐在小路上玩耍，坐得弯弯曲曲，玩得像一群刚出笼的小鸟，在沟边叽叽喳喳，欢天喜地。

赵姑妈还带着孩子们，帮助李兰兰家打扫卫生，把门口那常泡着一头老母猪的泥塘里的泥浆全部清除，还铺上了石块，孩子们可以在门前自由跳绳、拿子，玩老鹰捉小鸡的游戏。李兰兰家原本乱七八糟的堂屋，也被赵姑妈带着肖洁和孩子们，打扫得干净整洁。一时间成了山沟里的佳话，沟里的大嫂大妈们，都像参观景点一样，常常在茶余饭后跑来看看李兰兰家。

梅香的小姑子姚珍珍是沟里的大嘴、快嘴，有个啥风流事，新鲜事，不出一小时，就被姚珍珍传遍全沟。她就一直在怀疑赵姑妈，说赵姑妈做这些，就是个阴谋，就是为了赢得沟头人的好感，同意搬出去。才不上当呢！梅香听了就气，怒怼回去说，你姚珍珍就是狼心狗肺，你看人家赵姑妈，带娃儿些像是亲骨肉一样，你做得到吗？叫你做一顿饭给娃儿们吃，你也做不到。那天我就看着李全全从你家门前过，明明你就端着碗在吃饭，见李全全要过来了，就抽身进屋，还反手关上门，做得贼惊惊的，生怕人家去抢你家的饭吃哦。你能像人家赵姑妈，牛奶西瓜啥的买来给孩子们吃。你就不要站着说话不腰疼了。梅香几句话，呛得姚珍珍像是吃了烧红的铁锤一样，把一块脸都烧红了，烧烂了。

赵姑妈总是能在需要的时候想出一些金点子。比如，最近上面要求整治人居环境，全县上下都要清理垃圾，打扫卫生。赵姑妈没有想到的是，之前不在意，现在要动真格了，

小说

才发现这鹤镇竟然藏着五千多吨垃圾。真是想想都害怕。县上查得紧,专门派出了以纪委牵头的督察组,一天一检查,一天一专报,限期十天内完成全镇所有垃圾的清运处置,完不成任务的乡镇通通问责。这些天,书记、乡长、镇长最大的任务,就是成天开会布置任务,带领镇村干部火线督察,哪里有垃圾,就赶到哪里研究。可研究来研究去,还是觉得难以完成,而难以完成的主要原因,不是别的,是没有钱,买不起垃圾箱,一个乡镇九个村,每个村按五个垃圾箱计算,也需要四十五个,按照每个箱子一万元计,都四五十万元。即使有了垃圾箱,也没有清运车辆,一张车起码也得十来万,全镇就算买三张车,也得三五十万。总之,各种设备一合计,都冒出七八百万元了,而这些钱,县里是没有的,县长只丢下一句话,各乡镇自己解决。所以这些天,书记镇长们急得起火,哪还有时间来管累马寨的事,全扔给了赵姑妈。

累马寨虽然地处深山,但也有可能被督察组抽查啊。这是樊镇长扔下的话。赵姑妈也不敢大意,回到累马寨就连夜召开了动员大会,让各村小组长通知村民代表来开会,要求各人除自扫门前雪外,还要打扫好自家房前屋后卫生,要实行门前三包,还要清理河沟里的白色垃圾,说是这条河的河长是镇上的阳书记,清理不干净,要被全县通报批评,会影响书记升官的。

不开会不明显,一开会,只见一屋子全是妇女,除了五个村小组的小组长是些五六十岁的老男人外,都是妇女老人或儿童。姚珍珍又放炮了,说:"赵姑妈,你看看这满屋子的老弱病残,一天饭都整球不饱么,还清扫垃圾了,你看看，城里那些清扫垃圾的大嫂大妈们，哪个不是领着工资的，现在哪个还出义务工？"

赵姑妈就提高声音呛了回去："珍珍，我查过文件，你还别说，文件上是要求大家每年出义务工不少于三十天的。要真是较起真来，这工还得出嘞。"

老村主任柳干巴也抢白道："小赵说的话丑理正，前些年还兴收个三提五统，还兴交公余粮，这些年免掉皇粮国税，有些蹲墙根晒目丸的懒汉反而被惯失得懒眯日眼呢（昭通方言，懒的意思），恨不得饭都要嚼了喂进嘴去才吃。"

五

姚珍珍最近活动厉害，一到晚上就走东家窜西家的，每到一家，总是扛着钎担两头戳，要先拿赵姑妈说事，说赵姑妈是黄鼠狼给鸡拜年，没安好心。说赵姑妈之所以对村里的人好，就是镇上派来的奸细，就是想通过这些小恩小惠，收买人心，好配合镇上的易地搬迁扶贫工作。

姚珍珍虽然说得有鼻子有眼睛的，但因为她给沟里人家留下的"大炮"形象，沟里人家也并未被她蛊惑，柳干巴就对沟里人说："姚珍珍的话都信，鬼都会活呢！"如果这话出自沟里那些七姑八姨之口，倒也没多大杀伤力，可这话出自柳干巴之口，就不一样了。柳干巴是啥人，那可是原村主任，一个在沟里跺下脚，山都会垮的狠人。沟里的人都十分清楚，从"土地改革"以来，他柳干巴就是这沟里的王，掌

握着这沟里的大权。村里修个房子，架个电，修个学校，接个自来水，哪一样离得了他柳干巴，就是死个人结个婚，也得请他柳干巴当总管，离了他，这条沟还真是转不动呢！好在，这柳干巴虽然人严厉点，说话有些刻薄，但大方向没歪，还勉强能一碗水端平。也正因为这一点，让他柳干巴在这条沟里，树成了一尊人人仰望的神。

不过，村子里唯一敢跟他柳干巴作对的，也只有姚珍珍了，之所以不是别人，是姚珍珍，据说还有一段风流韵事呢！当然，那得从"土地改革"那年说起了，那时，柳干巴三十岁，已经是大队会计了，掌管着累马寨的命脉，分块好田好地，分个好牛好马，有他柳干巴说话，自然管用。加之长得一表人才，手臂粗壮如牛腿，在阳光下青筋毕露，一看就是个大力饱气的人。这副身板，对于沟里的女人，有种天然的吸引力。那年，姚珍珍也刚嫁人，男人叫仲朋，可这男人不争气，那方面不行，一直怀不上，即使到了今天，也没有生下一儿半女。那些年，柳干巴一见姚珍珍，老远就笑得牙齿直往外蹦，恨不得跑到姚珍珍的嘴里去。话也黏乎乎的，说珍珍啊，你家男人不行么，我柳干巴上嘛！何必浪费资源啊！说得姚珍珍一头一脸的红，直觉全身燥热难耐。这样一来二去的，两人就好上了，后来这事败露了，姚珍珍的男人仲朋一气之下出走深圳，至今未归。姚珍珍想转正，可柳干巴不干，因为柳干巴有一个全沟里最凶恶的婆娘，根本不敢造次。于是两人反目，前十年，就不讲一句话，后来，一条沟里，早不见晚见，不知从哪时起就开讲了。不过，只要姚珍珍一开口，就没句好话，都在损柳干巴，一副大嗓门，搡得柳干巴呕得上气不接下气的，但又不敢发作,生怕惹毛了姚珍珍,要和他撕,那他柳干巴一张老脸往哪儿搁啊!

姚珍珍自然是卡住了柳干巴的七寸的了。卡得柳干巴动弹不得。每一次决策,只要姚珍珍在,一向说一不二的柳干巴,都要怯怯地看姚珍珍一眼,生怕她旧事重提,再次发作,让他柳干巴难堪。

村里人自然也是心知肚明的,只不过都是三十多年前的馊事烂事了,时过境迁,加之当年那一拨同龄人,死的死,有的外出打工,村里都很少有人会想起这事了。也只有当姚珍珍与柳干巴打嘴架时,村里的那帮妇女们,才会在一旁笑得打滚,才又会想起来,这怼怼的两人原来曾经有过那种事,才会在茶余饭后拌上几句闲言碎语,逗逗乐子。更多的时候,人们都忙于生计,很少有人在乎谁跟谁了,仿佛那只是邻村的老故事呢。

有时,就连姚珍珍自己都觉得这世道也真是无情啊,她常常想,当这世界无情到没有一个人关心你的风流韵事的时候,那这条沟还有意思吗?好像啥意思也没有了。姚珍珍感到从来没有过的死寂。

柳干巴随时挂在嘴边的一句话便是:"姚珍珍这个烂尸,你们千万不要相信她那张骚嘴臭嘴。"就有沟里的婆娘些说,那还不是你柳干巴惯出来的。当年要不是你柳干巴像老鹰护小鸡一样护着,看她姚珍珍能屙得起三尺高的尿不?

不过,最近为搬迁的事,姚珍珍是和柳干巴杠上了。两人渐渐成为村里两派势力的代表。柳干巴是老党员,毕竟当了这三十多年的村干部,也学了不少的政策,在这些大是大非问题面前,他还是能够把握得住的,也是支持党委、县政府的工作的。可姚珍珍不一样，因为在柳干巴这里没有转正，她一直对柳干巴耿耿于怀，之后，凡是柳干巴支持的，她就反对。她不仅反对，还拉着一拨在深圳珠海打工的青壮年一起反对呢！尤其沟上坎的祖拱嘴，算得上沟里一霸，一米八的个子，肥壮得像柳干巴那头骚精精的公骡子，到处逗骚撩汉的。不过，在这条沟里，就没有哪家的姑娘喜欢他，所以一直打单身。这人义气，在沟里有着较强的号召能力，在没有外出打工前，常带着沟里的林老三、李老四、王国国等几个二流子，一天赶鹤镇的乡场，不打上几架不罢休。不过，正是这种亡命徒做派，让方圆几十里地的人都对祖拱嘴让着三分，生怕啥时惹着他，遭一顿毒打。祖拱嘴还爱说流话，没承想，正合了姚珍珍的意，一来二去之间，这姚珍珍，又傍上了沟里的另一棵大树。

真是风水轮流转，三十年河东，三十年河西。这个在累马寨沟里成天鬼混、连媳妇都找不到的祖拱嘴，竟然在深圳建筑工地当小包工头干发了，不仅在深圳买了一辆路虎，还分三次共打了五十万给姚珍珍修了幢累马寨最漂亮的别墅。那别墅建在沟上游左侧的小山头上，典型的欧式风格，以米色和棕色为主色调，在庭院的外围还安装着半人高的砖石堆砌而成的墙壁，表面粗犷，中间为铁艺材料做成的围栏。这样一幢洋气的别墅矗立小山头上，显眼、鹤立鸡群，像是这累马寨突然闯进了一个洋妞，惹得整条沟都躁动起来，尤其去年刚修好时，每天都像有巨大的磁力一样，吸引着沟里沟外的围观者。姚珍珍也以此为荣，每天都生活在梦幻里。

这样一幢才修好一年不到的小洋楼，因为环保整改和易地扶贫搬迁要拆除，确实比登天还难。梅香就给赵姑妈说过:"这条沟里,只要把她姚珍珍家的洋楼拆了,整条沟就全部拿下了。可这姚珍珍家,唉,只怕是……"梅香欲言又止。个中深意,其实赵姑妈也是心知肚明的。赵姑妈又何尝不知道这其中的厉害?

梅香说:"光姚珍珍那婆娘,倒也屙不起三尺高的尿,就怕她那野汉子祖拱嘴作怪!"

梅香的话,赵姑妈信。

关于这个祖拱嘴,赵姑妈刚到镇上就听说的了,不是个等闲之辈。"在鹤镇,目前能降得住他的人,估计还没有生出来。"这话出自柳干巴,要是别人谁说出这话,赵姑妈是不会在意的,可柳干巴说出了这样的话,就让赵姑妈不得不掂量了。

不过,赵姑妈不信这个邪,她本就是一根筋,想当年在文博社区,让她去管馋嘴街,不准乱在街上摆摊设点,就有一街霸横行,提刀要和赵姑妈拼命,硬是被赵姑妈迎上去,以脸相对,震住了那街霸,终于没有挥下那手里的刀,反被迅速赶到的警察给逮了起来。赵姑妈虽是一女儿身,可面对流氓的那种无所畏惧,从气势上就占了上风。

有了文博社区的那次怒怼,赵姑妈算是第一次吃上了螃蟹,不怕了。

就是啥祖拱嘴,也不会怕的。这是赵姑妈在心里给自己的鼓励。该咋地咋地,天要下雨娘要嫁人。当这句话在赵姑妈心里温润开来时,赵姑妈都觉得,自己怎么在不知不觉中变了啊,变了。

不过,赵姑妈的付出还是感动了沟里的一些人,尤其是老人和孩子。在孩子们眼里,赵姑妈俨然就像自己的妈妈一样，甚至有时比自己的妈妈还无微不至。只要赵姑妈在儿童家园，孩子们有事无事，总爱跑到家园来玩耍，跟赵姑妈粘在一起，亲热得比新娘还亲。赵姑妈和孩子们在一起也快乐无比，教孩子们唱儿歌，背古诗，做游戏，她自己也像是返老还童了一般。在老人们的眼里，赵姑妈则像是一件贴身小棉袄，穿在身上，暖在心里。她会为坎上的刘大娘带去感冒药，会为腿脚不便的张姨妈送去云南白药喷雾剂，会给病中不便的邵姐送牛奶和盐巴。还有数不胜数的例子，都让赵姑妈在这条沟里弥漫着一股温暖之气，这气，让沟里的老老少少觉得，她赵姑妈不是别人，就是沟里的亲女儿、亲妈妈、亲姐姐啊！

　　对沟里人的友好，赵姑妈也是亲身感受到了。比如，最近县里在开展人居环境的提升整治，说是搞脱贫攻坚和乡村振兴，首先要搞好人居环境的清理整治，还说国家环保督察组很快进驻鹤镇检查督导，全县上上下下都如惊弓之鸟，各级干部不分白天黑夜地带着群众干，朋友圈里还到处在转一张照片，一城管小伙没穿水衣，弯腰拱进一黑臭水沟的桥涵下掏淤泥，全身都糊满了污脏的泥水，看上去十分震撼，很励志。赵姑妈也大受感动，觉得这环境整治，也真是不易。但赵姑妈也觉得，这环境整治，早就应该整了，再不整治，农村都成垃圾场了。赵姑妈就想借此机会，也动员沟里的男女老少一起行动，把累马寨上上下下给打扫一遍，这样既干净清爽，也可以培养下沟里人家的卫生习惯。

　　可是让赵姑妈没有想到的是，她一家一户做了动员，效果却并不明显，人们一个个都答应得震天响，可就是不见动。第二天到了中午两点集合时间，只有稀稀拉拉几个人来。赵姑妈十分懊恼,觉得自己做人很失败,还当干部呢,连动员人打扫个卫生,都没有一点号召力,那以后还怎么开展工作,这搬迁就更是难于上青天了。

后来,还是肖洁出了个主意,动员儿童家园的娃娃们,让他们回去说服家长,通过小手拉大手的方式发动群众。这一招果然奏效。

赵姑妈对孩子们说:"小宝贝们,你们有信心发动你们的家长一起来打扫村里的卫生吗?"

李全全第一个站起来说:"老师,我爸爸在浙江打工,回不来,不过我会动员我姐来一起打扫。"

开始,大家还有些蒙,见李全全带头表态,就有三四个同学举手发言,都说要得,一定动员大人一起来打扫卫生。

当天下午,效果极好。当全班同学都提着扫帚、洋铲和撮箕等开始清理地上的垃圾时,大人们也坐不住了。

张大娘就说:"你这些懒死鬼些,卫生不去打扫,丢给那些半截娃娃,像啥子话嘛!"

就连柳干巴也说:"你们这些大力饱气的大妈大嫂们,能不能多积点德,去打扫哈村里的卫生,你看看人家赵姑妈,不是沟里人,比沟里人还操心。你们也不想想,人家天天带你们的娃娃辅导,又是唱又是跳的,收过你们一分钱吗?现在赵姑妈号召大家出点义务工,你几孃母是不是也该做点奉献了?再说,这打扫个卫生,也是为我们自己舒服,又不是去给赵姑妈家扫地抹桌子。唉!"柳干巴说着呸地往地上吐了一口浓痰。

姚珍珍就当场抵着说:"她赵姑妈是好人?还不就是哄我们搬迁。"

一句话，把柳干巴给呛得缩了回去，像乌龟刚伸出的头又立马被吓得缩进龟壳一样。那一脸的苦，全缩进了皱纹里。

赵姑妈也隐隐感觉到了火药味，似乎愈来愈浓了。

不过，无论态势如何变，不管沟里人怎样嚼舌根，赵姑妈和肖洁帮助孩子们补课的事一直没有落下，还不断号召山外的志愿者捐赠了一些扫帚、灰撮、垃圾桶啥的，一起带着孩子们捡拾沟里的垃圾。赵姑妈带着的一帮娃娃，俨然成了沟里的异族。甚至，村里的七大姑八大姨们，一坐在门口纳鞋垫，三句话不离赵姑妈和这群不听话的娃。姚珍珍是这群嚼舌根的人中最凶的一位，常在人群中散发一些危言耸听的谣言，说啥赵姑妈是利用这群孩子在做沟里人家的思想工作的。说啥赵姑妈是某传销组织的一员，每月额外工资两三万，是在发展下线。这些谣言，说得有鼻子有眼的。说得人心惶惶，不知所措。

六

临近年关，回累马寨沟里来的男人像掉线的算盘珠一样，一个接着一个。个个大包小包，有的满脸喜气，一看就是挣着钱的主儿。有的愁容满面，不用说，定是流了血汗没讨到工钱。当然最威风的，还是祖拱嘴了。

拱嘴回来的那天，开了一辆宝马X6，虽然开不到村里，但刚开到山脚下的鹤村不到半小时，拱嘴开豪车回家的消息已经像长了翅膀的风一样飞到村里,听得村里的婆娘们一个个瞠目结舌。柳干巴家婆娘就斜着个眼说,这个绝八代的,当时在村里那怂样,日脓包一个,才出门几年,就蹬打得人模狗样,这世道也真是神了。还问柳干巴,到底是宝马X-B6好,还是咱累马寨的乌蒙马好。一句话把柳干巴呛得淌眼泪,差点背过气去。

好一阵,才终于缓过气来,回道,你说些啥子哦!人家拱嘴那宝马,是要管百把万的,咱家那"宝马",能卖个七八千我就用手底板煎鸡蛋给你吃。啥不懂么还X-B6,真是笑死人了,请你以后别开这种黄腔了好吗?说得婆娘红眉毛绿眼睛的,只拿对汤圆般大的眼睛盯着柳干巴。

"那今儿晚一定又去姚珍珍家,不信你等着。"

"我等他做什么,他家的野事,关老子屁事,这些馊事烂事你莫管哈。我现在只担心一样事,但愿没事。"

柳干巴说完就再也没有下文了。整得婆娘倒神秘兮兮的,把胃口吊得老高老高,睁着双眼垂涎欲滴地盯着柳干巴看。

周末上午,柳干巴接到镇上电话,说从明天开始,要进村开展易地搬迁工作,一个月之内,要全部搬完,要柳干巴全力配合做好群众工作。

柳干巴一下子就蒙了。

眼下正是收割季,成天大雨麻淋的,那么多的苞谷洋芋要堆放,还有那些个牛牛马马羊儿猪儿,哪一样能放在外面?村里人都在这沟里住几十年了,怎么能说搬就搬呢?再怎么说也得给咱小老百姓一点点准备的时间啊!

柳干巴二话没说,拉出自家的枣红马,马鞍都来不及上,一纵步跳将上去,打马下山,朝镇上奔去。

平时骑马需要走一个小时的山路,柳干巴只用了四十分钟就到了,足足提前了二十分钟。柳干巴虽然骑马,但感觉比马还累,他的马儿大汗长淌,他也喘成一团,满身虚汗。

事实上,柳干巴在村上也干了这几十年了,啥阵仗没见过,这些年,按照姚珍珍奚落他柳干巴的,就是啥缺德专干啥,啥计划生育断子绝孙,修公路拆房子挖祖坟,哪一样不是坏透顶的绝事。柳干巴还记得姚珍珍说话时的样子,嘴角往上撇,那种不屑,那种损,也只有他柳干巴受得了了。

本来,柳干巴是想回嘴的,他想说,我柳干巴这干的哪一件不是大事,不是利国利民的好事,咋在你心目中,就成了馊事难事绝事了呢。尽管柳干巴久经沙场,可谓老油条了,但心里还是有那么一丝丝不快。为这些年当这个村干部给人留下的坏印象懊恼。

到镇会议室门口,只见阳书记、樊镇长与几个班子成员坐在沙发上。方副镇长正坐在门边,眉头紧锁,嘴里咬着一支烟,也不嗨,但烟雾自然升腾。他边听边做笔记,像是有啥重要的事非要往本子上写下几个黑字似的。

"老柳,你来了就好,快进来。"阳书记朝柳干巴招了下手,示意他进去。

柳干巴侧身进去,找了个靠边的位置坐下来,还没有掏出笔记本,阳书记就发话了。

"基本情况,方副镇长电话头也和你说了,一个字,拆,一周搞定,给有信心?"

柳干巴心里咯了一下,他想说不,但眼看这阵势,这表情,这态度,是不行了。他想说干,可又顾虑重重,他第一个想到的,就是祖拱嘴和姚珍珍,不知道这对狗男女会弄出啥捎皮的事来。

柳干巴还没有回答，才稍稍迟疑了一会，阳书记就厉声吼道："一个字，干还是不干，在这节骨眼上，咱共产党员，可不能拉稀摆带，不干我就喊干得了的人去干。"

事实上，阳书记平时是一个相当和气的人。在柳干巴的心里，他干这近三十年的村干部，所遇到的书记，都有点一唬二吓的做派，好像基层工作不这样就没人听一样，像阳书记这样彬彬有礼的，他还没有见过。今天阳书记这态度，让柳干巴感受到了那种发自于阳书记头顶的压力。那可不是一般的压力啊，一定是重如泰山。

其实不用多说，这段时间的环保督察，柳干巴是知道厉害的，国家环保督察才出马一个月，全国上下已经有好几百官员落马了，他柳干巴又不是吃素的，毕竟还一直天天关注着新闻。

柳干巴横下了一条心。柳干巴想起了当村干部的种种油水，这些年来，虽然自己也确实为群众办了不少实事，自己也忙得够呛，风来雨去，吃苦受累，哪一次山洪暴发没有他柳干巴指挥，哪一次有了好政策，不是他去为累马寨的人各种争取。但同时，柳干巴得到的油水，也可谓数不胜数。比如早年大表哥要参加招工考试，别人要找机会十分难得，可是他柳干巴硬是提早就安排得妥妥帖帖。再比如，尽管那低保是群众投票产生的，可投票的村民多少还得看他柳干巴的脸色啊。人在屋檐下，不得不低头。这句话，不就常常挂在他柳干巴的嘴边吗？

柳干巴打马回寨。

他铆足了劲，连夜召开了村民小组长会。他说，我柳干巴这辈子没有求过你们吧？

众小组长说，没有没有，你怎么会求我们呢？只有我们求你老人家的。

柳干巴说，这回还真得求你们了，只求这一回。干还是不干？

众小组长说，当然干，这可是糠篓跳米篓的大好事，怎么不干呢！

二组小组长定山说，干巴，你平时对我的好，我定山都记在心头的，去年我妈升天，要不是你主事，我哪有这本事把老人家送上山？你说一声，就是死，我也心甘情愿了。

没那么严重，哪能说死就死了。天塌下来，还有我柳干巴顶着呢！

我去准备挖机。明早天一亮就开干。定山斩钉截铁地说。

众人响应。各自散去，分头到一家一户做工作。

只听村中狗吠，有些兵荒马乱之感。村中一片漆黑，唯有姚珍珍家的别墅里，射出了耀眼的灯光。

天才麻麻亮，柳干巴就提个小蜜蜂，走到村子中间的场院，大声武气喊起来："各家各户注意了，起早点，准备哈，九点开拆迁动员大会，樊镇长要来做动员讲话。"

累马寨像是被柳干巴喊醒了一样，一下子聒噪起来，鸡的打鸣声、马牛羊的鸣叫声和狗吠声交织在一起，此起彼伏，像是刚经历了一场混乱的战斗，搅得柳干巴心神不宁。

不过柳干巴抖了抖身子，自我提振了下精气神，自言自语地说了一句：老子柳干巴铁石心肠一个，才不会心乱如麻呢？柳干巴说这句话的时候，感觉有一阵凉风从脸上狠狠地甩过，打得他有些生疼。

柳干巴多少还是有些号召力的。约莫过了半个小时，就有几个婆娘拖着娃娃，揉着眼屎，歪偏偏地走到场院里，像是还没有睡醒的夜游神样。

祖拱嘴家大嫂就过来问，拆了我们住哪点？未必一大家子在外面打野。

镇上已经在城里的幸福居给你们备好房子了。拎包入住。

才不稀罕啥楼房，我们农村人，住那高楼上，一块滑石板，啥也没有，喂个猪啊鸡啥的难道还吆上楼去，笑死人了。

几个婆娘就附和说，是啊是啊！在那城里，站着坐着都要钱，吃个水用个电啥的都要钱，吴家村我老表家半年前搬进城里的安置小区，就是个例子，根本不习惯。我们这些斗大的字不识一个，打望天锤的粗人，还是住这累马寨踏实点。

柳干巴就一大声吼过去："你个烂婆娘，说个球，照你这种想法，祖祖辈辈就只有像猪一样窝在这累马寨了，没一点出息。"一句话把祖拱嘴的大嫂喷成了焉茄子。

见祖拱嘴的大嫂都不是下饭菜，其他婆娘也就不敢多嘴了。

不过，柳干巴还是从祖拱嘴大嫂的牢骚里听出了弦外之音，柳干巴隐隐地感觉到，会有什么事情要发生。尤其到了八点四十，除了二组定山开了个挖机过来，除了几个村民小组长，还没有村里的其他男人出现在场院，这不合常理啊，那些拖着拉杆箱回到寨子里的男人都死光啦！柳干巴心里直范嘀咕,看着眼前这一帮婆娘,头上就开始冒冷汗了。柳干巴一向是相信自己的直觉的。可这种直觉还来不及细想,樊镇长的车就已经来到了场院,同车下来的,还有赵副镇长赵姑妈。

赵姑妈一脸凝重,穿一件志愿者的红色冲锋衣,在人群中显得格外醒目。樊镇长一脸的豪气,手一挥:"老柳,还磨叽个球,开干。"

柳干巴也许是受到樊镇长的鼓舞,站在人群中,扯长脖子大声吼道,各家各户,今早回去赶紧收拾东西,牛马牲口该处理的,抓紧处理,给大家两天时间,今天我们先从二组张八儿家三兄弟拆起,做个示范。

柳干巴话音未落,只听嗖的一声,不知是啥东西以迅雷不及掩耳之势,击穿了他的耳朵。柳干巴感到一阵生疼,本能反应,用手抚了一下,湿漉漉一片,一看,不得了,满把鲜红的血,冒着热气,散发出一股抵挡不住的腥臊气。

"不好,是竹箭。"定山慌乱中吼叫起来。

话还没吐完,头上就挨了一石头,打得鲜血直冒。随即,几个挖机师傅,五个村民小组长,全部挨了竹箭和石块,纷纷倒在场院里。

这时,村后山头上传来喊话声:"听清楚了,镇长大人,柳干巴,要搬你们搬,我们是不搬的,死也要死在这累马寨。"一听这声音,柳干巴就知道是祖拱嘴。

就是这个拱嘴在背后兴风作浪。柳干巴转头对樊镇长说。

说话间,只听一阵冲锋般排山倒海的脚步声,就听到山头上冲下来一群壮汉,个个手里都拿着木棒、弓箭、板锄,跟古代战场的气势不相上下。光那阵势,就吓得场院里的那帮婆娘和娃儿些呜唏呐喊的,作鸟兽散,哭喊声混杂成一片。长这么大,谁见过这阵势啊!

定山直接被吓尿了。

这阵势,就连樊镇长都无法掌控了,慌乱中,只急忙呼喊:"赶紧撤,出大事了。"

听樊镇长都没辙了,受伤的几个村民小组长,也赶紧从地上爬起来,像受惊的狐狸样惊慌四散。

场面一片混乱,像是冷兵器时代的古战场。胆小的,胆都给吓破了。

喊杀声混杂成一片,有人拿铁棒砸车,有人直接把一张面包车推翻在地,四脚朝天,还有人直接点燃了一辆小越野,一时间,现场乱成一锅粥,砸车声、燃烧中发出的哔哔剥剥声响,是要炸裂整个世界,恐怖气息弥漫在村庄上空,像有一万个魔鬼在村子里群殴。

人群中,唯有赵姑妈挺身而出:"要杀要砍由你们,大不了把我吃了。真是胆大包天!你们成天窝在这山沟沟里头,井底之蛙,也不伸出头去看看外面,都变啥样了?看你们这野蛮劲,跟原始人样,你们给晓得,今天是法治社会,犯法了都不知道,还不赶紧给我住手。"

别看赵姑妈长的文弱,一席话却说得掷地有声,像是在地上放了两个炸雷,一下子把在场的所有人都给炸晕掉,晕头转向的。

这场混战,八人受伤,其中镇上干部五人,群众三人。受伤最重者也就是李有光了,李有光本来就在建筑工地上受过伤,行动不便,在慌乱中奔逃时,又崴了左脚,骨折,脑门也在摔倒时磕在一块石头上,蹭破了皮,血从头上淌下来,糊住了眼睛。加之脚被崴伤的痛苦表情,李有光看上去就像是战场上的危重伤员,让人看得心焦。

混乱中,镇上干部四散而逃,溃不成军,村民也跑的跑,逃的逃。像是换防一样,妇女儿童和老人都像是退去的雾样,一下子撤得一干二净。场坝里,就剩下些打工回来的青壮年,这些人,就连倒在地上的李有光,也都不一定认得全,那些小半截些,才出去几年,一个个染了黄头发,脚上手上文了身,画得花里胡哨,有的小伙子还打了耳洞,挂个大耳环,穿个牛仔裤也洞洞眼眼的,这些,在受伤的李有光看来,尤其在此刻,完全变成了一群魔鬼。

李有光这惨样,也一下子激起了不明真相的群众的愤怒,四散的村民再一次聚拢,七嘴八舌吵作一团。

有人说,送到市医院去,看他爷仔管不管。

有人说,送到华西医院去,住他个半把年,让他龟儿子些去服侍。

李有光却不买这些小半截的账。大声吼道:"你这群鬼娃娃,老爷子被你们害死了。累马寨就毁在你几爷仔手上啊,天啊!"

李有光说一句,老松树皮一样的手抹一把脸上淌下的血,把个脸抹得比鬼还怕。

尽管干部群众围了一大圈,可谁也不敢去扶倒在地上的李有光,镇上的几个干部呢,都受了伤,有的逃到了山林里,只有赵姑妈敢上前。

肖洁也赶来了,赶紧打了120急救电话,跑前跑后帮着赵姑妈去搀扶那些受了伤的村民。肖洁也发现了躺倒在墙脚的李有光，只见他的两个孩子李兰兰和李希希，李兰兰一头散发，脚上还擦破了一小块皮，血珠珠正往外冒。李希希可能慌乱中没找着鞋子，光着个脚丫，只穿了一件单薄的烂了一个洞的T恤。赵姑妈见两个孩子可怜，一把揽在怀中，用手抚摸着两个孩子的头。李兰兰见肖洁正在伸手去扶他爸爸李有光，迅速来到爸爸身边，赵姑妈也赶紧上前帮忙，几个人把李有光从地上拉起来。

李有光说："我没事我没事，别管我，就是这条烂腿不争气，被几个背时儿子撞倒后，就一直爬不起来。"

说话间，只听轰的一声，李有光家的烂土墙房子就瘫倒在地，一股黄灰直往上冒，像是原子弹爆炸时升腾而起的戈壁上的蘑菇云。挖掘机的长臂和斗，在黄灰中上下抖动，恍惚间像是一只腾空而起的老虎，让人胆寒。

李有光的心一下子碎了，碎得像是倒在地上的一盆木瓜凉粉，一下子成了一摊稀泥。

拆除房屋的行动虽然受到暴力阻拦，但柳干巴就是柳干巴，当冲突接近尾声时，是一定要干掉一家房子的，要不然，今天的拆除行动就是失败的，就没有按照镇上说的实现"零"的突破。也许，这就是柳干巴的厉害处。也难怪，这柳干巴几十年在这累马寨一直金刚不倒。

"完了，完了，完了。"李有光再一次瘫坐在地上。

那一瞬间，难过的不只是李有光，还有赵姑妈。事实上，赵姑妈也不是无情无义没有血肉的人，她的心紧紧地扭在一起，像是要把所有的血都挤出来一样的疼。到累马寨工作这一段时间的点点滴滴，很少回家照顾生病的父母，丈夫的数落，孩子的叛逆和厌学，等等，所有这些辛酸往事也

像放电影一样,一幕幕在眼前回放,让她感慨万千,心潮澎湃。她也想起了那句古话"在惯的山坡不嫌陡""金窝银窝,不如自己的狗窝"。这李有光,毕竟在这累马寨土生土长,再烂的房子,也是他李有光的家啊!可是时代大潮滚滚向前,脱贫攻坚的号角已经吹响,岂是她赵姑妈和李有光能够阻挡的?

赵姑妈再一次流下了滚烫的泪水。

赵姑妈一脸悲悯的神情,轻轻地伸手去拉李有光,可李有光哪还有气力,双手一摆,脑袋一耷拉,像个即将落气的活死人。

"快醒醒,李大哥,别着急,妹子已经给你安排好了,你家的房子,就在幸福居。你家按照四个人算,一百平方米,够住了。今天就搬家,快收拾东西去,我马上安排张小货车进来。"

赵姑妈的声音之大,真有点歇斯底里的感觉,好长一段时间,她的声音还在山谷里回荡。

七

搬进幸福居,正值深秋。四周的田野一片枯黄,却也是丰收的象征。可这一切在李有光的眼里,全成了破败。站在分给自己的新房子里,李有光像是来到了另外一个陌生世界,白天,他看着五公里外的城市楼房发呆,不知道自己能够在这座城里做啥赚钱,养活自己的娃。晚上,李有光在孩子们睡后，就提一酒瓶，坐在阳台上闷喝，看着城市闪烁的灯火发呆。

李有光其实也是想靠勤劳的双手打工挣钱的，可是腿不争气，尤其天气变化时，疼得钻心。他就会多喝几口"黄汤"，像是给自己打麻药，麻痹自己。有好几天早上，李全全和李希希都去上学回来了，李有光还没有起床，更别说给孩子们煮饭了。孩子们常常是煮个洋芋，吃个冷馒头啥的充饥。幸好，学校里有营养餐，李有光也嫌孩子回家麻烦，就让全全和希希直接在学校吃午餐了，倒也省事。

李有光打破脑壳也想不出，自己还能在这座城市做点啥谋生。他也曾想过，等自己腿脚好点，也去工业园区鞋厂做工，可是这脚啥时候能好？成天钻心的疼痛让李有光感觉遥遥无期。再说，最近易迁办的同志联系了工业园区的人，到幸福居招人，这些从高山搬上高楼的人，一个个都很胆怯，不知道自己能不能适应。有几个中年汉子刚招进去几天就被辞退了，说是身上汗味太浓，工友们受不了。

有几个在江苏浙江打过工的年轻人去了几天就不干了，嫌工资太低，干一个月才两千多，根本不够用。又丢下老人和孩子，再启程，奔赴外省谋生。各种因素，导致工厂无人用、农民无工做的尴尬局面。

李有光是在外打工回来的残兵败将，无心也无力东山再起了，可是在这幸福居，他有种上不沾天、下不着地的感觉，生怕啥时摔到地上，砸得粉身碎骨。

很多时候，李有光都是迷茫的，之所以喜欢喝两口，还是因为烦。李有光想让酒精钻进每一个毛孔，让自己成天浑浑噩噩。在他内心中，未来是没有前景的。他时常挂在嘴上的一句话就是：我没家了，我的家在累马寨，被挖了。李有光最担心的不是自己，而是三个孩子，他们长大了，要是在这城里找不到一份工作，他不知道这些失去土地的孩子们怎样吃饱穿暖。

像个气球一样的李有光，成天泡在酒罐里，喝多了，就在幸福居的小区里游荡，撑不住，随便倒在哪个角落，也能够呼呼大睡。

有人说，在这幸福居，最幸福的人，就是李有光了，因为他不想事，脑子不装事。事实上，李有光脑子里装的事杂如乱麻。这也就是每一次喝酒，他都要闯会议室和办公室捣乱的原因。

那天，要不是赵姑妈和肖洁把他扶回家，又要在小区过道冻一晚了。肖洁就十分担心地跟赵姑妈说过，要是老李哪天冻死在小区，才不得了了。赵姑妈嘴上不说，其实心里又何尝不担忧？赵姑妈不止一次上门做李有光的工作，给他讲挪穷窝断穷根，彻底搬离那个屙屎不生蛆的地方，学点生存技能，开始新生活，同时也为后辈着想，让子孙们从此走出大山的道理，可是哪一次说服过他？李有光多话不说，只一个劲埋头喝闷酒。

就连肖洁都夸赞赵姑妈，说赵姑妈真是太有耐心了，这李有光像茅厕里的石头，又臭又硬，赵姑妈竟然还有如此耐心去做他的工作。贫困群众又不是只他一个，还有那么多的人要管。每每在这种时候，赵姑妈就会白肖洁一眼，说，姑娘，脱贫路上，贫困群众一个也不能掉队。不说别的了，你就看看那个李全全和李希希，多么可爱的两个娃娃，却摊上这么个酒鬼爹，这个家，要是李有光撒手了，就彻底完了，到那时，留给社会的包袱更重，所以，即使工作再难做，也一定要把这个李有光转化过来，让他重燃起生活的信心，从头开始。

真是功夫不负有心人，赵姑妈硬是以一点点实实在在的行动，感动了李有光。

尤其那天把李有光扶回家，一直守着，直到他醒来，还帮助他家打扫屋子，亲自下厨给李有光做了一顿可口的饭菜，陪着李有光一家吃了顿热饭，让李有光当场就抑制不住，流下了热泪。李希希和李全全也是高兴得不得了，像是过大年一样开心。李全全一高兴，吃完饭还表演了一套刚在社区学校学会的武术《少年中国》给赵姑妈和肖洁看。"少年强则中国强。"当这句充满阳刚之气的歌词从李全全这小子的嘴里唱出来时，李有光就像是被打了鸡血一样，眼里一下子闪射出一道亮光。像是有神医突然点中了李有光的某个穴位一样，让他一下子满血复活。李希希更是高兴得缠着肖洁，说姐姐，快借你的手机来，跟不久前刚到江苏打工的大姐李兰兰视频，让大姐也看看弟弟在学校里学的武术表演。

视频里，远在江苏服装厂打工的大姐李兰兰笑开了花，她的旁边还站着她男朋友，她男朋友也一脸欣喜的样子，扮了个鬼脸。李兰兰先是笑，笑得像个烂柿子，笑着笑着就哭了，大滴大滴的眼泪滚落下来，抽泣了好一会，才幽幽地说了句："赵姑妈，谢谢你了，你可是我们家的大恩人啊。"

赵姑妈赶紧伸过头来，对着拿在李希希手上的手机视频说："姑娘，不要这么说，你安心上你的班，家里一切都好，你爸爸的腿也好转了，我们正在考虑他的工作问题，弟弟妹妹上学也很好，就在小区隔壁，五分钟就走到了，教学质量可比累马寨强多了。"

李希希控制不住自己的激动，对着视频说："姐，看到了吧，弟这武术表演就是上周体育老师教的，牛不牛？哈哈！"说着就朝李兰兰得意地笑了笑，把李兰兰也逗得笑了起来，那又哭又笑的表情，把一旁的李有光惹得忍俊不禁。

看到李有光一家那满脸的喜悦和幸福，赵姑妈感到一股暖流从心底涌起，她感觉到屋外的阳光好明媚，从来没有今天这么耀眼过，她觉得能带给别人一点点阳光，一点点帮助，是多么幸福的事。她觉得之前所受的委屈和不快，都像一缕青烟一样，飘散在了天空中。

赵姑妈突然想起了什么，转过头，有些激动地对李有光说："李大哥，我看你的腿也好得差不多了，你还是要振作起来做点事，我也去找了领导，给你争取了一个公益性岗位，每月工资两千元左右，还会给你买五险的。以后你就发挥你能说会讲，出门打过工，见过大世面的优势，配合我们社区做易迁群众的思想工作，一定要引导群众学习新本领，融入社区新生活。"赵姑妈说得起劲，像是在发表演讲。

可赵姑妈也注意到，李有光好像没有底。李有光淡淡地说："大妹子，你让我去工厂或者工地出点笨力还行，我这一副酒鬼模样，成天还需要你们上门来做思想工作，你反倒让我去做群众工作，这不是存心闹我的笑话吗？我干不下来。你还是另请高明吧！"

赵姑妈皱了下眉头，说："老李，你可不要小看了自己的能力哦，我看你一喝两口，到会场吆喝几声，几个乡镇搬来社区的群众都跟着你起哄，你煽动力可不小啊！李大哥，你就不要推辞了。只是……"

"只是啥啊！大妹子，你们这些当官的，说话就是不爽快，要杀要剐直接说，别这样吞吞吐吐的，咱累马寨人不喜欢你们这云里雾里的说胡话。只是啥？你直说，能做到的，我一个男子汉，一定做到。"李有光说着就拍了下胸脯。

"李大哥，你一定能做到的，很简单。你如果真认我这个妹子你先答应我，妹子再给你说，反正又不会让你去跳崖的，你放心好了。"

见赵姑妈如此和颜悦色地和自己说话，李有光再也不好说什么了，只一个劲地点头说："好好好，大妹子，看在你这久一直关照我的份上，你就说吧，我答应，我答应。也真是服你了。"

见时机成熟了，赵姑妈就直截了当地说："李大哥，我要你做的其实很简单，就是这一口，得戒了。"

"啊！这不等于要了我的命。我不干，我不干。"李有光像是吃了炸药样，一下子炸得跳了起来。忘记了自己的脚痛，猛地站起来，才发现腿还没好全，疼得一屁股坐了回去。

经过三天的思想斗争，李有光还是主动找到了赵姑妈："大妹子，我听你的。为了两娃，我认了。"

赵姑妈喜出望外，感到从未有过的成就感。

八

社区调解员李有光正式上岗，每天八点前，穿一件后背印有"有爱公益行动"的黄色冲锋衣,准时走进幸福居社区信访办,翻阅易迁群众交来反映各种问题的信访件,一一梳理。这之后,李有光成天上东楼进西楼,走张家窜王家,修马桶通管道,管治安管卫生,不多久,就成了小区最得力的大管家,成了赵姑妈最给力的助手。

李全全和李希希,也成了爱心感恩超市的小助手,每天周末,就戴上红袖套,到超市里帮助阿姨们打理超市,帮一天忙,也会得到超市奖励的一袋面包和一大瓶矿泉水,两姐弟就高高兴兴地搬回家,盼着老爹回来点个大大的赞。

在赵姑妈的协调下,李有光家安装上了一元钱热水器,分期付款,商家就可以给幸福居中的贫困群众安装一个电热水器,群众每天还不低于一元的款,如当天挣到了更多的钱,也可以多还,挣到更多的钱了,甚至可一次性还清,这个办法让社区所有搬进高楼的贫困群众全部洗上了热水澡。

李有光说,自己从来没有这样清爽过。

九

一年后,因妨碍执行公务罪判三缓四的祖拱嘴,也搬进了幸福居。

当然,姚珍珍也搬来了,还意外怀上了。

验粮官

刘兴邦

当国家把农业税取消的时候,王长生心里一团乱麻。

本来,取消农业税,不交公粮,那是天大的喜事啊,还乱个锤子。但王长生不一样,他有个瘸腿的女婿。

瘸腿女婿有什么值得炫耀!且慢,别看他瘸腿,可女婿是个官。多大呢?芝麻绿豆都算不上,本来嘛,在中国的官职中,就没有验粮官这个说法,只是验粮员。但当地习惯都称验粮官,也就凑成官了。

在没有取消农业税前,他的瘸腿走一步在地上划拉半个圆,相当于走一步在地上圈块地,没有人觉得腿瘸有多难看。

但这下,完了,咋办呢?王长生感觉下了把臭棋。现在来看,女婿的瘸腿每在他面前划一步,就像小卒往前拱一下,硬是把他这老将整了在田字格里动弹不得,窝心了。

那年头都风光啊!女婿还没成他女婿前,他见证过女婿的能耐也吃过他的苦头。

来了,来了。

有人这样喊道,人群一下骚动起来,都向一个方向张望。

太阳刚刚从山边冒出来,橘黄的阳光照着长长的交粮

小说

队伍。天老爷,这个队伍也太长了吧,歪歪扭扭一眼望不到头,马车、驴车、牛车、手推车一架接着一架,把整个路面都占得满满当当。

拐过一个弯,在相对直一点的路上,王长生终于看清了,一个人逆着光走过来。

走一步,左腿在地上画半个圈,画半个圈左肩向下塌陷一下,来人走得摇摇晃晃,一瘸一拐,看着比较滑稽,却没有一个人敢笑。实际上,这个时候也没有心情可笑,大多数人都是排了半夜的队,能笑得出来么?

粮站离村子有些距离,附近十三个村子的公粮余粮都要交到这里。最近的有一二里,远的村子有十多里,如果是手推车要走半天才到。收粮就那么短短十天左右,那么多人,不提前排队,交不上粮,是闹着玩的?一夜冷露水,空气中清凉寡淡让人又冷又饿,人困马乏。听见"来了,来了",什么疲乏都没了,大家都肃立以待,有认识的人讨好地打着招呼,不认识的也满脸堆笑,做出一副乡里乡亲早已熟识的表情。瘸腿验粮官目不斜视,公事公办地走着,对于打招呼的人只是随便点点头而已。

对于交粮本身,王长生没有任何想法,种地纳粮,天经地义,自古这样,这道理王长生懂,农民再没文化,这点觉悟还是有的。但每年交粮,还是让他连续几天吃不好睡不好。在他看来,连夜排队不算个事,种田的人,还吃不了这么点苦?他也不是舍不得交粮,上交给国家,有什么舍不得的。但这几年交粮的过程还是让他想起来就像生吃苦瓜。

要把这三百二十斤公粮交出去,难哦。稻谷、苞谷是干的是潮的,是秕是饱,有没有草叶杂质,符不符合国家验收标准，全凭验粮官说了算。瘸腿验粮官胳肢窝下夹着一柄长长的验粮器，验粮器前端又细又尖，中间有槽中空着，扎进口袋里后粮食可以从槽中漏到手柄中，手柄也是空的，顺着就可以滑到验粮官手里。验粮官掌握判定权，点头了，欢天喜地拉过去过磅签字。如果说句不可以，随便搬出一项理由，再牛的人，也只得乖乖拉回去。任你怎么求爷爷告奶奶都没用，不饱满，有霉的重新换粮食，不干的晒干再来，有草叶杂质的扬干净了再来。扬不干净，用嘴吹干净也可以，反正说不行就是不行。再来就一定能交上？那可不一定。有一年，王长生就跑了三次。

  正午的时候，终于排到了。王长生讪讪地讨好地笑着，他内心很矛盾，一方面希望瘸腿验粮官记得他，有点交情总是好事情。另外一方面，也不希望他记清楚，前年和去年都没有一次性过，特别是去年，说他的稻谷瘪子多，成熟得不好。退回去后，王长生玩了个心眼，并没有拉回去重新用风扇把瘪子扇掉，而是拉着马车转到了队伍后面重新排队。这个瘸腿验粮官腿瘸，心可不瘸，眼睛还贼毒。王长生特意换了个行头，把头发弄得像鸡窝，与别人换了衣服，重新戴了个黑皮帽子，到粮店门口特意把枣红色的马都拴在路边电杆上，用人力推进去。可瘸腿验粮官还是一眼就认出，验都不验，直接把他撵出来。真他妈的邪门，那么多人他竟然会记得！

  显然，那天王长生是多想了。人家才懒得看他一眼。瘸子验粮官眼里只有武器和目标，武器就是验粮器，目标就是六个麻袋，验粮器当地人称为匕子，瘸子就像个屠夫挨个把目标扎了个遍，前中后随意戳进去取样，一是看成色，托在掌心阳光下晃动，谷粒成色怎么样立刻大白天下。二是听响声，从金属的匕子里流出来顺滑清脆和滞涩沉闷凭感觉就知道好丑。至于干湿，随意挑选几粒丢在嘴里一嗑就知道。在上粮的人眼中，那长长的匕子就是匕首、刺刀，每扎一下，心里就紧缩下。

千小心万小心，那次还是又栽了。当然，这不能全怪瘸子验粮官，自己老婆在装的时候有她的小心眼，苞谷少晒了一天，用牙一咬，不能咯嘣脆为几块。稻谷收下，苞谷晒干再来！验粮官如下圣旨，念完后，眼都不抬，走向下一家。

折回去太费劲，只有在路边铺开遮雨布晾晒。好在，在路边晾晒的不止一家，风餐露宿，吃睡都在马车上。

王长生掏出车上带着的劣质苞谷酒灌了几口，恨不得跑回去锤死家里的憨婆娘，自己是头猪还以为别人也是猪。

当然，事情出现了转折，不然我也不说这个故事。最后的结果是媳妇没被锤更没有死，却在几年后，阴差阳错把验粮官收为自己的女婿。期间过程，说简单也简单，大女儿虽然聪慧漂亮，却一只手掌秃着，在农村，自古以来都靠劳动力吃饭，手脚不灵便是要命的缺陷，所以一直拖成老姑娘。也是机缘巧合，后经人媒婆说合，阴差阳错，瘸腿验粮官当了他王长生的女婿。虽说年龄大了五六岁，是个瘸腿，却是端着公家饭碗的人，磕头遇到天了。

可农业税一取消，不上公粮啦，虽说饭碗没丢转到乡上的粮管所，也还有工资可拿，但这个官立马变得一文不值，不能与当年同日而语。大家欢呼雀跃，只有王长生一家心乱如麻。

很多人等着看笑话呢，夫妻两个一个脚瘸一个手秃，在农村怎么活呢？

"验粮官，在家呢！""验粮官，今天没去上班啊。""验粮官，来帮我看我家谷子晒干没有，不然收到柜子里起油子呢！"

验粮官这个称呼让他一脸灰暗，听着刺耳。

村里人都以为验粮官要被喊死了，可让王长生老者得意是验粮官女婿没被喊死，却活了过来，活得比以前还更滋润。

怎么说呢？几年后，王长生闲来无事坐在瘸腿女婿在乡上开的"大地种子公司"与隔壁开五金店的老张边下棋边闲谈。

"他妈的，从哪里说起啊？就这样跟你说吧！时代好，社会好啊！穿衣吃饭早过了过去靠手靠脚出蛮力的时候了。"王长生老者突然得意起来，自问自答："靠哪里？靠这里。"他指了指自己的脑袋说，这是个靠脑袋吃饭的年代，像我这样，一辈子好手好脚一身蛮力，有什么用，到头来什么都没有苦得。他们倒好，不动手不动脚，风不吹雨不淋太阳不晒的，动动嘴皮子，又开种子公司，又玩电商，还到县城里开个什么"验粮官无公害农副产品"，生意好得挤破脚趾头，扯什么蛋嘛，粮站都没有了验个棒槌的粮啊。

"王老倌，你莫狂了！前几天，有人去城里，看见他真的又在验粮了。"一同冲壳子的谢老倌说道。

"粮站没有了，那个匕子早闲置多年都快锈了，他验他妈脑壳的粮啊？"

"你真是太老套了，现在生活好了，城里的人要吃不压化肥老品种的粮食，你家女婿在收粮食的时候，又拿着那个匕子扎来扎去，专要好的才收购，挑三拣四，比那些年还牛！"

"将军！你完了！"王长生老倌把马踏开，车将军。老将动弹不得，老张面红耳赤。

这一步，王长生老倌龇着豁牙笑，马拉走，车开来，又走了步好棋。

卖火把的小男孩

李煜萱

到了,到我们花红园了,去和哥哥一家过火把节了!

太阳还没爬上山头,我和阿卜(彝话的爸爸)已经拉着满满一车的猪鸡鸭牛、蔬菜瓜果来到了花红园村口。满心欢喜的我,被阿卜一声"下车"叫醒了。

"阿卜,还没到哥哥家呢嘛,下车整哪样?"

"你看看,堵车了!"

我往窗外一看,黑白红黄的小轿车,已经停满了通往哥哥家的唯一一条马路的两边。平常宽宽的柏油马路,突然变成了一条只能走三五个人的人行道。

"阿卜,怎么会有这么多小轿车?"

"都是上山来过火把节的城里人。"阿卜一边说一边把后备厢里的菜往外搬。

"那么多菜怎么拎到哥哥家啊?"我自言自语,顿时发起了愁。

我拎着一个大冬瓜,艰难地走着。迎面走来一个脸像包公一样黑的小伙,一边推着小板车,一边不停地招手。近前一看,啊,是正东哥哥呀!

"哥,一年不见,你怎么变包公了,我都认不出你了!"

"小妹,这个叫健康色。"

我俩一边说说笑笑,一边把一车菜推回了家。

嘎——吱!我使劲推开狮子咬环的那扇老木门。哇,这么多火把!大的、小的、高的、矮的、胖的、瘦的,它们像极了一支火把部队,整整齐齐地顺着院墙排好了队,就等一声号令,便立刻上战场。

"哥!你怎么给我准备那么多火把呀!我一年也甩不完呀!"

"小妹,你想多了!你的火把还在爷爷手里呢!"

转头一看,爷爷手里正拿着一支小火把,小得那么可爱,像个小棒槌;小得那么漂亮,像棵仙人掌;小得那么精致,像个小娃娃。"小娃娃"身上乐开了无数的嘴巴,嘴里插满了木头小锲子。哈!哈!太可爱了!太喜欢了!

"爷爷!爷爷!"我一头扎进了爷爷的怀里。

"小宝,我给你扎的火把,拿着!"

我抱着自己的"小娃娃",在院子里舞来舞去,一刻也不想和她分开。

哥哥却还在不停地往家里搬火把。

"哥,你搬那么多火把来干什么?"我一脸的不明白。

"晚上你就知道啦!走,跟我去舅爷爷家!"

我好奇地跟在哥哥后面,想看看他在搞什么名堂!我们推着小板车,来到了舅爷爷家。哇!舅爷爷家的老房子完全变了样,木门变成铁门,土坯房成了砖房,柴房变成了厨房,茅房变成了卫生间。简直就是一栋乡村别墅嘛!

"舅爷爷,你用什么魔法,把自己家变成别墅了呀?"我惊呆了。

"这个嘛,是一车一车苹果换来呢!"

"舅爷爷果园里的团结乡苹果,已经坐着飞机,飞到泰国、新加坡、马来西亚了,而且还要提前一年预定哩!"哥哥自豪地说到。

"舅爷爷,我想吃你种的糖心苹果,也要提前预定吗?"我巴巴地望着舅爷爷。

"憨娃娃,库房里给你留了一大箱呢!你还预定啥!随时来随时有!"舅爷爷摸着我的头,"正东,领着小妹去拎苹果!"

"舅爷爷,还有您的火把!"哥哥嘻嘻地笑着。

"少不了你这个小鬼呢!"说着,舅爷爷打开耳房的门,只见罩着蜘蛛网的火把七七八八地睡在墙角。"全部抬走!你小姑姑她们还在泰国谈明年苹果的合同,赶不回来了。莫亏待了这些火把,今晚给它旺旺呢烧起来!"

"得令!"正东哥像解放军一样敬了个礼。

"舅爷,一共16个火把,大的50,小的20,一共530。"

"全部给你啦!要什么钱!"

"不行,亲舅侄也要明算账!"

"你个小鬼头,小小年纪,就开始学大人做生意啦?"

哥哥一边嘻嘻地傻笑着,一边把钱恭恭敬敬递给舅爷爷。

我和哥哥拉着满满一车的火把,外加一大箱苹果往家走。还没进门,就闻到了肉菜香。赶紧冲进客堂,满满的"猪八碗"上桌了:老家酥肉、粉蒸肉、小炒肉、凉白肉、千张肉、高里肉、海带肠子,还有必不可少的生肝,看了直让人不停地咽口水。我和哥哥饿虎扑食地入了席,开始大口吃肉,大碗喝汤的节奏。三碗下肚,哥哥给我使了个眼色,在大人们忙着唱劝酒歌的时候，我俩偷偷溜到院子里。

"快点儿，换上新衣裳，去甩火把啦！"哥哥催促到。

我两步并一步地上了楼，去到奶奶的房间，打开奶奶的百宝箱，找出我的花马褂、花围腰、鸡冠帽、绣花鞋。一番梳妆打扮，下了楼。一看——胖子、小帅、大嘴、小月……不论女娃、男娃，个个都穿上了花马褂、绣花鞋；村子里认识的、不认识的小伙伴全齐了。一堆人，头对头，在谋什么大计呢？凑近耳朵，一听！原来，哥哥正在排兵布阵，在火把游行的必经之路，都安排了人手。大家七嘴八舌地讲着，比画着。

哥哥一声号令："开动！"

小伙伴们就像工兵蚁似的，每个人扛着两个火把上路了。

"哥！我干什么呢？"

"你什么也不用干！好好甩火把就行了！"

"可是，我也想帮你，想跟你们一起去！"

"当然少不了你！"哥哥一边推着满满一车火把，一边说，"你的任务就是好好甩火把。怎么好玩怎么甩！怎么开心怎么甩！如果有人想玩火把，你就带他来找我。"我半懂不懂地跟在哥哥屁股后面，扛着爷爷给我扎的小火把，向打场（谷子的晒场）走去。

到了打场，天已经擦黑了。打场上已经聚集了许多小伙伴，中央早架起了篝火。几个小弟小妹已经迫不及待地开始点自己的火把了。一看到可以点火把了，我自然是按捺不住，立马加入到点火把的行列。我把我的火把娃娃伸到了篝火里，只见火苗们从火把娃娃的小嘴巴里流进了它的肚子里，发出噼里啪啦的笑声。不一会儿，我的火把娃娃点着了。它甩着自己的火焰红发，在晚风中奔跑、嬉笑！我拉着它的"手"，一会儿在空中画圈圈，一会儿在腰间绕八字，让它跑得快些，快些，再快些！只听到风和火在夜空中唱着歌，呼——轰——！呼——轰——！火把娃娃的火焰红发被风吹得越来越长，越来越红，连我的手、脸、脚都被染成了火一样的颜色。我感觉自己也成了一个火娃娃！

忽然感觉身后有谁拽我的衣角，回头一看，一个身穿公主裙的城里小妹妹，巴望地说："姐姐，可以让我玩一下你的火把吗？"

"当然可以！来，拿着这里……"

火把很快甩没了。小妹妹睁着水汪汪的大眼睛问："姐姐，还有火把吗？我还想玩。"我牵上她的小手，来到了哥哥面前。

"小妹妹，你是想要火把吗？"哥哥一贯的憨厚笑脸，"小的50，大的100，你可以让爸爸好好帮你买一个。"

"噢！"小女孩转身消失在人群中。

"哥，原来你收那么多火把，是要拿来卖呀！可是，如果没有人买，可怎么办呀？……"

我一连串的问题，把哥哥问得不知所措。

这时，"公主裙"从人群中挤了出来，手里还拿着一张"绿色的毛主席"，向我们跑来。她一边喘着气，一边说："哥哥，我要一个小的。"

哥哥的第一单生意，就这样成交了。当我俩正沉浸在50块的喜悦中，不亦乐乎时，七八个"公主裙"把我俩团团围住，一转眼，我们手心里从一张绿色变成了红红绿绿许多张。大眼睛"公主裙"拉着我,让我当她们的"老师"。一群"公主裙"拉着一个个火娃娃在夜空中跳起了舞。

夜色从一开始的灰蓝色,变成了灰黑色,再变成墨色。甩火把的人也越来越多。刚会走路的小孩子,会出门打车的大孩子,嘴巴长了白胡胡的老孩子,个个手里都拉着属于自己的"火娃娃",在夜空中跳起了欢乐的舞蹈,唱起了七月火把节:

> 又是一个把你双眼点燃的七月,
> 又是一个把你心灵点燃的七月,
> 跳起你的舞蹈奏起古老的音乐,
> 彝家和你一起走进爱的火把节……

"小妹,走!"哥哥把我从游行队伍里一把拉了出来。
"哥,我还没玩够呢!"我嘟着小嘴。
"快跟我回家,把剩下的火把拉过来!"
"那些火把难道都卖完了?"
"是一抢而空!"
"哇,哥!你太有才了!"
"你这个花红园火把节——形象代言人,功不可没啊!"
"啊——哈哈!"我下巴都笑到肚子上面了。

我和哥哥小跑着回家,把剩下的火把装车,推着满满一车的激动、兴奋、喜悦,往回赶。

"哥,你怎么不走了?"哥哥呆呆地站在自家通往打场的田间小路上。我顺着哥哥眼睛的方向看去,我也惊呆了!从打场一直到棋盘山山顶,一条火龙正在游动。整个棋盘山的树木和房子,都被火龙照亮了。连夜空都被染成紫红色的了,就像童话中的王国……

哥哥的"工兵蚁"们来和我们碰头了,个个又扛着大大小小的火把,融进了火龙的身体里。火龙从山脚下游到山顶,盘旋舞动;又从山顶游到山脚。最后,变成一条条小火龙游回一个个彝家院子。

十二点的钟声敲响了,所有的"工兵蚁"回到"巢穴"。我们把口袋里所有的红红绿绿,全抖到大簸箕里。哇,我第一次看见这么多人民币!小伙伴都惊呆了,激动地一边笑一边数,数着数着我就睡着了……

一觉醒来,枕头旁边漂亮的芭比新书包,让我马上清醒过来。打开一看,里面是我一直想要的沈石溪动物小说全集,还是精装版!

这是哪儿点来呢?赶快去问问哥哥。打开房门,只见,院子里摆着一排漂亮的新书包,每个新书包里都塞满了精美的图书。杨红樱的《笑猫日记》,北猫的《米小圈上学记》,柯尔的《神奇校车》,刘慈欣的《三体》……全是我最爱看,最想看的书!

"哥!哥!"

"小喜鹊,叽叽喳喳叫哪样?"

"这些书都是给我的吗?"

"小妹,你想多的啦!你呢书已经帮你放在枕头边啦!"

"那,这些新书包和新书呢?"

"这些是给昨晚一起卖火把的小伙伴的。每人一个新书包,每个书包都不一样;每个书包里的书也不一样,绝对不相同!"

"哥,你是给我们发工资了呀!"

说话间,一只只"工兵蚁"涌进院子里,变成了一只只小书虫正在啃书哩!

诗歌

小凉山很小

鲁若迪基

小凉山很小
只有我的眼睛那么大
我闭上眼
它就天黑了

小凉山很小
只有我的声音那么大
刚好可以翻过山
应答母亲的呼唤

小凉山很小
只有针眼那么大
我的诗常常穿过它
缝补一件件母亲的衣裳

小凉山很小
只有我的拇指那么大
在外的时候
我总是把它竖在别人的眼前

苦聪的孩子们[①]

——节选自叙事长诗《醒来的西隆山》

哥 布

孩子们已经无法想象
他们祖先生活的模样

教室里窗明几净
几只小鸟在树上叽啾
一只松鼠在上下窜动
孩子们的眼里
它们仅仅是风景
甚至没有时间
顾及它们的存在
他们的手里
已经没有弩箭
没有了扣子
也不知道如何
在山上布机关
沉甸甸的书包
是孩子们
最亲密的朋友

[①]：苦聪人，新中国成立前处于原始社会，1985年划入拉祜族。

老师说，地球是圆的
在地球的任何地方
都可以成为
世界的中心

自从中国的一个老人
在南海上画了一个圈
中国的每一个孩子
都梦想着飞翔
他们都长出了
天使般的翅膀
西隆山的孩子
也拍打着稚嫩的翅膀
飞呀，飞呀，飞呀
飞到了昆明
飞到了深圳
飞到了上海
飞到了北京
有的在读书
有的在打工
他们把自己的爱人
从不同的城市带回来
有广东广西的
有湖南湖北的
有浙江江苏的
也有新疆内蒙的

诗歌

有汉族、苗族、傣族

有哈尼族、蒙古族、土家族

也有阿昌族、基诺族、瑶族

有的在大学当了教授

有的在县里当了局长

有的在外面当了老板

有的在村里

当了致富带头人

一个阳光灿烂的秋日

李干斗在外地当镇长的孙子

开车回家探望老人

带着山东来的孙媳

带着讲普通话的曾孙

带着浑身洋溢的

愉快心情，李干斗

突然觉得这是一场梦

世界变小了

人生如此美妙

每一个河谷和山峰

都布满了看不见的网

人们用一个手机

就能知道

世界上发生的事情

全球化进入到

每一个家庭

工业化浪潮
席卷每一个村庄
从茹毛饮血
到把世界变成一个地球村
仅仅用了七十年

一个小伙子，在
广东佛山的出租房里
收到了一则
来自故乡的
抖音小视频
一个老人的葬礼
在村里隆重举行
他知道
西隆山最高寿的老人
去世了。李干斗先生
安详地远去
没有一丝遗憾
在临终空茫的目光里
充满了对当前时光的留恋
人们心里明白
有些时代将渐行渐远
只会在缥缈的传说里
留下难以捕捉的痕迹

老师说，地球是圆的

在地球的任何地方
都可以成为
世界的中心

中国：一个龙的传语（组诗）

汤 萍

一、古风：中国魂

一片甲骨
蜿蜒出历史的长河
一本《诗经》
流传成千古的绝唱

一条黄河水
孕育出炎黄子孙
一座黄山梁
挺起了中华脊梁

春秋风云起
瞬间变幻
战国沙场笑
英雄孤胆

啊　八千里路云和月
中国　我永远的故乡
就算远在他方
中国魂永不会遗忘

一条丝路
走向了未知的远方
一篇《离骚》
忠魂逝去化成芬芳

一条长江流
成长起龙的传人
万里长城长
御外敌平安四方

秦砖汉瓦里
藏着风霜
唐风宋雨中
历尽沧桑

啊　八千里路云和月
中国　我永远的故乡
就算挫折忧伤
中国梦永远有希望

只有故乡的明月

能把我的心照亮
看得见
黑头发随风飞扬
黑眼睛永远明亮

二、今韵：中国的传奇

亘古的血脉
自甲骨文蜿蜒的
一条浩渺的长河
人面鱼纹　秦砖汉瓦
和着历史的沧桑

不去说炎黄祭拜大地的虔诚
不再道长城挥洒的雄风
路边荒草历经了多少
昼和夜的边缘
梦境相触的光阴

这里是国土悲泣的沙场
废墟永远流着的泪
野草早已忘记
老去了的春秋
长风里却絮叨

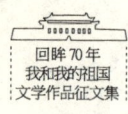

陈旧的故事

灰色石柱沉默如山
黑色的烧痕无言
苍白吗
还有过往的岁月
那血染的是怎样的深沉

没有谁仓皇逃离
也没有在酒杯里麻痹
中国人敲碎酒瓶
用血祭拜历史

终于　站立起来了
曾经跪着的双腿
在旭日东升里
红红的光环中
蹒跚地跑去拥抱太阳！

我们曾如面壁的剑客
青春寂寞野谷
老树斑驳的年轮
我们在不停地磨砺
钝化的长剑

如今　剑已出鞘

挥斥万里江山
看莹莹剑光中
升起大漠孤烟
降下长河落日

是什么能刺破夜的死寂
不仅仅是鼓音
还有鼓音里
一辈辈的豪情
一代代的壮歌

出征吧　为了养育的土地
来
偕秦皇汉武　唐宗宋祖
与明月共舞!

英雄一恸谁人懂
抛头颅　激豪情
哪怕满腔的热血流成空
终换个明明白白千古的痛

不忘"胡服骑射"的豪迈
我们乘鲲鹏行九万里
世界会倾听
关于一个中国的龙的传语!

诗歌

三、未来：孩子，你是朝阳和满天的繁星

孩子　你是朝阳

是满天的繁星

我们　要为你们织一件

世界上最美的衣裳

那是属于未来的

希望的衣裳

我们要用月亮的光芒

当作丝线

细细地　细细地织布

我们要把阳光剪成

最精美的花饰

悄悄缝在每一个

最显眼的角落

我们要摘下

天上最亮最耀眼的星星

做成闪光的纽扣

点缀在你的衣服上

我们要采下天空中

最洁白的一朵云彩

做成最柔软的衬里

我们要裁下绚丽的彩虹
做成七彩的围巾
我们还要采集早晨的霞光
为你做一件披风

亲爱的孩子
如果你们穿上这件
世界上最美丽的衣裳
你们一定会变成
世界上最可爱的孩子

亲爱的孩子
种下小小的种子
才能收获大大的果实
农夫辛勤地劳动
春天播种
秋天才能收获

如果　如果真是这样
我们愿意为你
做一个农夫
让你们在未来
可以尽情地绽放光芒！

四、情怀：我爱你，我的祖国！

海上升明月
光辉照大地
春风化雨露
几度又相依

多少风风雨雨
多少合合离离
却一直不忘
说一句我爱你

红日映朝霞
大地露生机
炊烟融暮色
黄昏多美丽

多少寻寻觅觅
多少潮落潮起
我的心始终
和你相偎依

啊 祖国
我最亲爱的祖国
我热爱你每一寸土地

啊　祖国
我最亲爱的祖国
我献出我一生的深情

唱一首深情的歌谣
请你为我倾听
中华儿女有一颗心
那是深爱你的中国心

啊　祖国
我最亲爱的祖国
我眷恋你多彩的四季

啊　祖国
我最亲爱的祖国
你撰写着时代的传奇

唱一首深情的歌谣
请你为我倾听
中华儿女有一颗心
那是深爱你的中国心！

边地那么美

师 师

在白坡村

洋芋已可收获，在白坡村
初夏是忙碌的

除了年节、祭祀，对一块土地的赞美
就从这个时节打开

因为喜悦，兰德云对脚下的田垄轻刨
握锄姿势渗透热爱
身边收捡洋芋的妻，不时，跪在地上
她神情虔诚，小心地为每颗洋芋拂去浮土

白坡村田野
人们对土地及庄稼，心怀诚敬

亲　情

小旷野河尽头,是坡地
如果路过,能遇到侍候菜园的乡邻

相识与否,已是次要
见面,无论男女总要絮叨天气、收成
顺带聊起外出务工的家人
村里的广播每天会响,传诉的是政策新规

待分别,必从园子递出一把白菜几棵葱
不推诿地接下。双方,满脸的笑

在马黄田

酒歌唱三遍,马黄田七个自然村就醉了
这片土地上,族称是村外给的界定

汉族大哥随口一曲彝家小调,字节清晰,极好听
和哈尼叔叔同样黑皮肤的,是会跳铓鼓舞的彝族
小伙
做汉族口味饭菜的嫂子隶属哈尼族部落
三个民族,都如季节本分也如锄头实诚

小旷野河清澈，滋润村庄和所有人

没有寺院的大地
村民在盘弄田垄，不分族群的洋芋小米辣
一厢连一厢挨得紧密
他们及它们，那么端庄祥和

就像，地里长出的一尊尊佛

十八糯

十八糯的山梁，围出浪渣湾湖
春天，在水边，花有野油茶、杜鹃和黑果

顺坡而上，见朝阳，见薄雾
返身还见，湖面镜子般的清明

狗叫与炊烟爬上坡顶时
二百零一人的自然村，俗尘扑鼻

芋 商

给洋芋定级,对村民讲收货要求
称重。封箱。装车。

他的汗珠一滴一滴滚落
牙白,肤黑,晒得蜕皮。见人憨厚地笑

现款,不拖欠任何人家

赶牛车的哈尼老汉卸下洋芋
冲他大声说克拉沙(辛苦了)。仍然,憨厚
一笑

他叫曹浩旗,芋商,来自西安

新 村

公鸡长鸣后,新村就醒了
巍宝山过来的风,清爽,纯粹
叫我阿表妹的妇人穿绣花衣,深眼窝,高鼻梁
彝人的模样,年纪再大,也好看

指点男人修剪杜鹃花，不忘对我夸耀村子
两层高的小楼白墙灰瓦，飞檐下，燕子垒了巢
一对守家的人
对小院，怎么也爱不够

儿子电话来，家长里短说很久
她的笑声落了一地

村　校

玩老鹰捉小鸡，他们六人闹成一团
尖叫的嬉戏覆盖操场

一个老师五个娃。全科教学，校服，营养餐
新村小学什么也没落下

孩子们的愉悦，来自校园和村庄
校长字海军，是老师，是朋友，也是父亲

下课铃，阳光一样散开，洒入新村
接罗源的奶奶，慈祥，动作利索
她走过的小巷很干净
墙上挂了标牌，写着"三清洁"示范村

打　歌

从巍宝山脚到巡山殿
毕摩的颂词一声高于一声
挪开世间尘埃
彝族先祖被召唤，回到打歌的族群间

吹芦笙和笛子的壮汉，一脸神性的真实
曲调不断重复，都是良善
唱与跳的男女，片刻不息
他们盛装，热烈，欢快。

日子流淌，新村要告慰先祖细奴罗
留守或外出的后人，正月十六，必相聚

三颗沙粒（外两首）

耶杰·茨仁措姆

三颗沙粒

我从月光染白的露水中
寻找爱人抛掷的三颗沙粒
他们曾在母亲剪切的脐带穿过指间时
落向村庄
村尾的白塔
守护着村庄和爱人抛掷的
三颗沙粒
太阳每天从村头的玛尼堆经过
我和清晨一样爱过雪山
以及雪山上的雪莲
白色的光照耀着
丝丝缕缕
催醒了露水
雪山下
我又找回了

爱人抛掷的三颗沙粒

半个月亮

半个月亮,越过山头
关闭最初的承诺
用一半照亮人间的夜色
树影婆娑,河流暗黑
夜行人找寻另一半月亮
始终说不出一句完整的话

雪 花

雪花离开天空
奋力地落下
像开满野花的牧场上
奔跑的羊群
听,由远而近的蹄声
像婴儿的啼哭一样美妙
这浩浩荡荡的雪花
仿佛要将人世间所有的幸福

一片一片地抛向大地

那就请摊开双臂吧

只要我们还留有一丝温暖

落下的雪片就会植入我们的肌肤

浸透干涸的心田

哦，等一等

再等一等

等雪花染白树头

染白村社

染白家的方向

我们就会看到

幸福的颜色